光文社文庫

入れ子細工の夜

阿津川辰海

光　文　社

目次

目次・章扉デザイン　重実生哉
図　版　デザイン・プレイス・デマンド

危険な賭け

～私立探偵・若槻晴海～

「あたりが出ればモチベーションがあがるのは、探偵稼業も古本屋巡りも同じこと。
ただし、家出娘を見つけたときほどは興奮しなかった」

——若竹七海《わかたけななみ》『さよならの手口』（文春文庫）より

1

仄暗《ほのぐら》い店だった。

平日の昼間。喫茶店内にはおれとマスターの二人しかいない。

白髪《しらが》が目立つマスターは丸眼鏡を押し上げ、おれが渡した名刺に顔を寄せた。新型コロナウイルスのご時世のせいで不織布《ふしょくふ》のマスクをしているから、眼鏡がかすかに曇った。

「若槻晴海《わかつきはるみ》さん、か。女みたいな名前だね」

マスターは節くれだった手を下ろし、カウンターに名刺を置いた。

「よく言われます」

おれは何百回と繰り返したような仕草で、肩をすくめた。晴海という名は男にも女にもあると思うのだが、どうもこのマスターは古い男らしい。

「それで、私立探偵がこの店に何の用だね」

「この男の足取りを追っています。牧村真一《まきむらしんいち》、三十五歳、フリーの雑誌記者です」

薄型のビジネスバッグから取り出した写真をカウンターの上に置く。牧村の写真だ。大学時代、ゴルフサークルの友人と撮影したもので、牧村の部分を拡大して印刷してある。

マスターは写真には一瞥《いちべつ》もくれずに、おれの顔を凝視し、何かを探っている様子だった。マスクのせいで、こっちの表情も読みづらいだろう。

K駅前のアーケードを抜け、賑《にぎ》やかでありながら整理された街並みから道一本隔てたところに、純喫茶『香亜夢《かあむ》』がある。木目を基調とした落ち着いた店構えに、丸眼鏡をかけた頑固そうな男のマスターが一人。昔の映画から切り出してきたような純喫茶だ。カウンターや机の上に置かれたプラスチックの衝立《ついたて》が、店に似合っていなかった。テーブルの上に置かれた名刺型の店のカードと、店の名前が入ったマッチにも、時代が感じられた。令和二年の十二月、華やぎ、甘い匂いのする街の中で、ここだけが昭和に取り残されていた。こういう喫茶店のカウンターに私立探偵として座っていると、まるで自分も映画の中の登場人物になったような気がしてくる。どれだけ古臭いと言われようと、白黒映画の中のハンフリー・ボガートが、おれの理想だった。

「さあな」

マスターが言った。それ以上言葉を継ぐ気はないらしい。映画の時間はすぐに終わった。

おれはゆっくりとした動作でカウンターに身を乗り出した。写真を持って、マスターの顔の前に掲《かか》げる。

「一昨日《おととい》の十五時頃、一人でここに来たはずです」

「あんまり近寄らないでくれ。ソーシャル・ディスタンスで頼むよ」

マスターは目を合わさない。

「店を出たのは十六時四分。テーブルは四人掛けしかないようですから、一人ならカウンター席に座ったんだと思いますが」

「……時間までいやに正確だね」

「牧村の部屋からレシートが見つかっていましてね」

マスターが初めて、興味を惹《ひ》かれたように目を上げた。

「失踪《しっそう》か？」

おれは首を振る。

「殺しです。牧村真一はこの店を訪れた日の夜、自宅で殺されました」

「それで探偵か」

マスターは目を細めた。

「だが、殺しなら警察の仕事だろう。なんだって、私立探偵なんかが嗅《か》ぎ回っている」

「守秘義務がありますので」

きっぱり拒絶すると、マスターは鼻を鳴らした。

だが、良い兆候だった。初めて彼の方から興味を示した。

実のところ、おれが追いかけているのは殺人事件そのものではなく、被害者のあ、ある持ち物だ。だが、第三者に全てを話すわけにはいかない。おれは情報を選《え》り分け、マスターの食いつきそうな餌《えさ》を慎重に選んだ。

「牧村は背後から頭を殴られて殺されていました。死体の傍《そば》に血の付いたゴルフクラブが落ちていて、それが凶器とみられています。日曜の昼、取材の待ち合わせ時間になっても牧村が来ないのを気にして、同僚が自宅を訪問、死体を発見しました。土曜の夜に殺害されたものとみられています」

未《いま》だマスターから反応はない。おれは釣り針に追加の餌を付ける。

「室内には物色された形跡があって、特に、机の上に置かれたカバンは中身がそっくりぶちまけられていました。牧村はその夜、誰かと待ち合わせをしていたらしい。卓上カレンダーに『友達と宅飲み』という記載が残っていました」

おれはそこまで言って、黙り込んだ。

沈黙に耐えかねたように、マスターは流し台にグラスを置いた。ゴトリ、という音がいやに大きく響いた。

「昨日に死体が見つかって、もう、探偵が動いてんのかい。そりゃ、気の早い依頼人もいたもんだ」

彼は手持ち無沙汰に、カウンターの上に置かれた名刺の端を、折り目をつけるようにこすっていた。マスターはゆっくりと絞り出すように息を吐くと、おれと、何よりも自分を納得させようとするような、念入りな口調で言った。

「……これだけは分かって欲しいんだが、私は、客のことをべらべら話すのは好きじゃない」

マスターはおれの目を見、またそらした。

「みんな、ひと時の休息を求めてここに足を運ぶ。自分の家のようにとまでは言わないが、くつろいで、気を許してくれる。夜はバーになるんだが、酒が入れば、打ち明けづらい話を、ぽろっと漏らす人間もいる。それは、あくまで私とはその場限りの関係だからだ。この都会で一瞬時と場を同じくして、すぐに忘れ合う。ここでのことは、どこにも接続しないと、互いに了解しているからだ。近頃は売り上げもめっきり減って、だから、来てくれる一人一人を大切にしたいと思っている。だからな……」

だから、警察やおれのような人間に客の話をすると、気を許してくれた客を売ったような気がするのだろう。真面目《まじめ》な男だ。だが、それが彼の矜持《きようじ》なのだ。ふと、この映画のような店が、水族館に似ていることに気がついた。仄明かりの中、ゆったりとした時間が流れる場所。街の喧騒《けんそう》に疲れた時に飛び込める居場所。照りを失った木目のカウンターを撫《な》でながら、おれはゆっくり口にした。

「calm、英語で『凪《なぎ》』の意味ですよね。あなたの店の名前の由来でしょう」

生真面目なマスターに似合った名だ。都会の喧騒の中で、羽を休められる、風のない場所。

マスターは何か気の合う仲間でも見つけたような目で、おれを見た。

「ここで聞いたことは、誰にも言いません。お約束します」

マスターはゆっくりと息を漏らした。

「……写真の男のことは、覚えている。一昨日、ちょっと印象的な出来事があった」

マスターはゆっくり首を振る。

「あんたの座っている、ちょうどその席だ。その席に、男が一人で座っていた。彼は近場の古本屋の袋をいくつも抱えて、膝の上に載せたカバンの中身を整理していた。そして」

マスターがおれから二つ隣の席を指さした。一番端の席だ。

「そこに、写真の男が座っていた。今は、ソーシャル・ディスタンスだなんだってうるさいから、一つ空けて、座ってもらうことにしているんだ。プラスチックの衝立が仕切り代わりだ。カウンターは二席ごとに仕切りを置いているから、一人で二席使ってもらう勘《かん》定《じょう》だ。客入りも半減ってわけだよ。まあ、鬱陶《うっとう》しいったらないね」

「あそこの端の席は、一席分だけのようですね」

「カウンターは七席だろう。だから二で割れば一席余る。まあ、あの端っこの一席は、他の所より少し広めだから、それで我慢してもらってるってところだな」

マスターは眉間をトントンと叩《たた》いた。

「土曜の十五時といえば……ランチタイムが落ち着いて、ちょうどケーキセットを売り出す時間だよ。英国式の、アフタヌーンティーだな」

彼はおもむろにバックヤードに戻ると、伝票の束が綴《と》じられたファイルを持ってきた。ページを繰って、「ああ、これだ」と大きく頷《うなず》く。

「土曜日の十四時五十六分。ホットコーヒーとパウンドケーキのセット。こっちが、その写真の男だ」

一時間ほど店内で過ごして、十六時四分に店を出た。レシートの印字時刻とも一致する。

「で、こっち。土曜日の十五時二分。アイスティーとチーズケーキのセット。これがもう一人の男だ。会計が十五時三十五分だから、彼は随分慌ただしかった。古本屋の袋の中身をカバンに詰めるために、手頃な喫茶店に立ち寄ったってとこだ」

彼はパタンと音を立てて、伝票のファイルを閉じた。

「私がこの二人のことを覚えていたのは、あんたの言う、そのカバンのことだ。実はこの二人、偶然にも、同じカバンを持っていたんだよ」

おれはアイスコーヒーのグラスを手にしたまま動きを止めた。

「同じカバン？」

「そう。デザインも色もそっくり同じカバンだ。前からいた方……あんたの言う牧村って男が、空いている椅子の上にカバンを置いて……後から来た方が、カバンを同じ椅子の下の空間に置いたんだ」

「下に……？　当時、カウンターは一杯だったということですか？」

「確か、そうだな。後から来た男の席は、ちょうど、入れ替わりで消毒したタイミングだったからね。それくらい一人客が多かった」

おれは当時の状況をイメージする。おれの座っている位置に、『後から来た男』がいた。そこから二つ隣の、端っこの席に、牧村がいた。

牧村の端っこの席には一席分のスペースしかないから、当然、隣の椅子の上に荷物を置きたくなる。だが、それはプラスチックの仕切りに従えば、『後から来た男』が荷物置きに使うはずだった椅子だ。

その日、カウンターは満席だった。『後から来た男』は荷物を置く席にあぶれて、椅子の下に置かざるを得なかったのだ。映画館のドリンクホルダーと同じである。一人一人の行動によって、真ん中の人間が不幸に見舞われることもある。もちろん『後から来た男』は、自分の椅子の下にカバンを置くことも出来たが、自分の足元のスペースを埋めるのが嫌だったのかもしれない。

「それにしても、同じカバンとは珍しいですね」

「お互いそれに気付いて、面白そうに話していたよ」

後から来た男の方が、古本屋の袋をいくつもカウンターに載せて、上がった息を整えてから、「あ、僕らのカバン同じですね」と言った。

すると牧村も、意外そうに目を見開いてから、「やあ、こんなこともあるもんですね。それにしても、随分買いましたね」と古本屋の袋を指し示した。

男はそれに気を良くして、買った本の話を始めたらしい。牧村の方が次第に興味を失った。折よく男の方の注文が届いたので、男はチーズケーキを食べるのに夢中になり、牧村との会話が自然に終わった。

以上が、マスターが再現した二人の会話のあらましである。

「このご時世じゃ、初めて会った人間同士が話をするなんてのも、めっきりなくなっちまったからね。カバンのこともあって、印象的だったんだ」

「そして、後から来た男の方が、先に店を出た、と」

おれがまとめると、マスターは深々と頷いた。

「どんな男でしたか？」

「小さな男だったな。足が短くて、おまけに猫背だからそう見える。店に入った時は、マフラーと手袋をしていたんだが、そうしてるとまるで雪だるまみたいだった。牧村という男に話しかけた時もそうだったが、暗そうに見えて、案外明るい。いや、自分の興味のある分野だけかもしれないが」

男と面識のある人間を探す手掛かりは、今のところ古本屋しかない。常連の店があれば、男の素性を知っているかもしれない。

「男の持っていた古本屋の袋ですが、特徴を覚えていませんか？」

「二つまではどこの店か分かる」

期待以上だった。

「一つ目は茶色の紙袋で、店のスタンプが押してある。『九段堂《くだんどう》書房』という店で、このあたりじゃ名の知れた店だ。店内にぎっしり本が詰まっていて、良いものが多いとマニアには有名らしい。うちの常連にも、『九段堂』のファンがいる」

古本屋にもファンがついたりするのかと、おれは不思議な思いで聞いた。

「二つ目はなんの変哲もない白いレジ袋だが、本に挟まっている栞《しおり》に見覚えがあった。『おんどり書店』だ。N駅が最寄《もよ》りになる。本を買うと、店主の手作り栞を挟んでくれる」

「N駅……隣の駅の本屋にまで詳しいんですね」

「これも常連の影響だ。この街もそうだが、隣駅にも、良い古本屋がいくつもある。みんな電車に乗らずに、あえて隣駅まで歩きながら、古本屋巡りをしたりするらしい」

「なるほど」

マスターは白髪を撫で上げた。

「ただ、三軒目については、さっぱり分からない」

「どんな袋だったか、覚えていますか？」

「これまた、特徴のない白のレジ袋だ。中身は文庫本と新書が一冊ずつ。後ろの方に縁《ふち》のない白のシールで値札が貼ってあったはずだ」

「特徴の薄い手掛かりですね。絞り込みが難しい」

おれはひとまず、マスターの言った二つの店名をメモに書き留める。

「この近くに古本屋はどのくらいありますか？」

「隣駅まで含めれば十二、三のはずだ。最近閉店した店も、あるかもしれないが」

十数軒。しらみつぶしにしても、今日のうちには片付けられそうな量だ。

「そういえば、男は名刺入れを持っていたな」

「名刺入れ……？」

「そうだ。コーヒーを一口飲んだ後、『おっ』と口元を綻《ほころ》ばせて、目を丸くしてね。二、三回小刻みに頷いて、うちのカードを手に取ったんだ」

おれはテーブルの上の名刺型のカードを手に取り、「これですか？」とカウンターの上に置いた。カードの表面には店の名前とロゴマーク、住所や電話番号、日曜定休などの基本情報が、裏面には地図が印刷されている。

「ああ。カバンから黒い革の名刺入れを取り出して、そのカードをしまっていたよ。うちのコーヒーを気に入ってくれたんだなと思って、嬉《うれ》しかったたね」

マスターは首を振った。

「初対面のあんたに、何を言っているんだろうな。ともかく、その一件で、土曜日も名刺入れを持ち歩く職業なんだなと思ったのさ。土曜も仕事があるか、元々休日なんて関係がないか」

おれは頷いた。

「最後にもう一つ聞かせてください」

おれはメモ帳を閉じて言った。

「牧村ですが、彼にも、何か買い込んできた様子はありませんでしたか?」

マスターは顎《あご》のあたりに手をやった。

「……そういえば、雑貨を買っていた気がするな。気に入った食器とかなんとか。この街には、洒落《しゃれ》た雑貨屋も多い」

「やはりそうでしたか。——それなら、牧村のカバンにも重たい荷物が詰まっていたことになる」

おれが誰にともなく呟《つぶや》くと、マスターは突然、ハッと息を吸い込んだ。

「まさか、あの時、カバンの取り違えが起きたのか?」

おれは何も言わなかった。マスターは鼻息を荒くして続けた。

「後から来た男のカバンには、三店舗分の古本が詰まっていた。牧村のカバンには食器類。二人のカバンは同じデザインで同じ色、そして似たような重さだったことになる。おまけに、先に出たのは、慌ただしくてそそっかしそうな、後から来た男の方だった。カウンターは満席で、牧村は隣の椅子の上に、後から来た男は同じ椅子の下にカバンを置いていた。先に出た『後から来た男』は、当然自分のカバンだと思って、椅子の上のカバンを持って帰ってしまったんだ」

おれは表情を変えなかった。カウンターの上の名刺だけを見つめていた。

「待てよ」

マスターが続けた。

「あの出来事の直後、牧村が殺されたんだとしたら……牧村は、何かを見てしまったんじゃないか？　後から来た男の方の、カバンの中身を……あんたはその男を……殺人犯を追いかけているのか？」

「守秘義務がありますので」

おれはぬるくなったアイスコーヒーを飲み干す。伝票をカウンターの上に載せて手を置き、席を立った。

2

実のところ、カバンの取り違えというマスターの推測はぴたり、当たっていた。

殺害時、牧村のカバンの中身は、数冊の古本と、その男の名刺入れ、手袋、マフラーなどだった。香亜夢のマスターの、もう一人の男の持ち物についての証言と一致している。香亜夢で二人のカバンが取り違えられたのは間違いない。カバンの中には財布がなかったから、男はポケットに財布を入れていたのだろう。牧村の死体のポケットにも財布があったから、香亜夢での会計の時にも気付かず、帰宅してしまった。そんなところだ。

先ほどマスターが言及した古本屋の袋はカバンのポケットの中に畳んでまとめられていた。後から来た男は、店の中で袋から本を取り出して、どこかで捨てるつもりでまとめておいたのだろう。マスターのところで袋の情報を聞けたのは、ありがたかった。

牧村の両親は、人のよさそうな母と、恰幅《かっぷく》と威勢の良い父のコンビで、学生街で中華料理屋を営んでいる。

両親と牧村は大学時代から疎遠《そえん》になったという。地元の大学には進学せず、あえて東京の大学を選んだ。さっきマスターに見せた、ゴルフサークルでの写真は、その大学時代のものだ。

香亜夢のマスターの前では守秘義務と突っぱねたが、おれが探しているのは、牧村のカバン——その中にある、一冊の本だった。

昭和のハードボイルド作家、夕神弓弦《ゆうがみゆづる》の第二長編『まだらな雪』のハードカバー装。牧村は殺された日、愛読書である『まだらな雪』をカバンに入れて持ち歩いていた。だが、喫茶店でカバンが取り違えられ、今『まだらな雪』は、牧村が会ったその男の元にあるはずだった。

男の足取りを知る手掛かりは、三軒の古本屋の情報のみ。もしこの中に、常連として顔を知っている店員がいれば、人探しはすぐに済む。確かに勝算の低い賭けではあるが、手当たり次第にやるしかなかった。


おれは香亜夢を出ると、教えられた店の位置をスマートフォンで調べた。情報を簡単に集めてしまうのは味気《あじけ》ないが、一日で済む仕事なら手早く済ませたい。

一軒目の古本屋、『九段堂書房』は徒歩五分ほどの距離にある。二軒目の『おんどり書店』は、『九段堂』と逆の方面に三十分ほど歩いたところにあり、確かにちょっとした散歩になりそうだ。隣のN駅から歩けば十分ほどの距離なので、電車を使っても良いだろう。

問題は三軒目だが、こればかりは手掛かりがない。近所の古本屋を調べて、しらみつぶしに当たるしかないだろう。


『九段堂書房』は、駅前商店街のアーケードを抜けた先、閑静な住宅街の入り口に、明るい店構えを見せていた。

店外には広めの均一棚があり、今も黒い布マスクをした男が一人、一冊一冊をじっくりと吟味《ぎんみ》するように眺めている。安く買えるのはもちろんだが、あれだけ必死になって見るのだから、掘り出し物が出る店なのだろう。

店内に入ると、廊下が三つ叉《また》に分かれ、足元から天井までの高さがある大きな本棚に、隙間《すきま》なく本が並んでいる。廊下の幅は狭く、一人通るのがやっとだ。上の方を見るには脚立に上らなければならない。

まるで本で作られた巨大な要塞だった。

店舗の前に置かれた自動噴射の消毒液機に手をかざす。消毒液をつけた手で大切な本に触っていいものか迷ったが、置いてある、ということは、やむを得ず許容しているということなのだろう。せめてもと、よく消毒液を手のひらの上でもみ込んで、少し乾かすようにする。

文庫本、単行本、映画や演劇、美術の本などカテゴリごとに綺麗《きれい》に整理され、見ごたえのある棚だった。ミステリーやSFなども、国内と海外のものを分け、幅をとって並べている。東京創元社《とうきょうそうげん》の〈クライム・クラブ〉叢書《そうしょ》が揃《そろ》っていて、早川《はやかわ》書房の〈ポケット・ミステリ〉も悪党パーカーシリーズや『金曜日ラビは寝坊した』に始まるラビシリーズが揃い、『パコを憶えているか』『病める巨犬たちの夜』などの希少な本が平然と並んでいる。何気なく手に取って値札を見ると、高すぎず、安すぎず、絶妙にこちらを悩ませる値段だった。

本の要塞《ようさい》の主は、真ん中の廊下の一番奥に鎮座していた。店主の前に、みすぼらしい身なりの男が一人立ち、手に持っている本を見せていた。

「いくらでもいいんだって、買い取ってくれよ」

男は本を片手で持ちながら、店主の前に突き出す。コンビニで売っている廉価《れんか》版のコミック本だ。

店主の眉根に、グッと皺《しわ》が寄る。

「うちは漫画は扱ってねえんだ。持ってくなら、チェーンの古本屋にでも持って行きな」

「あんなとこ、二束三文で買い叩かれちまう。漫画なら、あっちの棚にあるじゃないか。あれは良くて、なんでこれはダメなんだ」

「あそこにある漫画は昔の希少な漫画だけ厳選して置いてんだよ。手塚治虫《てづかおさむ》の初期作品の初版本とか、藤子不二雄《ふじこふじお》の足塚不二雄《あしづかふじお》名義の作品とかだ」

「文庫本みたいなのもあったじゃないか。あれはだいぶ新しいぞ」

「あれはいいんだよ。萩尾望都《はぎおもと》だ。古典中の古典、当然読むべきだと思って置いてる。妻がな」

最後だけは趣味で置いているらしい。

男は「なんだよ、ちくしょう」と吐き捨て、肩を怒らせ、大股に店を後にした。

店主はおれに視線を移すと、ばつが悪そうに肩をすくめて言った。

「つまんないもん、見せちまったね」

店主は言った。目尻に皺が寄って、好々爺然《こうこうや》とした表情になる。

「いえ。ああいうのも来るってなると、大変ですね」

「客商売だからね。好きな本売ってたって、そりゃ楽しいことばかりじゃない。今じゃ客足も減って、一人一人の客を大事にしたい——と言いたいとこだが、こっちにも譲《ゆず》れない一線ってのがあるからね」

おれは同意を示すように笑った。

「あんた、初めて見る顔だね。海外のミステリーが好きなのか？　それも、結構ディープなとこ」

「どうしてそう思うんですか？」

「A・D・Gの『病める巨犬たちの夜』を手に取っていただろう。ありゃいい本だ」

見られていたのか。さすが、要塞の主は抜け目がない。

「大学生の頃に読みました。もう二十年近く前になります。一人称複数の記述が新鮮で、二百ページもないのに読み通すには時間が要りました。でも、いい本ですね」

「ああ。いい本だ」

店主は満足そうに頷いた。

おれはカウンターに近付き、名刺を差し出した。

「実は、この店に来たある客のことを探しています。家族からの依頼で」

店主は名刺に一瞥をくれてから、ふんと鼻を鳴らし、名刺を放り投げた。名刺は宙を舞ってから、ひらりと床に落ち、近くにいた客が何気なく踏みつけた。

「客じゃねえなら帰ってくれ」

店主は吐き捨てるように言うと、目の前の作業に没頭《ぼっとう》し始めた。日焼けした古本に、半透明の保護紙をかけていく。節くれだってゴツゴツした手が繊細に動く。こちらも思わず息を止めてしまうような真剣な表情には、一種の職人気質が表れていた。

店主の観察眼は優れている。初対面のおれが手に取った本を見ていたのがその証拠《しょうこ》だ。ぜひとも話を聞いておきたいが、店主の心の扉は固く閉ざされていた。

おれは次の手を考えながら、その場にしゃがみこむ。名刺を拾い、汚れを払う。もう一度カウンターに載せるか迷った後、ポケットにしまった。

おれは周囲の棚に目をやった。ふと、ミステリーの文庫本が並ぶ中に、懐かしい本を見つけた。ハヤカワ・ミステリ文庫の一冊、黄色い背表紙の『赤い収穫』だ。ダシール・ハメット作、小鷹信光《こだかのぶみつ》訳。ギャングたちの支配により荒廃した町「ポイズンヴィル」を舞台に、町の浄化のために呼ばれた探偵、コンチネンタル・オプの活躍を描く一冊で、浄化どころか、血で血を洗う抗争に巻き込まれるハードな展開と、どこか突き放したような文体にシビれて、昔夢中になって読んだ。思えば、おれにとってハードボイルドへの入り口だったかもしれない。

おれは『赤い収穫』を手に取り、店主に差し出した。店主はちらりと本を見やって、

「買うのか？」

と言った。おれは小さく頷いた。

「去年の五月に新訳が出てるぞ。『血の収穫』って別題だ」

「それはそれで買います。この版を持っておきたいんです」

店主はおれの答えに満足したのか、作業の手を止め、おれの手から本と小銭を受け取って素早くレジを叩いた。

「さ、これで俺とあんたは店主と客だ。客なら、話聞いてやらねえとな。で、何が知りたい？」

「一昨日、ここを訪れた客と、その男が持っているはずの『まだらな雪』という本を追っています」

おれは男の特徴を伝えた。ああ、と店主は頷《うなず》くと、

「よく来る客だよ。たまに話すが、名前を聞いたことはないな。趣味が良いから、覚えてるんだ」

「一昨日は、どんな本を買っていきましたか？　何かの資料とか？」

店主は眉間を叩いた。

「確か……『13の判決』と『墁《びん》づめの女房』だ。『13の判決』は講談社文庫から出た海外法廷ミステリーのアンソロジーだ。『墁づめの女房』は異色作家短篇集の十八巻目で、新版が出る時も復刻されなかったから高値がついている。気持ち安めに出しといたら、『この値段でいいのか』って、嬉しそうに買っていったよ」

そう話す店主の口ぶりこそ、嬉しそうで、どこか誇らしげだった。

「そうだ。『13の判決』を買う時、確かに言っていたな、仕事の資料だとかなんとか……多分、作家とか、編集者とか、その類《たぐい》だろう」

「作家か、編集者……」

「法廷ミステリーを仕事の資料に使う弁護士がいるとは思えないからな」

彼は自分の冗談に自分で笑った。

「その男が本を売りに来たことはありませんか？」

「ないね。専《もっぱ》ら買っていくだけだ。それに、もし買い取りしてたら、名前は知っている。出張買取で行っていれば、住所だって聞く。もっとも、私立探偵のあんたに、ぺらぺら喋《しゃべ》ったりはせんがね」

おれは肩をすくめた。

「もちろん、おれもあなたがそんな人だとは思っちゃいませんよ。ただ、その男が、おれの探している『まだらな雪』を、どこかの古本屋にでも売り払っていたら困るのでね」

「ふうん。あんたが探してるのは、その男っていうより、その男の持っている『まだらな雪』で、そいつは特別な一冊ってわけか」

「依頼人の家族にとっては、思い出の一冊らしいのですよ。手違いで、依頼人の息子の手から、その男の手に渡ってしまって」

これくらいは言ってもいいだろうと思い、口にした。店主は、香亜夢のマスターのような野次馬根性は発揮《はっき》せず、気のない返事をしてバックヤードに姿を消した。

店主は一冊の本を持って戻って来る。

おれは思わず息を詰まらせた。

函《はこ》入りのハードカバーで、白地に黒の文字でタイトルと作者名が印字されている。さながら、路面の雪が融《と》け、下のアスファルトが露出しているようだった。

「昭和の頃に流行《はや》った装丁でな、その頃ミステリー系の作品を多く出版していたK社から刊行された。作家十名が参加した『新時代ミステリー』という企画の一冊だったんだ」

これは売り物じゃないんだがな、と言いながら、店主は自分の子供を人に抱かせるような恭《うやうや》しい手つきで、おれにその本を手渡した。

「謎解きメインの本格ミステリーから、スパイ小説、サスペンス、官能ミステリーってな具合で、十人の中でバリエーションがついててね。夕神弓弦はその中で、ハードボイルドの受け持ちだった」

本を函から出し、真ん中のあたりを開いてから、冒頭に戻った。「都会の雪は一日で止《や》んだ」。素っ気ない一文だ。

「面白いんですか？」

「まあ、いまいちってとこだな。東京を舞台にした家出娘の追跡劇だ。娘が消えた日、東京に初雪が降って、私立探偵の真宮《まみや》が調査を始める日は、その表紙みたいに、薄く雪が残っている部分と、アスファルトの露出した部分が混在していた。それで、『まだらな雪』だ。最後まで読んでみると、心象風景とも一致した題だから、まあ、そこは俺も気に入っている」

店主は薄い頭髪を撫でた。

「影響を受けてるのは明らかにアメリカのロス・マクドナルドなんだが、こっちはデビュー二作目だからな。脂ののった時期のロス・マクドナルドの豊かな比喩表現とか、語り手の透明性と比べると、どうもね。どことなくぎこちない代物《しろもの》だ」

店主は指を四本立てた。

「夕神はこの『まだらな雪』を皮切りに、私立探偵・真宮を主人公にした作品を四作発表している。長編が『まだらな雪』『翳《かげ》のない烏《からす》』『風の果てる日』の三つ、短編集が『消したい正夢』の一冊。『風の果てる日』だけは未文庫化、『消したい正夢』は他の版元に引き取られて文庫になっている」

店主は、書誌情報を滔々《とうとう》と話す。

「『まだらな雪』を読みたいなら文庫がいいだろうな。シリーズ三作目まで書いて成熟した著者が手を入れてるから、ハードカバー版より読みやすくなっている。文庫の三版は、それまで名字しか判明していなかった真宮の下の名前が分かるおまけつきだ。読者の不興を買ったのか、作者がやりすぎたと思ったのか、四版からはさっぱり消えている」

いまいちと言った本のことを、隅々までよく調べている。基本的な情報は、その本やその作者の輪郭をはっきりさせてくれる。

「市場価格としては、どのくらいですか」

「うちの店ではハードカバーで二千をつけてる。まあ、そんなに高いもんじゃない。最近、短編集の『消したい正夢』が文庫で復刊したんだよ。未収録だった短編を三つほどオマケでつけてね。それが、昭和ミステリーのリバイバル好きにウケたんだ。それをきっかけに、ハードカバーの市場価値がわずかに上がった。それでも、二千だ。買い取りとなりゃ、もっと安くなる。よほど金に困ってりゃ別だが、まあ売られたかもと心配することはないさ」

おれは頷いた。

「それにしても、不思議な話だな。私立探偵が、なんだって本なんか追いかける。一番ありそうなのは、あんたの追っている男が何かの犯人とかだがな」

「さあ。おれは依頼をこなすだけです」

「そのつもりがなくても、結果、殺人犯に行き当たるかもしれんぜ」

「まあ、危険なことは初めてではないので」

おれは肩をすくめてみせた。

この店で聞けるのは、こんなところだろう。

ふと、おれはカウンターの端に目を留めた。マガジンラックに、B5サイズに折り畳まれた地図がある。

地図を手に取り、開く。K駅と隣のN駅周辺の古本屋の情報がまとまった地図だった。各書店の位置が地図上にプロットしてあり、『おんどり書店』の名前もある。

「この地図は？」

「一年半前に、この辺の古本屋と協力して作った。ま、町おこしってやつさ。ちょっと情報が古いから、やめちゃった店もあるけど、欲しけりゃ持って行きなよ」

「助かります」

おれは地図を懐《ふところ》にしまった。店主に礼を言い、店を出た。

3

『九段堂書房』からK駅に戻り、N駅まで一駅電車に乗った。隣駅に来るだけで、すっかり雰囲気が変わる。先ほどまでの華やいだ雰囲気に比べれば、雑多でごみごみした印象を受ける。駅前に喫茶店と雑貨屋と居酒屋が入り乱れ、商店街の入り口のアーケードもくすんでいる。いつ吊《つ》り下げられたか分からないサイのオブジェが、錆《さ》びついた眼《め》で、空き店舗になった居酒屋のシャッターを見つめていた。

駅からアーケードを抜け、更《さら》に五分ほど歩いたが、まだ店が見えてこない。

ふと、地図を見て、さっきのところがそうだと気付いて戻ってみると、『おんどり書店』にはシャッターが閉まっていた。

シャッターには、「定休　月曜」と書かれた紙が貼ってある。

あてが外れた。今日済むかと思っていたが、うまくいかない。シャッターの向こうから物音が聞こえるので、中に店主はいるのかもしれないが、棚卸し、店内整理作業の真っ最中だろう。押しかけていって、快く話を聞いてもらえるとも思えない。

おれは仕方なく、三軒目の古本屋を探すことにした。

手掛かりは三つ。白いレジ袋に本を入れること、縁《ふち》のない白いシールで値札が貼られていること、土曜日に営業していること。試しに、土曜日が休業の店を外すと、地図上の十二店舗のうち二つが外れた。

『九段堂書房』『おんどり書店』の二軒を除いた八軒は、『おんどり書店』からK駅へと歩く道に点在していた。おれは一軒一軒の店先を覗《のぞ》いて、均一棚の値札シールや、店から出てくる客の持つ袋を確認し、地図上に×を打っていった。

古本屋を五軒ほどつぶし、住宅街に入った。街路の右手に、『本のみよし』と書かれた、白と緑の味気ない電飾スタンドが見えた。「みよし」の文字の右下に、大きなひび割れがあった。今この町の中で息をしているのは、おれとあのさびれた電飾スタンドだけのような気がした。店自体が、町から忘れ去られているかのようだった。

もらった地図には、『本のみよし』の名前はない。古本屋街は、正面の道に続いている。右手の道が住宅街に入るところで、ちょうど地図が切れているのだ。世界から裏切られたような寂しい気持ちになった。

おれは『本のみよし』の前に立った。小さな店だった。ワゴンの中に並んだ均一の古本は、埃《ほこり》をかぶっている。店の入り口には、今週出た週刊誌や週刊漫画雑誌の中古品や、エロ雑誌の類が並んでいる。ごみごみした町に必ず一軒はあるような、よくある古本屋だ。おそらく主な収入は週刊誌やエロ本なのだろう。ワゴンには古書が乱雑に並んでいる。

おれは何気なくワゴンの中を見やる。カバーのない本や、汚れの付いた端本《はほん》の山の中で、自然に視線が吸い寄せられる一冊があった。おれが本を見つけたというより、本がおれを呼び寄せた気さえした。黄色い背表紙の角川《かどかわ》文庫、ジョー・ゴアズ『マンハンター』だ。表紙のセンターには、サングラスに黒のテンガロンハット、黒のジャケットを身に着けた男が映っている。時代を超えたキザなクールさだ。息詰まるような追跡劇が味わえる通俗風のハードボイルドだと思っていると、足をすくわれる。いい本だ。

おれは文庫の裏を見た。

縁のない白いシールに、100、と打たれている。

おれは『マンハンター』を持って店内に入った。

店内は、ムッと鼻をつくような臭《にお》いがした。男の汗の臭いと、カビの臭いがまじった古書の匂いだ。

店主の座るカウンターが奥にあった『九段堂書房』とは対照的に、店主は入り口にカウンターを構えていた。万引き対策なのだろう。やって来る客に合わせて、古本屋の形も変わる。

店主は初老の男性で、白髪が目立った。彼は腫れぼったい瞼《まぶた》を持ち上げ、おれの手元を見る。彼の目がきらりと光ったように見えた。

おれがそのまま立っていると、店主は手を差し出した。

「買わないんですか」

「え？　ああ……」

おれは財布を出して、百円玉をトレーの上に置いた。

「宝を見つけましたね」

「宝？」

『九段堂書房』では、正面から話しすぎて、店主の警戒を買った。おれは店主の方から会話の糸口をくれたことを喜んだ。

「それ、私も好きな一冊です。たまに、そういうのを見つけてくれる客がいると、嬉しくてね」

「なるほど。それなら、店内の棚に並べて、高い値でもつけておけばいいのでは？」

「そういう高い本とは、また違うんですな。あんたが買った本だって、今じゃ均一棚か、つけても五百とか、そこらですよ」

店構えで先入観を持ってしまったようだ。値付けを適当にして、均一棚に放り込んでいるのかと思った。そういう遊びが仕込んであるなら、買う方も売る方も、利のある取引だ。

「あなたが隠した『宝』を、見つけてくれる人は多いんですか？」

「ごく一部のお客さんだけです。だけど、最近は運が良い。先週も一人いて、今日はあなた、二週連続です」

「先週？」

「ええ。先週の休日……土曜だったかな。その人も、あなたと同じようにミステリーを買っていきました。スタンリイ・エリンの『第八の地獄』のポケミス版とマックス・アラン・コリンズの『黒衣のダリア』だ」

『第八の地獄』は素晴らしいですね。あの店頭棚から出てくると思うと、夢がある。『黒衣のダリア』っていうのは読んだことがありません。『ブラック・ダリア』とは別物ですか」

「ジェイムズ・エルロイですね。どっちも同じ娼婦《しょうふ》殺しの実話を題材にしてるんですが、コリンズの方は、ネイト・ヘラーという私立探偵の捜査ものに仕立ててるんですよ」

興味を惹かれたが、おれは話を戻すことにした。

「先週来たっていう、その男の人とは気が合いそうですね。どんな方でしたか？　初めて来るお客さんでした？」

「初めてですよ。こっちの道にも古本屋があったんですね、なんて、正直に言ってたくらいです。三十代くらいかな。背が低くて、愛嬌《あいきょう》のある人でしたよ」

初めての客なら、ここにも手掛かりはない。書店を見つけた時は手ごたえがあったが、どうやらここも空振りらしい。

「ところで、『まだらな雪』という本を探しているんですが……」

書名を言った途端、また店主の目が光った。

「ああ、あれは良い。最高ですよ」

「著者の作品をまだ一つも読んだことがないんですが」

「ベストな状態ですよ。あの初期長編には、夕神弓弦という作家の全てが詰まっている。家族の哀しみを紡いでいく乾いた筆致もいいが、存在感が薄く感じられた視点人物の真宮が、少しずつ血肉を得て、感情がこぼれだす構成が良い。それに、あれはハードボイルドというより、新本格ミステリーの走りといった方がいいような作品です。鮮やかなトリックですよ。再読して、夕神の綱渡りを追体験すると、また味がある。

　夕神はその文体を色々と言われることが多い作家ですが、私に言わせれば、あれほどまでに切り詰めても作家性が刻印されるのは、これは夕神という作家が天才だからだと思うんですよ。『都会の雪は一日で止んだ』。こんな素っ気ない一文でパン、と物語を始められるなんて、とてもデビューから二作目とは思えない。堂々としていますよ。後年のふくよかな文章の方が味がある、なんていう人もいますが、私はなんといっても、あの切れるナイフのような初期の文体の方が――」

　店主の長広舌《ちょうこうぜつ》は、遮《さえぎ》らなければまだ続きそうだった。作品自体は「いまいち」と言い捨てた『九段堂』の店主と対照的だった。

「あの――」

「えっ、ああ、私、少し喋りすぎてしまいましたね。どうしよう、これじゃ、あなたが実際に読まれる時に、恨まれてしまうな」

店主は照れくさそうに目を細め、後頭部を掻《か》いた。

「そうだ。入荷したら、あなたのために取り置いておきますよ。ね、それが良い」

「いや、おれはこの近くに住んでいないんです。入荷したら、また次の人の『宝』にしてやってください」

ここをもう一度訪れる自分が想像出来なかった。そうする必要もなかった。

だが、また宝探しに来てみたいと、心のどこかで思った。

「自分で探してみますよ。それでは」

4

『本のみよし』の位置は、二つの駅のちょうど中間だった。どちらに歩いても良かったが、もう古本屋の探索をする必要はない。より自宅に近いN駅の方に帰ることにした。

男と本に繋《つな》がる手掛かりが全て途絶《とだ》えてしまった。あとはせいぜい、『おんどり書店』の営業日にもう一度行ってみるしかない。だが、これまでの二軒での聞き込みの内容を考えると、望み薄だろう。おれ自身、脱線をしすぎた。別の方法を考えねばならない。

『おんどり書店』の近くまで来た。

おれは足を止めた。

店のシャッターが、開いていたのだ。

路上から中を窺《うかが》うと、中に女性が一人いるのが見える。前掛けをつけているので、店員だろう。店内作業の最中、換気のためか、店頭で何か作業をするためか、一時的にシャッターを上げたらしい。

休業日だったというのは、知らないふりをすればいい。シャッターが上がっているので、開いていると思った、流しの客。状況設定としてはこれで十分だ。迷ったのは一瞬だった。

「あのー」

おれは店の戸をくぐり、間延びした声を出した。

女性が振り向く。挙動の一つ一つが静かだった。すらっとした体軀《たいく》で、背も高い。長い前髪が目元にかかって、少し暗い印象を与える。ウレタン製のマスクの上から、不織布のマスクをつけていた。

「あ、ごめんなさい。今日はお店、やってないんです」

張りのある、澄んだ声だった。

「あれ、そうなんですか」

おれは次の手を考えながら、店内を眺めた。

店内はロフトのような造りの二階建てで、二階の天窓から暖かい光が差している。今までの二軒は古本の匂いが染みついていたが、ここは木目の本棚の新鮮な木の匂いが強い。手作り感の溢れるポップや、色どり豊かな背表紙が、冬の夕焼けの光の中で照っていた。木漏れ日の中にいるような店だった。

「あの……」

彼女は長い前髪の奥の目を細めて、ほとんど睨《にら》むような目つきで言った。彼女は店の固定電話機の方に歩み寄っていた。

確かに、彼女から見ればおれは立派な不審者だ。店はやっていないと言っているのに上がり込んできて、黙って棚を眺めている。おまけに、店の中には二人きり。警察を呼ばれる可能性に気付く。迷っている暇はなかった。

「実は、こういう者なんです」

おれは名刺を差し出した。

彼女は名刺を受け取ると、美形の顔を歪《ゆが》めた。

「私立探偵?」

「ある男を探しているんです。ここのお客さんだと思うので、聞き込みを」

彼女はおれの顔を見てから、手元の名刺に目を落とした。

「へえ、そう……。この名刺、端が折れてるし、ちょっと汚れが付いてますよ。随分だらしないんですね、私立探偵さん。替えてくださる?」

皮肉めいた冷ややかな口調だった。おれは冷やりとする。

「すみません。今、切らしてまして。それが最後の一枚です」

彼女は、そう、と短く答え、至極どうでもよさそうに名刺を机の上に載せた。

「この前の土曜日に、店に来た男のことなんですが……」

「そんなの、いちいち覚えていませんよ」

「背の低い男で脚は短い、職業は作家か編集者。心当たりはありませんか」

「作家？　もしかして、ひるま――」

彼女はそこまで言って口をつぐんだ。

単刀直入に話しすぎたかと思ったが、奇襲が功を奏した。あまりにあっけなく、拍子抜けな気もするが、私立探偵が事件を解き明かす時には、こういうまぐれ当たりもある。

「ご存じなんですね。下の名前は？」

「……いえ」

彼女は首を振った。

「あなたの目的が分からない以上は、お話し出来ません」

彼女はそう言ったきり、貝のようにむっつり黙り込んでしまった。

おれは次の言葉を考えながら、視線をさまよわせた。

その時、棚の中に、『まだらな雪』のハードカバー版を見つけた。函もついている。

思わず息を呑《の》む。

おれはその本を手に取り、函から取り出した。本には透明なフィルムがついている。端のあたりが少し千切れていた。

「あっ、ちょっと」

彼女の制止も聞かず、手のひらにしっとりと張り付く、フィルムの感触を味わっていた。本を開くと、中にカードのようなものが一枚挟まっている。思わず手に取ったが、ただのハガキ、昔の読者カードだった。L判の写真と同じサイズだ。読者カードは端が黄ばんでいて、M社と会社名が印字されている。

「ですから、今日は店はやっていないんですって――」

「ああ、すみません。ちょうど探している本だったものですから」

女性は怪訝《けげん》そうな顔をした。

本が並んでいた棚は、「犬の出てくる本」フェアの棚だった。アガサ・クリスティー『もの言えぬ証人』やロイ・ヴィカーズ『百万に一つの偶然』、マイクル・Z・リューイン『のら犬ローヴァー町を行く』、ディーン・R・クーンツ『ウォッチャーズ』、アイザック・アシモフ編の『いぬはミステリー』などの古めの本から、ロバート・クレイス『容疑者』やボストン・テラン『その犬の歩むところ』、ポール・オースター『ティンブクトゥ』といった最近のものまでよりどりみどりだ。『世界で一番美しい犬の図鑑』などの大判本も並んでいる。映画『ジョン・ウィック』のパンフレットまで並んでいるが、この映画は殺し屋ものではなかったか。どこに犬が出てくるのだろう。

他にも、「警察小説の世界」「倒叙ミステリー特集」「豚の出てくる小説」「週末に終末SFを」などのフェア棚が、所狭しと並んでいた。どれも気になる。ポップの字は、筆圧が強く、無骨な味のある字だった。色ペンもあまり使われていない。

フェア棚の中に、『本格ミステリー作家・蛭間《ひるま》隆治《たかはる》の愛するミステリー！』というポップがあるのに目を留めた。国内外の名作が並び、「蛭間隆治」による各作品へのコメントを収録したペーパーが置いてある。おれはさっき女性が口にした「ひるま」という名前の音と一致しているのに意識を留めた。

『九段堂』は無骨な専門店、『本のみよし』は町の雑多な古本屋だったが、ここは内装からして洒落ていて、棚を見ているだけで楽しみがある。たとえフェア棚の本を全部読んだことがあっても、一つにまとまっているというだけで、得《え》も言われぬ幸福感がある。

「いい本棚ですね」

おれは思わず言った。

彼女は意外そうに目を見開き、次いで長い息を吐いた。

「とにかく、本は棚に戻してください。話があるなら聞きますから」

おれはおとなしく『まだらな雪』を棚に戻した。

かった。

「『まだらな雪』の中には、犬が出てくるんですか?」

『九段堂書房』の店主、『本のみよし』の店主との会話を思い返しても、そんな話は出なかった。

おれは何気ない質問のつもりだったが、彼女の反応はめざましかった。

「ええ、それはもう! 最も重要なシーンと言っても過言ではないですよ!」

彼女は、まるでおれが旧知の友であるかのように、親しげで、熱を帯びた口調で語り始めた。

「私は『まだらな雪』という小説を、あのシーン一つだけで忘れられないのです。私立探偵・真宮が、犬を飼っている高齢者の男性を訪ねるシーンです。物語の中盤、十四章ですね。『彼の体からは、甘ったるい死臭が漂っていた』という冒頭の一文からしてパンチが効いています。この男は生きながらにして死んでいるような男で、妻を亡くしていて、愛犬にしか心を開くことが出来ないんですよ」

「おれも、三年前に妻を亡くしました」

おれはそんな必要もないのに、自分の話をしていた。

「そうなんですか? お若いのに」

「自殺でした。遺書を残して、車の中で練炭自殺を」

何度も語ったストーリーだった。彼女は息を止めた。

「だから、先立たれる不安と孤独は分かります」

「だったら、『まだらな雪』のこのシーンは刺さりますよ」

彼女はそう言って、おれを慰めるように柔らかい声音《こわね》で言った。

「犬と自分のどちらが先に死ぬか、その不安を静かな対話の中から紡ぎだしていく筆致は、新人離れしています。どこか海外小説の模倣《もほう》めいている全体のプロットの中で、あのシーンだけは独自の輝きを放っているんですよ。この男は、犬の方が先に死んで、自分が遺《のこ》されることに耐えられない。だから、飲み残しの薬がたくさんあって、袋麺のゴミがゴミ箱に溜《た》まっていたりする。自分の体を弱らせたいんです。しかし、それが中途半端な試みであることを、真宮はすぐに見抜いてしまう。死にたい、死にたいと言いながらも、死からさえも逃げるような男である、と。

犬は生きる力に満ち溢れていて、男を置いてけぼりにしそうに見える。真宮はその犬が、男が生を希求する気持ちを代弁している存在のように見る。男の中に残った生きたい気持ちを、全て犬が受け取っているのではないかと。だからこそ、犬が楽しげに走る姿そのものが、真宮には『死に向かうようなゆるやかな疾走』に見える」

おれは彼女の言葉の奔流《ほんりゅう》に圧倒されていた。

「面白いですね。それを見た真宮がそう表現するというのが、面白い」

彼女が頷くのを見て、おれは続けた。

「そのシーンはミステリーとしての見所には繫がっているんですか？　何かのヒントだったり……？」

おれが聞くと、彼女は黙り込んだ。

「ああ、いえ、いえ、やめておきましょう。読む時の愉《たの》しみがなくなってしまう」

おれは腕組みした。

「しかし、今言ったのは、全部一つのシーンの話ですよね」

「全体で三百ページのうち、たったの十六ページの出来事です」

「言ってみれば、たったそれだけのことじゃないですか。他にも、全体の構成とか、オチとか、そういうことにあなたは興味がないんですか」

彼女は顔をしかめ、押し出すような強い口調で言った。

「たった一行の表現だけで、生涯忘れられない本はありますよ」

おれは押し黙った。

「『まだらな雪』は私にとって、老犬と男の小説です。私は私の読み方が絶対に正しいなんて言うつもりはないですが、私は、私の読み方が好きです」

彼女はそこまで一息に言うと、途端に顔を赤らめ、俯《うつむ》いた。

「……今のは忘れてください。お客さん相手に、ムキになるなんて」

おれはようやく呼吸が出来た気がした。

「いや、こっちこそ、煽《あお》るようなことを言いました。でも、あの本にますます興味が湧《わ》きましたよ」

彼女はおれのことをまじまじと見つめた後、ぷっと吹き出した。二人の間に、突然、甘ったるい親密な空気が流れた。

「あなたは、あまり私立探偵っぽくないですね」

彼女の率直な物言いに、おれは笑い、「どうしてそう思います？」と聞いた。彼女は垂れた前髪の向こうから、おれを見透かすように上目遣いで見た。

「立ち居振る舞いとか、言葉遣いですかね。あえて言えば、まるで小説の世界から飛び出してきたようで、本物っぽくない」

「そいつはどうも」

おれは肩をすくめた。そう、それそれ、と彼女は言う。

「そういう仕草の一つ一つですよ。今だって、自分の調査の本筋には全然関係なさそうな、『まだらな雪』のことにばかり興味津々に見える」

「そう見えますか？」

「だってあなた、私が犬の話をしていた時、前のめりだった」

彼女は自分の前髪を人差し指と親指で挟んで、両方の指をこすった。指の奥から、抜け目なさそうな目でおれを見ている。

いや、彼女の目はおれを見ていなかった。彼女はハイエナを前にした小動物のような必死めいた目つきで、戸口の方を見つめていた。

戸口を見やると、ドアの端に、何者かの足が見えた。

おれは彼女に早口で礼を告げ、その場を去ろうとした。

「待って、『まだらな雪』のことでもう一つ面白いことを思い出しました」

「結構です。お邪魔しました」

おれは追いすがろうとする彼女を振り払って、店の外に出た。

男の後ろ姿を目で捉えた。彼の背中は駅の方角へ消えた。

5

後ろ姿で男が分かった。猫背《ねこぜ》で足が短い。せわしない足取りは、元々の癖か、それとも、後ろにいるおれに気が付いているのか。

あの時、『おんどり書店』の女性は、戸口にいる蛭間に気付いたのだ。蛭間と彼女が知り合いなのは、「ひるま」という名前を口走ったこと、「蛭間隆治の愛するミステリー」などというフェア棚やコメントペーパーを置いていることから明らかだ。私立探偵に追われているということが、きな臭く感じられたのだろう。視線で、蛭間に「逃げろ」と合図した。彼はどこまで危機感を持ったか分からないが、ともかくその場を離れた。

ふと、なぜ蛭間は、店舗の休業日に『おんどり書店』を訪れたのだろうと疑問が湧いた。もし店の常連だったとすれば、そんな間違いをするだろうか。

いや、今はそんな些細《ささい》な疑問はどうでもいい。カバンの中身はすぐそこだ。おれは蛭間を追った。『おんどり書店』の最寄り駅で電車に乗り、ターミナル駅で乗り継いだ。視界の端で男を捉えながら、「蛭間隆治」の名をスマートフォンの検索窓に打ち込み、情報を追った。追っている男の写真が出てきた。十五年前にデビューした、三十八歳の作家。デビューは二十代だったことになる。謎解きをメインにした本格ミステリーと、ハードボイルドな私立探偵ものを交互に出しているという。売れているとは言えないが、中堅どころをキープしているらしい。

蛭間は下町のR駅で降り、住宅街に向けて歩みを進めた。冬の午後六時過ぎはもう暗い。点在する街路灯のほかは、明かりもない道が続いた。

蛭間は、喫茶店『香亜夢』で牧村に接触した男だ。

彼のところに、求めているものがある。

あの、『まだらな雪』が。

彼はポケットを探った。街路灯の明かりに、彼の手元がきらりと光った。鍵だ。もう目の前に、彼の家があるのだ。この時を待っていた。

彼が一軒家の玄関の前で歩みを止めた。

おれは自分のバッグの中からスタンガンを取り出し構えた。

「そこまでだ」

振り上げた手首を摑《つか》まれた。

「殺人未遂の現行犯。ここまでくれば、もう言い逃れは出来ないね」

恐る恐る振り返ると、そこに一人の女性がいた。

「初めまして、私の名前は——という」

彼女は名前を名乗った。おれは気が遠くなった。

「きみが、牧村真一を殺したんだね」

彼女——若槻晴海は、おれを指さした。

6

茫然《ぼうぜん》とするおれの目の前で、蛭間が尻餅をついた。

「若槻、遅いよ……背後まで迫ってきた時は、どうなることかと思った。もちろん囮《おとり》作戦に賛成したのは僕だけどさ……」

「悪かったって、倉畑《くらはた》君。あ、倉畑君っていうのは、そこにいる彼の本名ね。まあもう安心だよ。こうして無事に捕らえることが出来ただろ？」

若槻晴海はマスクの下でくすくすと笑い声を立てた。ショートカットにサスペンダー付きのパンツルックで、無邪気に笑う彼女は、まるで少年のようにも見えた。体の線の細さが、より中性的な魅力を高めている。――これが、本物の「若槻晴海」だった。

「……あんた、一体どうして」

おれは若槻を睨んだ。

若槻がおれの瞳を覗き込んだ。

「近くに警官も控えてもらっている。きみの身柄引き渡しはすぐに済んでしまうから、そうなる前に、少しだけ話をしよう。最初から、順番に」

＊

おれは二日前の夜、牧村を殺害した。

大学時代からの馴染《なじ》みである牧村は、おれを恐喝《きょうかつ》していた。ネタは、三年前に死んだおれの妻のことだ。

おれは、妻を自殺に見せかけて殺害した。妻の不倫に気付いたのは四年前のことだ。最初は見て見ぬふりをして鈍感《どんかん》に生きていこうと思った。だが、出来なかった。自分のいないところで妻とその相手がおれを嘲笑《あざわら》っていると思うと、ひどくプライドを傷つけられた。おれを馬鹿にした二人を殺し、自分の人生をもう一度始める。そんな計画が頭の中に出来上がったのは、三年半前のことだ。

妻と不倫相手を心中に見せかけて殺した。二人が山奥の旅館に行く日を突き止め、車中で練炭《れんたん》自殺に見せかけて殺し、そのまま山奥に遺棄した。妻がドラマの気に入ったセリフをメモしていた手帳から、遺書に見せかけられそうなページを破って置いておいた。自宅に戻ったおれは、行方不明者届を警察に出し、妻に逃げられた愚かな亭主を演じ、警官の憐《あわ》れみを誘うよう努めた。

警察は自殺の判断を下し、おれの殺人は露見《ろけん》しなかった。

報道では、三面記事にそっけなく二人の死が報じられた程度で、名前すら書かれていない記事もあった。

妻の死から二カ月後、大学時代からの旧友で、雑誌記者の牧村が、おれの家を訪ねてきた。

そこで牧村が取り出したのが、夕神弓弦の『まだらな雪』、函入りのハードカバー装だった。

「ここには、面白いものが挟んである。なんだか分かるか？」

彼はそう言って、一枚の写真を取り出した。L判に印刷された写真には、あの山中から出てくるおれの姿が写っていた。二人の死体を遺棄し、別のところに停《と》めておいた車まで行こうとしたところだ。写真には日時の印字があるだけでなく、その日行われた夏祭りのビラが貼られた看板が写っていて、東京にいたというおれのアリバイを崩《くず》すには十分だった。

「お前の妻の不倫相手、あれ、有名な議員の息子さんでね。二世議員を目指していざ出馬という時だった。いいネタがないかと追っかけてたところだったのさ。あの二人が出会った社交パーティーに、俺も居合わせてね。お前の奥さんだってのは、調べるうちに分かったんだ。で、あの日、山奥の旅館での密会を追っかけていたら、お前まで現れるんだからな。これは面白いものが見られそうだと思ったから観察していた。そうしたら、大当たりだった、というわけさ……」

彼はその写真を、『まだらな雪』の真ん中に挟み込んだ。

「気付いていたなら、どうしてもっと早く言い出さなかった」

「二カ月経《た》って、警察の追及も止んで、ホッとしている頃だと思ってな」

彼はクックッと笑った。

「『まだらな雪』、このタイトルの意味が分かるか？　雪の残る部分と、アスファルトの黒い部分。全ての秘密はいつか明らかになってしまうってことだ。それに、殺人者のお前だって、全部が全部暗い部分だけじゃない。社交性もあれば、普通に振る舞うことも出来る。

そういうまだら模様の人殺しだ。だが、いつかは全てが明らかになる。お前の心のメッキが剝《は》がれて、いつか黒い部分だけが白日の下に晒《さら》される……」

牧村は本の表紙にキスして、まるで自分の女をひけらかすような自慢げな顔つきで、本をおれに向けて掲げた。

「お前は、そうならないように俺に尽くすんだ」

その日以来、おれは牧村の奴隷《どれい》に——〝犬〟になった。

おれは不思議にも、さっき『おんどり書店』で会った女性に聞かされた「高齢者と犬のワンシーン」に、自分を重ね合わせているようだった。おれも妻を殺して以来、早く死にたいと願っていた。裏切られた悲しみで心は摩耗し、唯一の刺激は牧村と対峙《たいじ》することだった。

金を渡し、要求があればどんな場所にも出かけて行った。そう、おれは牧村の「犬」だった。『おんどり書店』の女性の言葉を思い出す。心は、死に向かってゆるやかに疾走《しっそう》した。感じることをやめてそれに耐えた。だが、いよいよ我慢の限界が訪れた。

妻を殺してから付き合っていた交際相手の女性に、他の男がいることが分かった。牧村の「犬」と化し、スケジュールも容易に取れなくなったおれに愛想を尽かして、おれを見捨てたのだ。

そこまできておれはようやく、目が覚めた。このままではいけない。おれは、おれの人生を取り戻さなければならないと思った。

　土曜日、おれは牧村の家に行く予定だった。おれを言葉でいたぶりながら世間話をし、酒を飲むのが、あの嗜虐者《しぎゃくしゃ》にとって最高の愉しみだったのだ。

　彼はまるで何かのライセンスのように、『まだらな雪』をずっと持ち歩いていた。写真それ自体の意味は、事情を知る者にしか分かりにくいから、牧村も見られる危険を恐れなかったのだろう。むしろ、あえて持ち歩くことで、おれの不安を煽《あお》っていたに違いない。

　おれが家に着くなり、牧村はくだらない話を始めた。

「今日、雑貨を買った帰りに喫茶店に寄ったら、ムカつくことがあってな。隣に座ったちびの客が、俺と同じカバンを持ってやがったのさ。このご時世にわざわざ親しげに話しかけてきたが、その内容が面白くないことこのうえない。服とかカバンが他人と被《かぶ》っているのに気付いた時の、あの気まずい感じはなんなんだろうな。まして、相手がセンスのないちびと来れば、気分も最悪――」

　おれはその話を最後まで聞くことなく、牧村を撲殺《ぼくさつ》した。

　殺しも三人目になれば、やるべきことはすぐに分かった。手袋を嵌《は》め、おれの触ったところを全て拭いた。口をつけたグラスは入念に洗って棚に戻しておき、ＰＣや記録媒体に残っているおれの写真を全て消した。

　最後に、牧村が普段持ち歩いているバッグの中から『まだらな雪』に挟まった写真を盗み、計画は完遂……のはずだった。

牧村のバッグの中には、古本の山と、マフラーと手袋、そして名刺入れが入っていた。『まだらな雪』は、どこにもない。

混乱するおれの頭に、さっき牧村がした話が蘇《よみがえ》ってきた。

同じカバンを持っていた、もう一人の男——。

おれはカバンの取り違えという恐ろしい可能性に気が付いた。『まだらな雪』は、喫茶店で居合わせたもう一人の客、牧村の言う「ちび」が持っているのだ。

苦い思いが口中に広がった。

後悔はすぐに過ぎ去り、おれは残酷な決意を固めた。既に三人殺している。歯止めは利かなかった。その男を見つけ出して、殺す。写真を取り戻し、おれの人生を取り戻す。やることは変わっていない。写真のデータは全て消した。家捜《やさが》ししてプリントアウトされた写真も調べたが、おれの写真はもうなかった。おれの犯罪の証拠は、カバンを取り違えた男の手元にある、そのたった一枚だけなのだ。

おれは手袋をした手で、カバンの中のものを検《あらた》めていく。男の身元を示すものが、何かないかと思ったのだ。

財布は入っていない。ポケットの中にでも入れていたのだろう。古本には当然手掛かりがなく、マフラーや手袋にも記名はない。

唯一の望みは黒い革の名刺入れだが、自分の名刺を入れるスペースには、何も入っていない。ちょうど、切らしているようだ。おれは舌打ちして、男がもらった名刺二十枚分を順繰りに見た。編集者と作家の名刺ばかりだ。間違いなく出版関係者で、出版社と作家の傾向からして、ミステリー業界だ。だが、それだけでは到底絞り込めない。雲をつかむような話だ。

その時、おれは一枚の名刺を取り上げた。

若槻探偵事務所
　私立探偵　若槻晴海

名刺はカラー刷りで、若槻探偵事務所のロゴマークが印字されている。

どうして私立探偵の名刺が一枚だけ入っているのか不思議だったが、何かの取材などで話を聞いたのだろう。

おれは何となく気になったその名刺を机の上に置き、今度は死体のポケットを検めた。ポケットの中に、喫茶店『香亜夢』のレシートが入っていた。時刻は土曜日の十六時四分。牧村の話と一致している。この喫茶店が、男と接触した喫茶店で間違いない。

おれは喫茶店にいた男の行方を突き止めなければならない。

だが、おれはただの会社員だ。人の周辺を嗅ぎ回る権限はない。おれがただの客として喫茶店に行ったところで、怪しい客と思われて、それまでだろう。

おれは若槻晴海の名刺を、ポケットに入れた。

この名刺さえあれば、私立探偵の振りが出来る。

私立探偵を名乗れば、男の行方を聞き出す口実になる。もちろん怪しいことには変わりないが、徒手空拳《としゅくうけん》で乗り出すより可能性がありそうに思えた。

自宅を調べたが、牧村は自分の写真をあまり持っていなかった。大学時代からの馴染みだから、サークルにいた頃の牧村の写真ならおれの手許《てもと》にある。十数年前の写真になってしまうが、両親が提供した写真だとでも言えば、誤魔化せるだろう。両親と牧村は疎遠だ。中華料理屋をやっている両親のところには、死体が見つかれば警察が出入りするだろうから、現実には会いに行けないが、大学の時に一度だけ行ったことがある。人となりの説明は出来る。彼らを、依頼人ということにしよう。両親に依頼され、本を探している——私立探偵への依頼人と依頼内容としては、あり得る線だろう。

死体の傍でそこまで考え、明日にでも動き出そうと思ったが、『香亜夢』の情報を携帯で調べると、日曜は定休と出ていた。一刻を争う時に、一日棒に振るのは歯痒《はがゆ》いが、おれには『香亜夢』以外の手掛かりがなかった。

それは、追い詰められたおれが考え出した、危険な賭けだった。

おれに依頼人はいない。

おれは、本を見つけ出して、その男を殺すためだけに、探偵行為を始めたのだ。

＊

若槻晴海はおれと向き合って、静かな声で話を続けていた。

「蛭間から連絡をもらった時は、私も驚いたよ。彼とは昔からの友人で、作家になってからは、取材だなんだと、よく話を聞きに来る間柄だったんだ」

名刺は、「私立探偵の名刺が見たい」と言った蛭間に対し、参考にと渡したものだという。

「昨日の夜のことだ。『喫茶店でカバンを取り違えたらしい。そこに殺人の証拠が入っていた』。彼はまず、電話でこう言ってきたわけさ。さすがに面食らったよ。聞いてみると、喫茶店で同じカバンを持った男が隣にいて、家に帰ってみたら、自分のカバンではなかった。まあ、取り違えを疑うのは無理もない。だが、殺人の証拠とはね」

実際、と彼女は続けた。

「本に挟まっていたのは、たかが写真だ。だけど、本に挟み込んでおくには、確かにちょっと不思議な写真だよね。薄暗いところで撮っているし、いかにも意味ありげだ。普通ならここで立ち止まるところだろうが、いかんせん、最初に見たのがこの男なのが不幸だった」

若槻は隣に立つ蛭間を指さした。蛭間は、ばつが悪そうに後頭部を掻いた。

「この男、年がら年中ミステリーのことばかり考えているからね。想像力だって人一倍逞《たくま》しい。蛭間は夏祭りのビラからこの山がどこか特定して、写真に印字された日付に何か事件が起きていないか調べたんだよ。そうしたら、ビンゴ。車中で男女が心中事件を起こしていた。

とはいえ、これだけではただの偶然かもしれない。蛭間の言うような『殺人の証拠』としてはちょっと弱い気がしたんだ。だから、私は取り合わなかったが、今日の朝、状況が変わった」

「……牧村の死体が発見されたんですね」

おれが言うと、若槻は頷いた。

「その通り。そのニュースが流れて、再度蛭間は私に連絡を取ったのさ。牧村の顔写真を見て、喫茶店で会った男だと蛭間は確信した。写真が殺人の証拠で、犯人の目的は、牧村からこの本を奪うことだったんじゃないかと推理出来た。蛭間の妄想は、この時初めて、重大な意味合いを帯びてきたわけさ」

蛭間がもじもじと両手をこすり合わせた。

「だけど、ものは殺人の証拠だからね。もし、今から警察に届け出れば、僕が盗んだのではないかと疑われるんじゃないかと思い……」

若槻は引きつり笑いを浮かべた。

「自分が不謹慎な小説ばっかり書いているから、そうやって必要以上に恐れるんだ。まあ、私としても、この依頼はなかなか面白そうだからね。快く引き受けることにした」

「仕事がなくて暇だったからだろ」

蛭間の皮肉に、若槻は振り返りもしなかった。

「そしたら、事件はすぐに面白い経過を見せた。まずはカバンの取り違えが起きた喫茶店から調査を始めて、事件直前の牧村の様子を調べることにしたんだが……ここで、マスターが私の差し出した名刺に意外な反応を示したんだ。『女みたいな名前だと思ったが、本当に女だったのかい？』ってね」

おれは唾《つば》を飲み込んだ。

「聞いてみれば、私の名刺を出して、蛭間のことを根掘り葉掘り聞いた男がいたって言うじゃないか。おまけに、渡された名刺はいつの間にか消えていた。後ろ暗いことがあるから、名刺を回収したんだ。私はあまりの手応えに興奮したよ。私たちは互いを求めあって、同時に調査を始めたのさ。まるで互いの尾を喰い合う二匹のウロボロスだ」

若槻は、フフッとくすぐるような声で笑った。

「私はマスターからきみの特徴を聞き出して、きみが聞き取った話を全て確かめた。すると、きみは古本屋の情報を詳しく聞いていたという。恐らく、蛭間の行った店の中に、常連として通っている店があると見て、素性を探ろうとしたんだろう。単純だが、悪くない読みだ。事実、『おんどり書店』の店主は、蛭間と懇意《こんい》にしていた。

蛭間が『おんどりは今日は定休日だ』と言うから、私たちは手近な『九段堂書房』に向かった。そしたら、そこにもきみの足跡《そくせき》があった」

「その後は。なんで、おれがここにいると分かったんですか」

「私たちは『九段堂』と『おんどり』以外のもう一つの古本屋は捨てた。小さな古本屋で、蛭間もふらっと立ち寄ったから、名前を覚えていなかったしね」

「『本のみよし』です」

「え？」

「『本のみよし』。蛭間さんが行ったもう一つの本屋の名前です」

おれが言うと、蛭間が感嘆の声を上げた。

「するときみは見つけたんだな。ありがたいな。均一棚が案外良かったから、また行きたかったんだよ」

「店主と話してみるといい。面白い人です」

おれが言うと、若槻は笑った。

「本当にきみは不思議な人間だな。残忍な判断を下す冷酷さと、本を心から愛する温かさが同居している」

「大学時代、ハードボイルドや私立探偵小説をよく読んでいました。おれも喫茶店の古風な雰囲気にあてられて、まるで自分が映画の中の登場人物で、憧れた私立探偵になれたような気がしたんですよ」

そう口にして、初めて分かった気がした。

おれはこの探偵行《こう》を、楽しんでいたのだ。

「そうか——それが、きみが私立探偵らしくない理由か」

おれはその言葉を聞いて、思わず息を止めた。

「……あなたとは、初めて会った気がしないと思っていました」

「もうお気付きかな？」

彼女は手に持っていた袋からウィッグを取り出してかぶった。長い前髪が目元に垂れている。表情と雰囲気まで変え、まるで別人になっていた。

「『おんどり書店』の女性……あれはあなただったのか」

「その通りだ。もう一軒の古本屋、『本のみよし』だったね、あれを捨てた私たちは、『おんどり書店』できみを待ち受けることにしたんだ。休業日だからきみが先に着くことはないし、休業日でも店内作業で店主は店にいる。そして、『おんどり書店』で蛭間のフェアが開かれているのはきみも見ただろう。店主と懇意にしているということは、こちらの無理が利くということでもある。私は蛭間を通して店主に頼み込み、店を使わせてもらうことにしたのさ」

「本物の店主は男ですか？」

「どうしてそう思った？」

「店内の手描きのポップの文字です。筆圧が強く、無骨な字だった。あなたが書いたと思うとそれはそれで良い味があったが、そうじゃないとすると、男じゃないかと」

彼女はニヤリと笑った。

「そう。私はきみのその観察眼を信用したんだ。私の発した『ひるま』という露骨なヒントを受けて、きみの目はしっかりと店内のフェア棚を追った。それを見て、私は自分の作戦の成功を確信したんだ。蛭間に合図を送り、戸口に立ってもらった。私の視線を追ったきみは、戸口の蛭間に必ず気付く。私がきみを警戒していたことも察していたなら、蛭間を逃がそうと合図したことにも必ず気付く。きみは私の思い通りに動いてくれた……」

「思えば、あそこに『まだらな雪』を置いておいたのも、あなたのトラップだったんだな。おれは本を開いて、思わず中の読者カードを確認してしまった。L判の写真にサイズが似ていたからだ。だが、あの読者カードはM社のものだ。『九段堂』で聞いたが、『まだらな雪』を出した出版社はK社だ。あなたはおれの反応を見るために、別の本から読者カードを抜いて挟んでおいたんだ」

「そう。何せ、私と蛭間はあらかじめ写真を見ているからね。そして、きみは期待通りの反応を示した」

おれはため息をついた。あの時のおれは、二人の店主と『まだらな雪』の話をして、本が気になり始めていた時だった。

「カバンの取り違えという偶然によって手にした私の名刺……『若槻晴海』の名の名刺こそが、きみの探偵行の主役だったわけさ。きみが手にした名刺はたった一枚で、だから、きみは少し無理をして、その一枚を使い回さなければいけなかった。

まず、きみは喫茶店『香亜夢』では、マスターに渡した名刺を回収する必要があった。そこで、机の上にあった名刺型の店舗カードをカウンターの上に出した。そして、立ち上がる時に伝票をカウンターの上に載せ、名刺とカードを伝票の下に隠した。そうやって、すばやく名刺だけを抜き取った。結果、香亜夢のマスターが気付いた時には、名刺はきみの手の中というわけさ。

そして、『九段堂書房』だ。きみは名刺を店主に投げ捨てられ、近くの客に踏まれた。その名刺を拾い上げ、汚れを払うのはいいが、これで唯一の名刺はボロボロになった。『本のみよし』では、名刺を出さずに済むよう話を進めたんだろう。

おまけに、きみは『九段堂』で蛭間が買ったものを聞く時、『一昨日は、どんな本を買っていきましたか？　何かの資料とか？』と聞いたそうだね。これは凡ミスだよ。結論の先取に他ならない。だって、蛭間が作家か編集者ではないかっていうのは、『九段堂』の店主が買ったものを証言して初めて出てくる推測だ。きみは蛭間の名刺入れの中身をあらかじめ見て、彼の職業にアタリをつけていたから、話を急ぎすぎたのさ。

最後に『おんどり書店』で待ち構えていた私のところに現れた時も、きみは流しの客を装って名刺を出さずに済ませられないか探っていた。私が警察を呼ぼうとして電話に近付くのを見て、やむなく同じ名刺を差し出した。私は求めていたものを引き出したわけさ。端についていた折り目は、『香亜夢』のマスターが手持ち無沙汰につけたものだろう。私たちが話を聞いた時も、自分の店のカードを同じように折っていた。彼の癖なんだろう。『九段堂』での汚れは払ってあったが、それでも靴跡の輪郭は残っていた。だから私は、他の名刺に替えてくれとカマをかけたよね。あの時、内心きみはひやひやしていたはずだ」

そう語る若槻は得意そうだった。

「そして、今に至る、か……」

おれはうなだれた。

「あなたの言っていた意味が分かりました。おれたちは鏡に映った像と、その本体のようにシンメトリーだった。おれのいたところにあなたが現れ、あなたがいるところにおれが現れた……おれが女のあなたを演じ、あなたが男の店主を演じた……」

「分かってくれて嬉しいよ」

ようやく、罪を償う時が来たのだ。

自分の私欲のために、三人を殺した。妻が不倫をしていようと、牧村がどんな人間であろうと、人殺しの罪の重さは変わらない。その報いを受けなければならない。

赤い光がアスファルトの路面を舐《な》めた。最後の時は、訪れてみれば呆気《あっけ》なかった。だが、自分の人生を奪われたという、あの切実な思いはどこかに雲散霧消《うんさんむしょう》していた。おれの心は不思議と満たされていた。誰かの振りをすることで、忘れていた自分の心を素直に話すことが出来た。

たとえ、彼女が偽者だったとしても、あの時、あの店内で交わした言葉に、嘘《うそ》はないと思いたかった。

「時間だ」

若槻はじろっとおれを見て、冷淡な声で言った。

「ありがとう。良い狩りだったよ」

若槻の言葉を聞いた時、うすら寒いものが背筋を走ったが、まだその違和感の正体には思い至らなかった。

おれは両手を差し出した。

7

これで、おれの話はおしまいだ。

自分が私立探偵であるという勘違いに浸ることが出来た幸福な一日の物語。シビれる会話も、地味ながら堅実な調査行も、探偵との対決も……刑務所に入るまでのお楽しみを過ごした一日のこと。

それで、おしまいのはずだった。

だが、この話にはあと一つだけ、割り切れない部分があった。

刑務所の図書室で夕神弓弦の作品——特にあの『まだらな雪』の文庫版を見つけた時、おれの心は躍った。あの本は、いつまでもおれの人生を縛《しば》り付ける悪魔のような一冊だったが、二人の古本屋店主と、若槻との会話を経て、おれはどうしようもなく、『まだらな雪』を読みたくなっていたのだ。

果たして、なかなか面白いハードボイルドだった。ロス・マクドナルドに影響を受けているとに九段堂の店主が言っていた通りで、確かに、トリックの手つきや伏線はロス・マクドナルドのそれだし、家庭の悲劇の描き方も堂に入《い》っていた。

だが、決定的におかしな点が一つあった。

若槻晴海の言っていた、高齢者と犬のシーンがどこにもないのである。

彼女の思い違いだったのかもしれないと、おれは続く二作も読んだ。『翳のない鳥』と『風の果てる日』。前者はより洗練されたトリックの冴えと、昭和歌謡の使いどころがよく、後者は老境の域に入った真宮の心理描写が読ませるところがあり――犬のシーンはどこにもない。『消したい正夢』はバリエーションに富んだ短編集で、これまでの真宮シリーズを短編サイズで味わえるし、長編のプロトタイプとみられる作品もあり――犬のシーンはどこにもない。他に夕神の作品でハードボイルドとうたわれている作品をチェックし、やはりキャラクターの魅力という点では真宮ものに一歩譲る感があり――犬のシーンはどこにもない。

犬のシーンはどこにもない。

――たとえ、彼女が偽者だったとしても、あの時、あの店内で交わした言葉に、嘘はないと思いたかった。

あの時、おれはそう思った。それなのに――。

おれは、ふと思い立って、メモ用紙に名前を書き出した。

蛭間　隆治　Hiruma Takaharu

おれは震える手で、苗字と名前を、それぞれ綴《つづ》り替えてみた。

Hiruma → Harumi　晴海
Takaharu → Kurahata　倉畑

確か、あの男――蛭間隆治として顔写真も通っている、あの男の方の本名は、倉畑というのではなかったか。

おれは檻の中で、呆然としてうなだれていた。

あの時、あの店内で交わした言葉に――本当のことは、一つもなかったというのか。

＊

「若槻……お前さ、もうやめた方がいいよ、あれ」

蛭間――倉畑はパソコンのキーボードを叩きながら、苦言を呈《てい》した。

「あれって何さ？」

「何って、お前が容疑者にやるあれだよ。『この前読んだ小説にこんなシーンがあって』

って語り出すあれだ」

倉畑は手を止め、若槻に向き直った。

「お前は、目の前の犯人をモデルにして、次の小説に使うためのシーンを考える。それを、読んだ小説にあったシーンと偽って、犯人の前で話すじゃないか」

「何を言い出すかと思えば。あれは犯人を揺さぶるための一つのテクニックだろう？　大抵の犯人は、自分のことを言われてるんじゃないかと思って怒り出すか、薄気味悪さを覚えるかだよ。どちらにしてもボロを出しやすい心理状態に追い込める」

若槻晴海と倉畑は、二人で一人のコンビ作家だった。互いの名前のアナグラムを入れ込んで、「蛭間隆治」をペンネームとし、私立探偵として知られている若槻の代わりに、顔写真など広告塔の部分を倉畑が担っている。

倉畑が執筆担当で、若槻はプロット担当だ。本格ミステリーの時はすんなりといくのだが、ハードボイルドを仕込む時、若槻には度《ど》し難い悪癖《あくへき》があった。それは、自分が捕らえた犯人のミニチュアを、小説の中のワンシーンとして埋め込んでしまうことだ。そういうシーンに出てくる人物は、決して後の展開や、真相には絡んでこない。だが、ハードボイルド小説によくあることなのだが、そういう道行きの中に描かれた人物の一人が、やけに印象に残ってしまうことがある。彼女がミニチュアを仕込むのは、そういう道行きの中の一光景なのだ。

彼女はよく、探偵活動は「人間狩り」なのだと言う。

だとすれば、彼女は、捕まえた虫を標本にして飾るのと同じように——人をミニチュアにして、自分の小説の中に閉じ込めているのかもしれない。

「今回の作品の第十四章……このシーン、牧村を殺した男をモデルにしただろう」

倉畑はパソコンの画面を指さした。

「今回、お前は『まだらな雪』の中のワンシーンとして、自分の思いついたシーンを口にしたそうじゃないか。いつもタイトルはぼかして言うのに、今回はタイトルまで言って嘘を……それはいくらなんでもダメだ。夕神大先生に怒られろ」

「そういう風に言えば、彼は話に乗ってくれると思ったんだよ」

若槻はマスクをした口元を押さえながら、ククク、と笑った。

「あの時の彼は実に見物だったよ。だって、本当に『まだらな雪』の中のワンシーンだと思い込んで、すごい食いつきだったんだから。一瞬たりとも、自分のことを言われているなんて気付いていなかったみたいだよ。彼が牧村に飼われていた現状を『犬』と表現したことも——今の生き生きしている様子を、犬の様子でたとえてみせたのもね。あんなに生き生きと探偵のふりをしているのが面白くて仕方なくてね。まさに生命力に満ち溢れていた。妻に裏切られて、さらにその件がもとで恐喝されていた男とは、思えないほどにね。だから、ちょっとからかってみたくなったんだ」

「お前な、いつか、名誉毀損《きそん》で訴えられるぞ」

「フン。なんと言われようと、私は私の『狩り』をやめるつもりはないよ。こんなに楽しいこと、他にないからね」

チッ、と倉畑は小さく舌打ちをする。

だが、若槻のプロットを元に組み立てた、件《くだん》の十四章、高齢者と犬のシーンは、確かに、なかなかキマっていた。

倉畑はマスクの下で、満足げな吐息を漏らす。どれだけ最悪な性格で、人の心を踏みにじった最低の捜査を行って来ようと、素晴らしいシーンを成果として持って帰って来る。これだから、どれほど苦言を呈そうと、若槻とコンビを組むのをやめられないのだ。

今だけは、もう少しこのままで――。

いつか、この危険な遊びに、誰かが気付くのだろう。

その予感に恐れを抱きながら、倉畑は、今回も、危険な賭けをやめられなかった。

二〇二二年度入試という題の推理小説

「少しはわかってきたかな。
きみは今までゲームのルールを誤解したままそれに参加していたわけなんだよ。
ルールを知れば国語の問題なんて簡単なものだ」
——清水義範《しみずよしのり》「国語入試問題必勝法」（『国語入試問題必勝法』講談社文庫）より

●序文

本稿は二〇二一年度のK大学入試において起きた「事件」を記録に残すべく、関係者の書いた様々な記録や、編集人が独自に収集した文書を基に再構成したブリコラージュである。

●二〇二一年度受験生、中高一貫校に通うAくんの日記

二〇二〇年四月八日（水）

高校の授業は結局始まらなかった。新型コロナのせいで春になってもマスク生活だ。息苦しいったらない。

でも受験は待ってくれないので、勉強はする。

これから毎日、勉強のこととか日頃のこととか、日記をつけていくことにした。文章を書くのは得意じゃないけれど、先輩に勧められた。嫌なこととか、怒ったことも、言葉に起こしていくうちに整理出来るらしい。一時間勉強したらシールを一枚貼るとか決めてお

くと、受験前日はびっしり貼られたシールを見て、自信もつくんだとか。

まあ、とにかくやってみようと思う。


（中略）

九月十五日（火）

夜になって、絶望的な気分になってきた。これはきっと罰なんだ。登校日に担任の前田《まえだ》が「今年の入試は全部が変わるから、しっかり対策しとけよ」ってクチが酸っぱくなるほど言ってたのに、真面目に考えてこなかったから。

「お前たちは高校三年生じゃない。中学六年生だ。受験は小学生の時以来なのに、今年は大きな荒波が来る。しっかり意識を変えるんだぞ」

耳にタコが出来るほど聞かされた「中学六年生」というフレーズが、今では身に染みる。

受験ってどんなものだったんだっけ？

昼間は大学の出した通知文を見て、みんなでギャーギャー騒いで笑ってた。いくらなんでも無茶苦茶だって。SNSの通知鳴りやまなかったし。コロナのせいで、身の回りがすっかり変わっちゃったけど、今回のは冗談にもならない。夜になって、一人きりになって、段々騒いでた熱が冷めた。そしたら腹が立ってきた。

帰宅するなり母さんまで同じ言葉だ。「あんた、ちゃんとK大学の通知文読んだの？」って。うっせー、読んだに決まってんだろ。俺の第一志望校なんだから。日記がどんどん長くなってる。コロナでみんなと会う時間も減ったから、こうしてたまに自分の気持ちを整理しとかないと気がヘンになりそうだったけど、日記ばっか書いててもダメだ。少しでも勉強する。

勉強？　勉強ったって、あんな試験のために何が出来るんだ？

大学のサイト、落ちてる。ネットで炎上して大騒ぎだから？　ふざけんな。お前らにってはオモチャでも、俺たち受験生にとっては死活問題なんだぞ。くそ！

ようやくサイトに繋《つな》がった。明日も繋がらなくなったら困るから、書き写しておく。

K大学〇〇学部　小論文「犯人当て」

「出題範囲」

鮎川哲也《あゆかわてつや》「薔薇《ばら》荘殺人事件」「達也が嗤《わら》う」

高木彬光《たかぎあきみつ》「妖婦の宿」
エラリー・クイーン『オランダ靴の秘密』
綾辻行人《あやつじゆきと》『鳴風荘《めいふう》事件』
有栖川有栖《ありすがわありす》『孤島パズル』
以上

●週刊DIRECT　十月十五日号「現場の深層：Withコロナの大学入試……『今まで通りではいけない』」
併録：K大学〇〇学部長・和田太洋《わだたいよう》氏インタビュー　〜話題の入試形式、その真意を聞く〜

※本文中の図表は削除し掲載している：編集人注

二〇二一年度に導入される「大学入学共通テスト」の実施要項をはじめ、各大学の入試要項が続々と発表された。新形式の導入に伴う対応や、新型コロナウイルス感染症対策に追われる現場で、各大学の対応が分かれることになった。

AO入試においてはオンライン面接や自己PRなど就職活動に類似した選考方法を取った大学も多くあった。一般入試でも、新型コロナウイルスによる休校で習熟度のバラつきが出ることに配慮し、「発展的な学習内容を出題しない」と発表した大学もある（次ページの図表「各大学対応のまとめ」を参照）。二週間の間隔をあけ、追試や予備日を設ける大学も多くあった。

S塾進学情報事業部の部長の有賀太郎《ありがたろう》さんは「大学入学共通テストは例年以上の安全弁になる」と語る。

「今年度は各大学の配慮により、独自入試を受けられない受験生に対して、『大学入学共通テスト』の点数を独自入試の点数に換算し、対応してくれます。名門私大のW大学もこの対応です。共通テストさえ受けておけば、万が一があっても後の入試のスタートラインに立てるのです」

しかし、二月・三月の独自入試に照準を合わせていた受験生からすれば、勝負の時機が早まったともいえる。例年と違う形式、今までの「常識」が通じない状況に、一番振り回されているのは、渦中にいる受験生たちだ。

（中略）

・K大学〇〇学部長、和田太洋氏インタビュー

（編集人注・和田氏の顔写真が掲載されている。五十三歳で、唇の上に生えた髭《ひげ》と、自信

に満ち溢れた笑《え》みが、ただものではなさそうな雰囲気を醸《かも》し出している）

DIRECT編集部（以下、編集部）　和田先生、本日はよろしくお願いいたします。

和田　はい、よろしく。

編集部　本日お伺いしたいのは、今世間を騒がせているK大学〇〇学部の入試方式についてです。各大学が例年と異なる対応を迫られる中、御校の入試方式は一風変わっておりました。今回、「推理小説の犯人当て」を入試に組み込んだ、その真意はどこにあるのでしょうか？

和田　本学は、世界で活躍できる人材を求めております。グローバル化する社会の中で、リーダーシップをとって世界的課題に立ち向かっていく。本学では、そうした人材をかけがえのない宝として扱い、「人財」と呼んでいます。

新型コロナウイルス感染症で世界が揺れ動く中、そうした「人財」は今まで以上に求められています。そして、彼らに必要なのは、「論理的にものごとを考え、真理を追究し、ユニークな発想によって日本と世界をより良くするために力を尽くせる能力」だと考えています。

そこで、推理小説における一伝統様式である「犯人当て」を利用した入試を考案した、というわけです。

編集部　――今、お話に飛躍《ひやく》があったかと思います。論理的思考や探究心、発想力を測るのであれば、何も推理小説だけによる必要はないのではないでしょうか。通常の小論文でも、論理的に文章を構成する能力、ものごとを切り取る視点や発想は十分に測れるはずです。

和田　ええ。しかし、そうした「小論文」の書き方はもう対策され尽くしています。非常にテクニック化されているんですね。各予備校が対策講座を組み、テクニックを教え、「型」にあてはめる。それで果たして、本当の「論理的思考」が測れるのだろうかと、私は疑問に思ったのです。そこで、今回は試みとして、オリジナルの「犯人当て」によるテストを考案したという次第です。

編集部　オリジナルということは、問題は御校で作成なさるということですね。

和田　その通りです。「出題範囲」として掲げ《かか》たのは、あくまでも「犯人当て」に初めて触れる受験生に、形式と作法を学んでいただくための参考資料です。問題は本学の優秀な教員によって、綿密に作成させていただく予定です。入試後であれば、推理小説のアンソロジーなどへの掲載も承《うけたまわ》ります。ぜひご用命を。（一同、笑う）

編集部　しかし、「犯人当て」というのは、今でもミステリー雑誌などで懸賞金付きで発表されているのを見ますが、基本的には「唯一無二」の答えを求めています。それでは、正答者同士にあまり差がつかないのでは？

和田　一般的なイメージでは、そうでしょうね。しかし、同じ正答でも、思考の手順や道筋には違いがあります。例えば、「出題範囲」に挙げた「薔薇荘殺人事件」の創元版（編集人注：創元推理文庫『五つの時計』のこと）でも、同じ犯人に辿《たど》り着いた花森安治《はなもりやすじ》氏の解答が掲載されていますが、プロセスは作者の鮎川哲也氏が用意したものとは違っています。鮎川氏が小説を書いた時の手つきや人物の配置など、作品の外からの手掛かりに着目しているんですね。また、「出題範囲」には挙げませんでしたが、坂口安吾《さかぐちあんご》氏の『不連続殺人事件』、これの二〇一八年に復刊した新潮文庫版では、書かれた当時の「読者への挑戦状」が全て掲載されていて、当時の「犯人当て」に対する空気や各名士の推理なんかが書いてあったりして、参考になるでしょう。

試験においては、解答に至るプロセスにはこだわっていただいて、当てずっぽうというのはやめて欲しいですが、ユニークなひねりがあれば、別のプロセスで解き明かしても評価するかもしれません。

編集部　しかし、採点はどのように行うおつもりでしょうか？　通常の小論文と同様に考えますと、一定の採点基準を設けて、複数の採点者で採点をするものと思われますが、ユニークな解答プロセスまで認めるとなると、基準はどのように……。

和田　――そのあたりは、本学の中の話になりますので、詳細は控えます。しっかりと整理して採点に取り組む所存です。

編集部　なるほど。ちなみに、先ほど、ミステリーの名作の名前がちらほらと出ましたが、最後に、和田学部長のミステリーの読書遍歴《へんれき》などをお聞かせ願えれば。受験生にも参考になるかもしれません。

和田　さあ。若い頃に、『Xの悲劇』『Yの悲劇』くらいは読みましたが。なんだか推理小説らしいタイトルだから、これさえ読んどけばいいだろうと。

編集部　（数秒黙り込んで）つまり、あまりミステリーは読まれていないというわけですね。

和田　ええ。ですから、受験生の皆様も、肩肘《かたひじ》張らずに受験に臨《のぞ》んでください。

編集部　——本日は誠にありがとうございました。

和田　はい、どうも。

●編集部が怒りのあまりボイスレコーダーの停止ボタンを押し忘れたため、録音されていたDIRECT編集部二名の会話の書き起こし

「なんだありゃ。聞いて呆《あき》れる。あんな無茶苦茶な試験を吹っ掛けておいて、自分は推理小説はあまり読まないって。どうかしてるぜ」

「シッ！　——さん、和田学部長がまだ廊下にいたらどうするんですか」

「知ったことか。聞かせてやりてえくらいだよ。ああっ、クソッ、胸糞《むなくそ》悪くなってきた」

「――さん、推理小説好きですもんねえ。今回のインタビューも、興味津々で学部長に依頼したくらいだし」

「『さあ、若い頃に『X』『Y』くらいは……』だってよ！　ハッ！　趣味はミステリーを読むことって答えるたび、同じような台詞《せりふ》を耳が腐るほど聞いたね！　たまに作品が『オリエント急行』や『そして誰もいなくなった』に変わるぐらいさ。チッ！　腹が立つ。最後の発言もしっかり書き起こしてやろう。和田のいい加減さを誌面に残してやる」

「――さん、お願いだから落ち着いてくださいって」

「……なあ、臭《にお》わねえか？」

「何がです？　えっ、もしかして加齢臭ですか？　やだなあ、ちゃんと対策してるのに」

「ちげえよ！　和田学部長だ。推理小説に興味がないヤツから、「薔薇荘」や『不連続の話がスラスラ出てくるのはおかしいだろ！　そもそも、興味がないのに『犯人当て入試』なんてバカなこと思いつくか？」

「確かにそうですが……」

「いや、そうだね、絶対そうだよ。和田のバックに、誰かがいやがるんだ。このバカ騒ぎの糸引いてるヤツが……」

●会議録：（週刊ＤＩＲＥＣＴインタビューから遡《さかのぼ》ること数カ月）Ｋ大学〇〇学部

で七月に実施されたオンライン会議の模様

※事務職員が書き起こしたものに、当時の録画データを基にいくつか「正確な表現」を加えたもの。和田氏と木崎《きざき》氏を除く教員については、プライバシー保護のためイニシャルで表記した。

和田　例年、大学入試に関する会議は本学の会議室で行っていましたが、今回はやむなく、オンラインでの開催の運びとなりました。五人の参加ですが、画面だと六分の一と同じサイズで表示される分、皆さんの顔が見づらいですね。

木崎　オンラインだとまだ慣れませんなあ。本日はよろしくお願いします。

和田　ああ、皆さんも木崎君の画面の背景が私と同じ部屋であることに気付いたようですね。ええ、そうなんです。私がパソコンに疎《うと》いので、木崎教授は会議室にいてもらって、私のパソコンを操作してもらったのですよ。

木崎　なに、学部長の頼みとあらば、この木崎、これくらいのことはなんでもありません。

和田　いやあ、それにしても、この部屋は暑い。暑くてかなわん。

木崎　ははあ、それでしたら、この卓上扇風機をお使いください。パソコンにケーブルで繋いでおけば充電されるので、作業中に重宝しますよ。

和田　おお……爽やかな風が……ううん、木崎君は本当に気が利くねえ……。

A教授　――学部長――しく――します――

木崎　おやおや、Aさんは随分回線が遅いようですね。画面がカクついて、言葉も途切れていますよ。

D教授　――は――今回の――制度として――

木崎　Dさんもですかー。仕方ありませんねえ。音声はなんとか届いていると信じて、私から学部長に一つ提案をさせていただきたく存じます。

和田　なんだね。言ってみたまえ。

木崎　ありがたき幸せ。コロナ禍の大学入試において、わが大学としても柔軟な対応が求められていると考えます。習熟度の差も出るでしょうし、従来型の、大学構内に受験生を全員集めて一斉に試験を行う方式も、今回ばかりはどうなるか……予想がつきません。そこで、今回は受験生の習熟度によらない試験――ものの考え方、論理的思考に着目した試験を行うのが望ましいと愚考《ぐこう》します。おまけに、私のアイディアならば、受験生は塾に通ったり、学校に頻繁《ひんぱん》に行ったりすることなく、市中に流通している数冊の本を読むだけで、試験対策を行うことが出来るのです。コロナウイルス感染症対策の観点に照らしても、理に適《かな》っていると言えましょう。

G教授　――おい――崎――何を考え――

和田　そんなことが本当に可能なのかね、木崎君。数冊の本……ううむ。受験生に少し金銭の負担が生じてしまうが、参考書を買ってもらうと思えば……。

木崎　その通りです。全く問題はありません。この方式は簡明にして確実に受験生の論理的思考力を測ることが出来ます。そして、他の大学は絶対に我々のアイディアに追いつけないでしょう。入試要項が一斉に発表されるタイミングに合わせれば、本学独自の入試になることは疑いありません。

和田　そッ、そんなことが、本当に可能なのかね⁉　わが大学……わが大学、わが学部だけが、そんなメリットだらけの入試を出来ると⁉

木崎　ええ――次回の学長選も、さぞ和田学部長への注目が集まるでしょう。

和田　むむう、そうか、そうか、学長も。学長のポストも夢ではないか。学長も、ムフッ！　そ、それで木崎君！　そのアイデアというのは一体……！

木崎　ええ。推理小説に、こんな伝統様式があるのをご存じでしょうか。「犯人当て」というジャンルです。

A教授　――オイ――バカ木崎――ざけんな――

和田　はっ、犯人当て、それは一体どんなものなんだ⁉

木崎　ええ、それはですね……。

（木崎、椅子から立ち上がり、パソコンカメラの視界から消える。程なくして和田も視界から消え、パソコンのマイクには、時折興奮した和田の声がかすかに残るのみ）

A教授（奇蹟的に回線が一瞬復旧して）オイ木崎テメエ！　会議の形を取るなら、せめてカメラの前でやれ！

編集人による備考：

後日、A・D・G、三人の教授それぞれの家から、妨害《ぼうがい》電波発生装置が発見された。指紋《しもん》等は残っておらず、装置を設置した犯人は分かっていない。

A・D・G教授は件《くだん》のオンライン会議の後、このままでは大学の威信に関わると、学部長室に押しかけて抗議しようとしたが、学部長は心臓病の持病があり、濃厚接触者を増やすことを極度に恐れていた。そのため、学部内の教授陣には「原則としてオンライン授業配信のための教室、及び自分の研究室以外に立ち入らない」という通達が出ており、A・D・G教授はこれを盾《たて》に面会をシャットアウトされた。学部長秘書に「A・D・Gからの連絡は取り次がないように」と指示した人間が誰かは明らかになっていない。

A・D・Gはメール等での連絡を試《こころ》みたが、学部長は自らメールを読まず、メールをチェックする秘書も、A・D・Gが毎日同じような内容を送って来るのに呆れて、いつしか学部長への報告をやめてしまった。

このコロナ禍において、学部長と直接話すことを許されていたのは、「重大案件を内密に話す必要がある」木崎だけだった。

●通知文発表後、九月十五日のSNSサービス「呟《つぶ》ッター」でのコメント（一部を発信者の許可を取り掲載）

@mysterylove2 13:56
は？（引用）https://www……（編集人注：K大学通知文のURL）

@dokobokohead 14:05
こりゃひでぇｗｗ犯人当て入試じゃねえかｗｗｗ
いや、わりと本気でキレてる。大学は何考えてんだ？

@rdiculous575 15:04
さっき『オランダ靴』買おうとしたらネット通販品切れてたの、これのせいか

@catcrossing36 15:15
このリスト、法月《のりづき》さんとか麻耶《まや》さんも入れて欲しい～海外作家だってクイーンだけじゃなくていいと思うけどな……

@dokobokohead 15:17
ってか、こんなんで試験される身にもなってみろって。おかしいじゃん。ネット書店で買えないのもあるんだぜ？　古本屋回れってか？　このご時世に？

@akatsuki_atsuki 15:26
北村《きたむら》薫《かおる》さんや米澤《よねざわ》穂信《ほのぶ》さんが入試問題に使われた時も盛り上がってて、あんな感じで楽しめるものならいいけど。
なんか、こういう注目はいらないんですよね。放っておいて欲しい。

@queendom260 15:30
本当なら、エラリー・クイーンは国名シリーズ＋『中途の家』は全部含めるべきだろうね。昭和のものももっと入れて良い。綾辻は『鳴風荘』を取って『どんどん橋、落ちた』は入れていないのが興味深い。どういう形式にするつもりなんだろうか。

@dokobokohead 16:20
（@queendom260 の呟きを引用）これだからミステリーオタクは……。

●二〇二一年度受験生、中高一貫校に通うAくんの日記

十月十九日（月）

くそっ、面白くない、面白くない。

帰って来るなり、母さんが『週刊ＤＩＲＥＣＴ』を差し出してきた。Ｋ大学のこと、載ってるわよって。言われなくても、とっくに本屋で立ち読みしてる。分かってることを、いちいち言わなくていいんだよ。第一、あの学部長の顔、見てるだけで腹立つ！

大学の通知文にあった本はもう通販で買い揃《そろ》えてもらってる。転売《てんばい》ヤーが高額転売して儲《もう》けてて、父さんもそういう馬鹿から買った。そういう馬鹿から買う父さんも馬鹿だ。マスクが全然手に入らなかった時、焦って転売ヤーから買ったのもおんなじだ。

本は二組の田村《たむら》が貸してくれるって話になってたのに。転売ヤーから買ったのは、田村には内緒にしないと。

十月二十一日（水）
最悪だ。
もうほんと、最悪だ。
自分が恥ずかしい。

『オランダ靴』が面白かった。

面白すぎて勉強するのを忘れてた。

ほら見ろ。昨日の日記もつけるのを忘れてる。

まさかあんなに綺麗《きれい》に犯人に辿り着くなんて。推理パートの前に、メモ取るために余白が開けられたページが出てきた時は、「なんだこりゃ」なんて笑ってたのにな。よくよく考えたら二つ目の殺人もあるから、手掛かりは靴だけじゃなかったけど。それでも面白かった。

国名シリーズっていうの、あと八作か九作あるらしい。『ニッポン樫鳥《かしどり》』っていうのを含めるとか含めないとか色々あるみたいだ。ちくしょう、受験中じゃなかったら、全部取り寄せて読んでたのに。受験とK大学が憎い。

十月二十二日（木）

『ローマ帽子』『フランス白粉《おしろい》』『ギリシャ棺《ひつぎ》』をネット通販で注文した。

通知文にはなかった本なのに。

俺はもうダメだ。

●難関校対策専門予備校、Ｓ塾の現代文カリスマ講師・山岡努《やまおかつとむ》のＴＶＣＭの書き起こし

※なお、文中のカタカナは映像中の文章ママ。山岡は独特のカナ遣《づか》いが特徴的で、参考書など著作ではその文体が人気。

法則を見つければ、現代文も数学と同じです。

山岡のヤマ第1条『選択肢、二つに分ければパパッとトケる』。

山岡のヤマ第9条『「作者」のキモチはワカらないけど、「設問者」ならワカります！』

――難関校合格を、諦めない。

Ｓ塾無料体験コース受付中。

●難関校対策専門予備校、Ｓ塾の進学情報事業部長・有賀太郎から現代文カリスマ講師・山岡努に送られたメール

From: Ariga1093@inlook.jp
To: Yamaoka8326@inlook.jp
送信：2020.10.28 14:05

件名：Re：K大学犯人当て入試に関する教材作成の件について

山岡さん、お言葉ですが、もう是非《ぜひ》の問題を話し合っている場合ではないのです。わたしだって、こんなくだらない入試で学生の能力を測れるとは思っておりません。どう考えてもK大学の悪ふざけです。「何を馬鹿なことを言っているんだ」とも思います。そこは、山岡さんと同じ気持ちです。

だが、我々には選択肢が残されていません。


大学側が、やるといったら、やる。


山岡さんには、「この講師についていけば絶対に合格できる！」と受験生に信じさせる責任があります。

受験生は、いつも、不安を抱えています。だからこそ、山岡さんのようなカリスマの存在が必要不可欠なのです。

K大学の志望者は例年かなりの人数に上ります。偏差値的にも狙いやすいですし、国公立志望者の滑り止め、あるいは併願校としても名前が挙がる。今回の入試は日程的にも他とあまり被《かぶ》らず、滑り止めとして受験したい生徒が大勢いるはずです。もちろん、このあたりは山岡さんも重々承知のことと思いますが、つまり、K大学対策のアピールは、この業界において大きな武器になる、ということです。

そして、あなたの能力なら、この前代《ぜんだい》未聞《みもん》の入試においても、それが出来ると信じているのです。

幸い、わが校は今回の病《やまい》が流行《はや》る以前から、録画した授業映像によるオンライン授業を実施してきました。そういう意味でも、他の予備校にかなりの差をつけています。

S塾がさらに大きな飛躍《ひやく》を遂《と》げるために、この難局を乗り切らなくてはならないのです。

あなたの働きに期待しています。

●二〇二一年度受験生、中高一貫校に通うAくんの日記

十月二十九日（木）

最悪だ。意志がどんどん弱くなってる。今日は本屋に行ってクイーンの本がないかとか探してしまった。棚に並んでる本が、どれも面白そうに見える。綾辻さんや有栖川さんの本ももう読んで、シリーズの別の作品をあたりはじめてしまった。

田村も「コロナのせいでずっと家にいるから手芸にハマってる」なんて言っててびっくりしたけど、マジでそんな感じだ。やりたいことが出来ない、行きたいところに行けない

ってストレスがデカすぎて、反動で趣味に走っている。受験生は多かれ少なかれそうなのかもしれないが、僕の場合、「いや、これは犯人当て入試の対策だから勉強なんだ」って無限に言い訳が出来るのが良くない。

受験直前で、不安でいっぱい、コロナのことも先行きが読めない。そんな状況だからかもしれないけど、全てがスッパリ割り切れて、解決されるミステリーの世界が、心地よくて仕方がない。いつまでもこの世界にいたら、受験には受からないんだって、そんなことは分かってるんだけど……でも、やめられない。

いずれ日記もミステリーのことばかりになりそうだし、どうせなら日記をブログに替えようかとか思ってて始末に負えない。SNSよりもまとまった文字数、書きたいし。

本屋でミステリー作品を手当たり次第にカゴに詰めていく男の人がいた。「俺なら出来る」って小さく呟いていて怖かった。でもなんかCMで見たことある気がしたんだよな。

追記：あれだ。CMとかTVに出てるS塾の現代文の人。気のせいかな？

●K大学内の出版サークル「無限大」により発行された会誌内、「全教員・全授業『逆』評定アンケート！」からの抜粋

序文

本特集は、毎学期毎学期、誰の授業を取ればいいのか、どんな履修《りしゅう》を組めばいいのか、困り果てている迷える子羊たちのために、我々K大学秘密結社の「無限大」がとりまとめた「学生による教員への評価アンケート」の集計結果である。だからこそ『逆』評定だ。我々はただ評価されるだけではない。厳しい目で教員たちの授業を観察し、選択するのである。それこそが大学の自治ではなかろうか。もちろん本稿の影響で授業を受ける学生が減ることもあるやもしれぬ。だが、それこそは怠慢な教師、俗悪な教師に対する粛清《しゅくせい》であり、天誅《てんちゅう》なのである。日々なんの役にも立たない時間をお約束する「無限大」の会誌だが、こればかりは全学生必携であろう（とまあ、たまにはこんな「売れる」企画をやらない限り、運営費を賄えない秘密結社の弱みもあるのである。嗚呼《ああ》）。

（中略）

「現代◆◆学概論」木曜四限
木崎教授
授業の分かりやすさ　★★☆☆☆　難解！
教授の人柄の良さ　★★☆☆☆　変人！

単位の取りやすさ　★☆☆☆☆　大鬼！

学生の声

●とにかく聞き取りづらい。授業で何を言っているのか分からない。ノートを取るのも大変。●参考書高すぎ。●ゼミになると急に優しくなるのがキモいし、あまりに人気がなくて四人くらいしか受講しない。回によってはほぼマンツーマン。●女性を見る目が無理。●とにかく単位が取れない。重箱の隅をつつくようなテスト。●雑談のミステリー談議が面白いからギリギリ聞いていられる。●雑談は正直いらない。ミステリーの話がしたいならよそでやってくれ。

●ブログ記事「Mystery Room」（二〇二〇年十一月より更新開始）。ブログ主は受験生のAくん

十二月二十二日（火）

今日はエラリイ・クイーンの『ダブル・ダブル』を読みました。ふううううう、やっぱり面白いですねえ。十月二十日に国名シリーズを読み始めて、新刊で買えるものは全部買って、更《さら》に古本屋で探したクイーン作品を読み続けてきましたが、ようやくライツヴィルものまで読破。二カ月で読んだと思うと早い方でしょうか。あと二作あるようですが、後期クイーンは発表順に読みたい気がしますね。

　いやー、それにしてもこんなことまでするとは。なんというか、『災厄の町』からのライツヴィルものって、小説としてのストーリーテリングにスパッとした謎解きって感じだったじゃないですか。初期作みたいにゴリゴリのロジックロジックって感じの読み味じゃないんですよね。新訳出たばっかりの『フォックス家の殺人』なんてまさにそれでした（新訳出るのギリギリに知ったから旧訳で読んだんですけど、新訳も買ってきました。受験終わったら新訳でも読みます！　僕の受験期間ぐらいには『十日間の不思議』の新訳も出ますね！）。過去の殺人の冤罪《えんざい》で捕まった男を助け出すエラリイの推理、しかもそれがシンプルにバシッと決まってウオオっていう。

　ところが『ダブル・ダブル』ですよ。これ系の話でこんな方向性あり得るのかって感じでした。もしかしたら真面目に読むと怒られちゃうかもしれないんですけど、いやあ、これは僕、好きですねえ。ライツヴィルもののストーリーで、何かが行くところまで行っちゃった感じ。

　まいったなあ、年末から年始にかけては、いい加減受験勉強に身を入れなきゃいけないのに、全然集中できません。なんて、ニヤニヤしながら言うことじゃないんですがね。こういう時の方が読書って捗《はかど》るんでしょうか。本当に困りました。でも、四月以来さされ立っていた気分が、ミステリーを読むと落ち着いていくのを感じます。それだけ没頭《ぼっとう》しているんですかね。読んでなかった頃と比べて、精神は安定しているかも。

あ、この前コメントでいただいたクリスティーの作品も文庫で買ってこようと思います。クリスマスに読もうと思ってます。『ポアロのクリスマス』！

ちなみにあと古本屋で見つけてないクイーン作品は、『悪魔の報復』『ハートの4』『ドラゴンの歯』の三冊。出来れば旧装丁じゃなくて、一九九〇年代後半の時の新しい表紙が良くて探してますが、なかなか見つかりません。ひらいたかこさんが装画のやつですね。『ハートの4』の表紙がとにかくいかしてるんですよねえ。ちょうど手放されない時期なんですかね。ううん。悩ましい。さすがに古本屋行くのも受験終わりまで我慢しようかと。

試験開始の指示があるまで、この問題冊子を開いてはならない。

K大学　●●学部　入試問題

小論文　犯人当て（200点・120分）

実施日：令和3年2月21日（日）

注意事項

1 解答用紙の記入には黒のボールペンを使用すること。

2 解答を修正する際は二重線で取り消し、修正液・修正テープの類は使用しないこと。
試験時間終了のアナウンスがあったら、ただちに筆記用具を置き、試験監督者の指示を待つこと。アナウンス後も筆記用具を手にしていた場合、不正行為と認定する。

3 この問題冊子は、27ページある。
試験中に問題冊子の印刷不鮮明、ページの落丁・乱丁および解答用紙の汚れ等に気付いた場合は、手を高く挙げて試験監督者に知らせること。

4 問題冊子の余白等はメモに利用して構わない。ただし、不正行為と疑われる可能性があるため、どのページも切り離さないこと。

5 試験中も、出来る限りマスクを着用し、感染症対策に努めること。
試験中に体調が悪くなった場合は、ただちに試験監督者に申し出ること。別室受験・試験日程の振り替えを検討する。

なお、感染症対策の観点から、試験時間中も、途中で退出することを認める。途中退出を希望する者は、手を高く挙げて試験監督者に知らせ、解答用紙を試験監督者に受け渡し、全ての手荷物を持って試験会場から退出すること。再入場は不可となる。

6 不正行為について
試験中に不正行為が発覚した場合、厳正に対処するものとする。

不正行為に見られるような行為が確認された場合、試験監督者から所定の注意を行う場合がある。

不正行為が認定された場合は、ただちに試験を取りやめさせるものとする。

7 試験終了後、問題冊子は持ち帰って構わない。

問　以下に掲げる小説「煙の殺人」の内容を読み、犯人および犯人の使ったトリック、およびそう考えられる根拠を自由に述べなさい。

（制限時間　120分）

「煙の殺人」

1

「今日だったっけか、リモートで誕生日会する日って」

兄の平良《たいら》が思い出したように言った。僕、安斎《あんざい》昭《あきら》――アキは溜息をつきながら答える。

「何度も言ってるだろ。部屋に籠《こも》ってやるから、迷惑はかけないよ」

今日は六月二十日の土曜日。クラスメイトの瓜田《うりた》宇一《ういち》――ウイの誕生日なのだが、今年は仲間内でオンライン開催しようという話になったのだ。特に、仲間の一人である岩倉《いわくら》郁美《いくみ》――イクが、小さい頃に肺炎をやっていて、感染を怖がっていたから、皆異存はなかった。

平良は笑った。

「ごめんごめん、でも俺も同期と久々に飲むからさ」

「警察官が昼から飲酒すんの？」

「たまの休みくらい、ゆっくりさせてくれよ」

　平良は苦笑した。同期というのは大学時代の同期のことで、日本全国に散ってバラバラの仕事をしているので、リアルだとなかなか集まる機会がないのだという。オンラインでは時間だけ合わせればみんなで集まれるからと、兄は兄なりに時世を愉《たの》しんでいるようだ。警察官なので在宅勤務はないし、むしろ仕事は増えるばかりのようだが。

　一方僕は、今の不自由さが疎《うと》ましかった。恋人のイクとは自由に会えていないし、オンライン会議用アプリは何度か使っているが、会話にラグが出来たり、全世界で使われているからか動作が重くなったりしてかなわない。本音を言えば、ウイの家の目の前にあるカラオケでいつも通り集まり、バカ騒ぎでもして憂《う》さを晴らしたかったが、そういうわけにもいかない。

　時計を見る。午後一時二十分だった。

「じゃあ、僕、ジュースとお菓子持って、部屋に籠るから」

「はいよ。こっちも酒とつまみで同じことだ」

　僕らはリビングで別れて、互いの部屋に向かった。

＊

午後一時三十分ちょうどにメンバーが揃った。

『みんな、こんな時にもかかわらず、集まってくれてありがとう』

パソコン画面の中で、ウイが言った。六分割サイズの画面なのでかなり小さい。ウイの画面の縁が緑色に光って、マイクが音を拾っていることを示している。

背景にオープンキッチンのカウンターや、食器棚なんかが見えるので、どうやらウイはリビングでパソコンを起《た》ち上げているらしい。

今度は江波絵里《えなみえり》——エリの画面が緑色に光る。

『何言ってんの、ウイのためなんだから、みんな集まるに決まってるでしょ』

彼女の背後に部屋の光景が映っている。テディベアやアロマキャンドルなどかわいい小物がちらちら見え、普段目に出来ない同級生の部屋の光景にドキッとする。

一方、イクの画面の背景は夜景の合成画面になっている。ちょっぴりキザで、童顔な彼女にあまり合っていないのが微笑《ほほえ》ましい。好きな背景を設定できるのはこのオンライン会議用アプリの特色だが、画面の中で急に人が動くと処理が追い付かないのか、時折部屋が見えるので面白かった。

次いで、岡田央樹《おかだおうき》――オウがコーラの入ったグラスを掲げながら笑って言う。

『むしろウイの誕生日のおかげで、こんな形でもみんなと集まれたんだ。俺としちゃ、感謝してるよ。オンライン飲み会なんてニュースでもよく言ってるけど、面倒で食指《しょくし》が動かなかったしな』

「そうそう、顔つき合わせてファミレスでも行った方が何倍もいい」と僕は言った。

『ま、当然お酒はないからオンライン「飲み会」でさえないんだけどね』とイクがからかうように言う。

『じゃあなんだ？　オンライン飯会？』

『なんだっていいよ』オウが笑った。『ったく、くだらないこと喋《しゃべ》らせといたら永遠に続けられそうだよな、お前ら。元気そうで安心したぜ』

『オウの減らず口も相変わらずじゃーん』

イクが負けずに言い返す。

『うーん、なんか照明足りない？』

エリが誰ともなく呟き、イヤホンを外して立ち上がる。

ウイの画面からジャズの演奏が流れていた。ウイは今喋っていないのに、ずっと画面が緑に光っているから、そうと分かった。普段はこうした音楽は聴かないのだが、どことなく落ち着いてくる。

『ウイの野球部は結局、今どうなったの？　大会』

イクが聞いた。ウイは目を開く。

『ん？　ああ……ま、なんかよく分かんない感じだ。先生も、どっちつかずで。今年は最後の大会だからって気合入れてたから、消化不良で、まあショックは受けてるけど……』

　普段は陽気なウイが珍しく苦い顔をする。僕の所属している文芸部では、今般の情勢をテーマに短編を書いて、卒業制作をしようと意気込んでいるが、運動部はそうもいかないのだろう。最後に形に残るものがあるだけ、自分は幸福なのかもしれない、と思った。

『美術部だって似たようなもんだよー。今まで画材は学校の備品利用してたし』

　画面を見ると、エリがパソコンの前に戻ってきて、イヤホンをつけるところだった。少し部屋が明るくなっている気がする。

『あー、まあ、そうだよね。女《じょ》バレも同じだよ。この有り余ったエネルギー、どうしてくれよう、って感じ』

　イクが笑った。

『エリは自分の道具とか持ってねえの』

『まさか。大学行って美術やろうとか、そんなのは全然考えていないしね』

『ふうん』

オウが鼻を鳴らした。

『あれ、エリ、その本俺が借りてるヤツじゃないか。クリスティーの『葬儀を終えて』って』

ウイが言った。エリの画面に注目すると、後ろの本棚にミステリーが何冊か差さっていた。

『ああうん、これ？　お気に入りだから二冊持ってたの』

エリは大人びた笑みを浮かべて答えた。

『おっ、なんかそれかっこいいな。俺も言ってみたい』とオウがニヤニヤした。

「ほんと、五人揃うといつまで経《た》っても話しっぱなしだな」僕は苦笑した。「ほら、今日の主役から一言ないのかよ。今日のメインイベントが始められないし、乾杯の挨拶《あいさつ》がないと飲み物も飲めないんですけど」

『マジでっ？　俺、もう口付けちゃったよ』

オウが慌てたようにグラスを置く。みんなが笑った。

『よし、じゃあアキにケツを叩《たた》かれたし、俺の方から一言。

みんな、今日は集まってくれて本当にありがとう。この通り、今日のメインイベントのためのプレゼントも、どっさりだ』

ウイがパソコンを反時計回りに回転させて、テーブルの上を映す。大小さまざまなラッピングされた箱が積まれている。ピューッ、とオウが口笛を鳴らした。

箱の中には各々の誕生日プレゼントが入っている。直接渡すことが出来ないので、みんなあらかじめウイの自宅に郵送していた。ウイは、「プレゼント開封のお楽しみが薄くなるから」と、届いた時に伝票をすぐに捨てて、どれが誰からの箱か分からないようにしておいたという。

『みんなからの気持ちがとにかく嬉《うれ》しい。本当にありがとう。このお礼は、いつかみんなの誕生日の時にさせてくれ――それでは、乾杯！』

　みんなが声を揃えた。

『乾杯！』


　それからプレゼント開封が始まった。

　まずはウイが箱の山から一つを手に取る。伝票は剥《は》がされているが、もちろん贈った当人は自分のラッピングの柄を知っているので分かっている。だけど、言わない。ウイの新鮮な反応と、「これを贈ったのは誰か」を当ててもらうゲームが面白いからだ。

　ちょうど今、ウイが一つ目の箱を開けた。

『おっ、嬉しいな。財布だ。ちょうど、今持ってるのがボロボロだったから、新しいのが欲しいと思ってたんだ』

『誰からだと思う、ウイ？』

『難しいな。黒の長財布だから男が選んだものに見えるけど、財布のこととか、細かいことに気付いてくれそうなのは……エリか？』

『ひどい、ウイ君。私からのプレゼントを間違えるなんて……』

オウがしなを作って言ったので、みんなでしばらく笑った。言われてみれば、実用的なものを贈るのは、さばさばしたオウに合っている。それに、ウイとオウは小学校来の付き合いで、一緒になってイタズラを仕掛けるのが大好きである。それだけお互いのツボも心得ているので、本当に欲しいものをピタリと当てられたのかもしれない。

続けて、ウイがプレゼントを開けていく。僕からは万年筆、イクからはウイの好物であるゼリーのアラカルト、エリからはドリンクボトル……。万年筆はこれからの受験や大学生活でも生きると喜び、ゼリーは家族も喜んでくれるだろうと言った。今は留守だが、みんなで食べると。ドリンクボトルも部活がなくてもトレーニングの時に使えるし嬉しい――ウイは一つ一つのプレゼントに新鮮な反応を返して、丁寧に礼を言っていった。持ち前の明るさだけでなく、こういうママなところが、彼の魅力だと思う。

『全体像を見せるとこんな感じかな！　みんな、本当にありがとう！』

ウイの画面がまたぐいと動く。パソコンのカメラの角度を変えたらしい。テーブルの上には、万年筆、ゼリーの箱、ドリンクボトル、長財布、卓上扇風機などが賑々《にぎにぎ》しく並んでいた。

拍手の音が響く。

『ごめん、ちょっと席外すね』

エリがマイクに向かって言った。

『どこ行くんだよ』

オウが聞くと、エリはムッとした顔をして『デリカシーないなあ。お手洗いよ』と言った。

エリはマイクをミュートにしてから席を立った。

そうして、その場にいる全員からのプレゼントを開け終えた後のことだった。

『あれ、もう一つ、包みが残っているな』

2

「へえ、もう一つ」

僕はずい、とパソコンの画面に顔を寄せた。

僕のパソコンでは僕が左上端の画面で、ウイの画面は上段の真ん中を占めている。

ウイの呟き通り、テーブルの上にはもう一つ、赤い紙でラッピングされた箱がある。厚さは四センチくらいで長方形をしている。何かの菓子の包みだろうか。

『ほんとだ』イクが言う。『……誰のだろうな？』

『もう全員分開けたわけだし……誰かがウイへの想《おも》い溢れるあまり、二つプレゼントを贈ったとか？』

『オウの言う通りなら嬉しいな』ウイが笑った。『じゃあ、開封の儀はアディショナルタイム突入ってわけだ』

ウイはカメラを時計回りに元の画角に戻し、ソファの前に座る。包みを破いた。

と、その時。

ウイの手にしていた箱から、もうもうと煙があがった。

『うわッ！』

ウイの画面は、もうもうと立ち込める白煙で埋め尽くされていく。一体、何が起こっているんだ？　あの最後のプレゼントのせいだろうか？

だが、何のために？

僕は何気なくパソコン画面の時刻表示を見た。午後二時三十五分だった。

『何これ、一体なんなの』

イクが不安げな声を漏らした。

僕は画面を食い入るように見つめた。イクとオウも瞬《まばた》きもせずに見守っている。

姿が見えないのは、煙に包まれたウイ、席を外したエリだけだ。

『なっ、なんなんだ、一体！』

ウイの声が聞こえる。

次の瞬間、ウイの画面に変化が生じた。

画面の右下にマイクオフのマークが表示されたのだ。

『ミュートになった？』

オウが口にした。

音がないから、ウイの状況が分からない。ジャズの演奏ももう聞こえない。白い煙のせいで状況も見えなくなっていた。

胃のむかつきとともに不安が込み上げてくる。

『ねえ、これ何、どういう状況？』

ウイの画面から右下に視線を下ろすと、エリが戻って来ていた。マイクもオンになっている。

『誰かのサプライズとか？　それにしては煙の量が多すぎるけど……』

エリはのんきな声で言ったが、次第に真剣な顔つきになり、『嘘《うそ》……何これ』と冷めた声で呟いた。

『ウイの家族の人は？　どうしてるの？』

エリが鋭く聞く。

『さっきゼリー開けた時、留守にしてるって言ってなかったか？』とオウ。

『じゃあ、誰にも状況が分からないの？　窓を開ければ煙は晴れるんだろうけど……』

それすらも出来ない状況、ということだろうか。

オウが出し抜けに言った。

『この中で一番家が近いのは俺だな。今から急いで行けば、十分弱もあれば着く』

『じゃあ私はウイの携帯に電話かけてみる！　誰か、救急車に連絡をお願い！』

オウとエリがそれぞれ画面から消え去った。イクは『どうしよう、どうしよう』と青い顔をして画面を眺めている。僕がしっかりしないとダメだ。自分を奮い立たせて、「イク、通報は僕がするから、ゆっくり深呼吸して、辛《つら》かったら画面も見なくていい」と告げる。イクは震えながら頷《うなず》き、画面の中から消えた。

119に連絡して、必死に状況を伝える。十五分ほどで着くらしい。

僕はいてもたってもいられず、兄の平良の部屋に行った。ノックもせずに扉を開ける。

平良はさきいかを噛《か》みながら、日本酒を飲んでいるところだった。唖然《あぜん》とした顔をして、ヘッドホンを外す。

「なんだよ昭？　今カメラつけてるんだぞ」

「ごめん兄さん、助けてくれ。今大変なことになってて……」

僕の不安そうな様子を見たせいか、突然、兄が警察官の顔つきになった。

「分かった。今行く。——ごめんみんな、続けていてくれ。ちょっと見てくるから」

ヘッドホンを机の上に置くと、みなの返答も待たずに、兄は僕の部屋についてきてくれた。

兄は画面を見るなり、冷静に言った。

「部屋には入らない方がいいな」

「どうして！　ウイの身に危険が迫ってるかもしれないんだぞ」

「この煙が、無害なものかどうか分からない。ひょっとすると、催涙ガスとか、毒ガスの類《たぐい》かもしれないぞ。特に、お友達から返答がない、ってことなら……」

兄の指摘に、僕はゾッとした。考えてもみない事だった。

「入ろうとしているお友達の携帯に、連絡を取った方がいい。プロに任せるべきだ」

その時、エリが画面に戻って来た。

『ダメ、ウイの携帯も、念のために家にもかけたけど、繋がらない』

ウイの画面に充満している煙が、少し揺らいだ。煙は画面の右側に流れていき、段々と室内の煙が薄れる。

僕は時計を見た。午後二時四十五分。

「煙が引いていく。救急車が到着したのか？」

「いや、兄さん、そうじゃない。僕の友達だよ。オウが着いて、窓を開けたんだ」

「遅かったか。体に異常がなければいいが……」

室内の様子が、次第にはっきりと見えてくる。

三分ほどすると、室内の煙は完全に消えていた。

ウイの画面にオウが現れた。オウは状況を伝えるためか、パソコンのカメラを動かす。ウイはリビングの床に、廊下の方に頭を向け、横ざまに倒れている。

オウはウイに背中から近付き、肩を摑《つか》んで揺さぶった。

しかし、反応は一切ない。

僕は唾を飲み込んだ。

オウは振り返った。悲しげな目でパソコンのカメラを見つめている。

オウが口をぱくぱくと開く。なんの音も聞こえない。カメラのマイクがミュートになっているのだ。オウはそれに気付いたのか、しばらく手元に目線を落として何かをしている。

マイクのマークから斜線が消えた。ミュートが解除された。

『みんな……』

オウが震える声で言った。

オウがパソコンを手に持って、ウイの体を正面から映した。

エリが金切り声を上げた。

ウイの左胸には、包丁が突き立っていた。

『もう、死んでいる』

オウがぞっとするほど冷たい声で言った。

画面の向こうから、救急車のサイレンが、かつてないほど禍々《まがまが》しく、不安定な唸《うな》りを伴って聞こえてきた。

3

あの事件から二週間ほど経っても、衝撃は消えなかった。

ウイの死体を画面越しに見つけた後、オウは「救急の人が来るだろうから俺が対応する」と対応役を引き受け、他のメンバーはすぐにオンライン会を切り上げた。詳細は後で伝えるとオウは請け合ってくれたが、最初に現場に踏み込んだがために、オウがいらぬ疑いをかけられないか、回線を切った後もそわそわしてしまい、不安だった。

兄はその後、警察の対応を引き受けてくれた。せっかくの休みだったのに、巻き込んでしまったことは申し訳ないと思う。

まだ対面授業は本格的に始まっていないが、ウイの死については、全員が集まるHRの時に担任教師から周知され、ざわめきが走っていたのを生々しく覚えている。あの誕生日会に参加していたメンバーのSNSのグループも、あの日以来ぱったり静かなままだ。

『このまま、離れ離れになっちゃうのかな』

イクからそんなメッセが届いた。こんな時世でなかったら会いに行って、気晴らしでもするのに。僕は胸が締め付けられる思いだった。

「兄さん、どうなんだよ。警察はどこまで調べたんだ」

僕は事件の痛手《いたで》もあり、事あるごとに警察官の兄を問い詰めていた。

「うーん、本当は捜査の話を外部でしちゃいけないんだけどね。昭も気が気じゃないだろうし……うん、分かった。内緒にするなら話してあげよう」

そう言うと、平良は要領よく事件の説明を始めた。

六月二十日の土曜日、午後一時半から誕生日会は行われた。一つ余分に贈られたプレゼントから煙が出た時刻は、午後二時三十五分であることがパソコンの時刻表示から確認されている。そして午後二時四十五分にはオウがウイの家に到着。玄関扉と窓を開け放って、室内の煙を排出した。

なお、玄関扉の鍵はなぜかかかっておらず、室内の窓はオウが開け放ったリビングの窓を含めたすべてにクレセント錠がかかっていた。

平良は言った。

「死亡推定時刻は午後二時から四時。この点も、証言とぴったり一致している」

ウイの死体は廊下に頭を向けて倒れていた。煙から逃れようとしたところを、廊下からやってきた殺人犯と行き合い、刺殺されたと考えられた。

「あの煙は結局どういう仕掛けだったの？」

「箱の中には発煙筒が三本入っていて、箱を開けると一斉に煙が吹き出す仕掛けになっていた。イタズラにしてはやりすぎてるよ。ちなみに、瓜田君……」

平良は、チラッと僕の顔を見た。

「……ああ、分かりやすいように、昭も使っているあだ名で呼ぼうか。つまり——ウイの自宅の火災報知機は、熱を感知するもので、煙を感知するようにはなっていなかったから、発煙筒の煙では作動しなかったんだ」

平良は暗い顔をした。

「実はね、昭。この件は、強盗殺人の疑いで捜査が進められている。ご両親の部屋の貴金属や金品が盗まれていたのと、玄関扉の鍵のシリンダーに針金でつけたような傷が残っていたことが理由だ」

「そんな馬鹿な」僕は言った。「ウイの両親は確かに金持ちで、あの家も結構いいとこだけど……。大体、都合が良すぎるよ。誕生日会の最中に煙がもうもうと立って、それを利用して盗みに入った？　あり得ない」

平良は顎《あご》を撫《な》でた。

「ああ……俺も、全く同じことを思っている」

すると彼は手元のノートに簡単な図面を書いてくれた。事件発生当時のウイの家の中を示したものだ【次ページ図参照】。

「図面で言うと、ウイは窓に向かい合うこの位置のソファに座っていた。廊下に背を向ける形だね。カメラの画角はやや仰角《ぎようかく》、廊下までは映していなかった。つまり、二階にある両親の部屋の出入りは分からなかった。

殺人の前にカメラの角度が変わったのは二回。テーブルの上のプレゼントを映した時だね。まだ箱に入っていた時と、箱を開けた後に映した時。この時カメラは廊下を映していないから、玄関から入った可能性はなくもない。

同僚たちの意見はこうだ。カメラでは強盗の動きは全く見えなかった。つまり、強盗はオンライン会が始まった午後一時半直後には侵入していたと仮定する。そして煙が立ち、ウイはとにかく煙から逃れようと廊下に逃げてきた。そこで強盗と鉢《はち》合《あ》わせ、刺殺された。つまり、煙のイタズラと、殺人とは無関係という見立てだね」

「でも、あの煙は、一体なんのためだったんだろう」

あの舞台装置はあまりに大げさだった。

「それに、誕生日会をするってことを知っていたのは、あの日参加していたメンバーだけだ。だから、あの煙トラップを、プレゼントに紛《まぎ》れ込ませることが出来たのは僕らだけ……」

〈図：ウイ家の一階〉

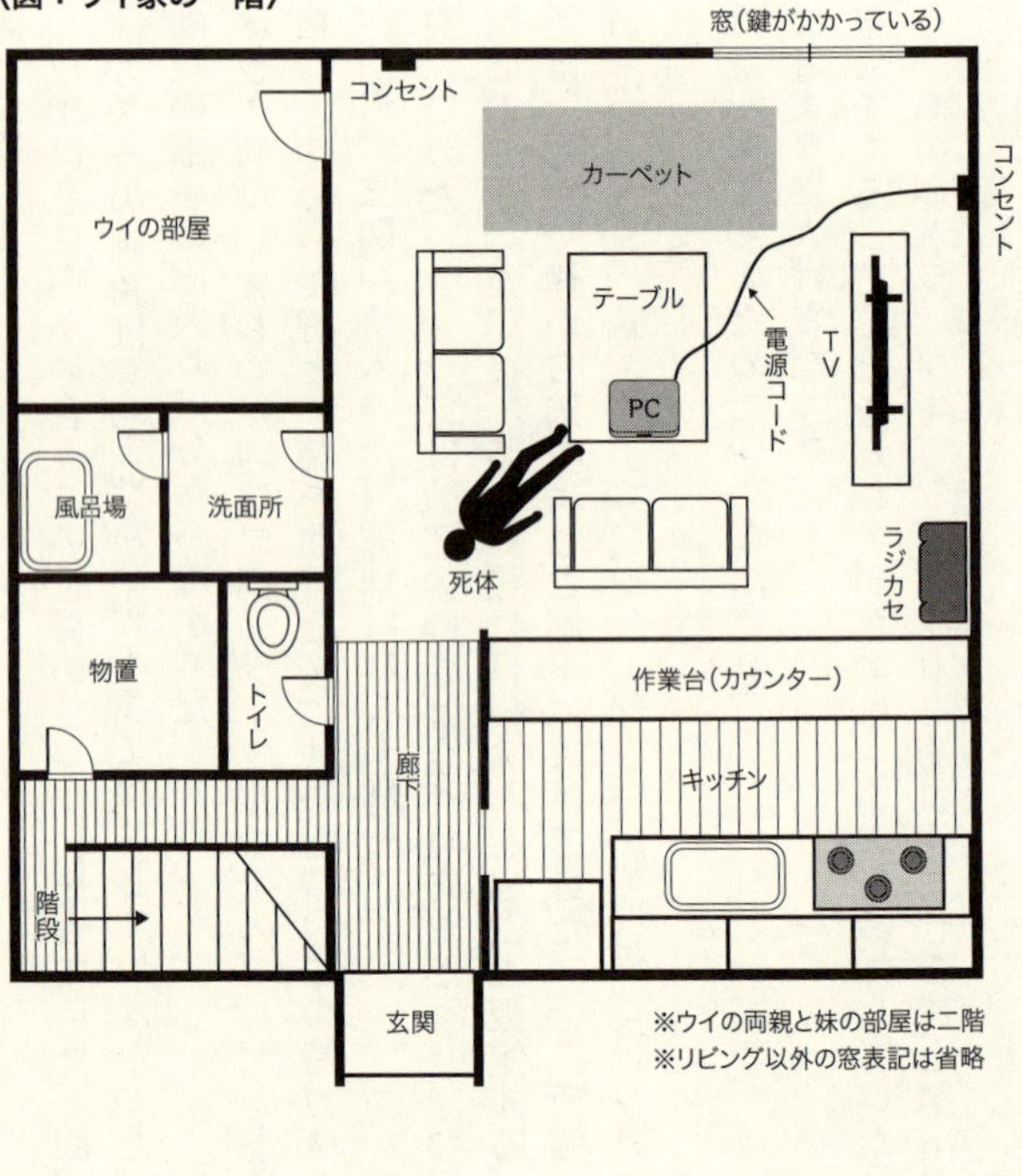

※ウイの両親と妹の部屋は二階
※リビング以外の窓表記は省略

すると、僕らの中に犯人が？　背筋がぞわっとした。

「……だが、君らには全員アリバイがある」

平良は手帳をめくった。

「犯行可能なのは、煙が出て、オウが現場に踏み入るまでの十分間だ。昭は救急隊と通話して、俺のところに来たし、イクは回線を切った後家族のいるリビングに下りてきて、家族にアリバイを証明してもらっている。

エリは一度離席したが、それはウイに電話をかけるためだった。イクが画面を見ておらず、昭も救急隊に電話をかけていて時間感覚が曖昧《あいまい》だったから、席を外していた正確な時刻は不明だが、彼女の自宅はウイの家からだと三十分はかかる位置にあるから、とてもじゃないけどその時間で行って帰って来るのは無理だ。事件当時、彼女の家族はそれぞれ用事があって、家には誰もいなかったから、証言してくれる人間はいないけど、カメラが何よりの証明だよ。

そしてオウ。彼は午後二時三十七分に飛び出して、四十五分に窓を開け放っている。姿が見えるのは、煙が晴れた四十八分だ。うちでも実証実験をして、オウの家からウイの家まで、全力で走って六分ほどという結果が出ている。オウがカメラの前を離れて戸口に立つまでの時間と、ウイの家に辿り着いて、窓を開け放つまでの時間を考えると、ちょうど十分でトントンだろうね」

自分を含めた友人たちが疑われているのを聞くと、体がむずがゆいというか、どことなく不快な感触がしてくるが、それも兄の仕事なのだと思うと納得するしかなかった。

「でも、何かのトリックがあったのかも」

例えば恋人を疑うのは忍びないが、イクの画面は背景合成の画面だった。家にいるように見せかけて、実は現場の近くにいたのかもしれない。

うーん、と平良が唸《うな》る。

「トリックとなると、ちょっと絞り込みが難しいな。はっきりした証拠でもないとね。

でも、さっきの昭の疑問はいいね。煙は、なんのためのものだったのか？　この疑問を出発点に、トリックは後回しで考えてみよう」

平良は僕に意見を促した。

「やはり分かりやすく、カメラの視界を覆《おお》い隠すため、かな。犯人はウイを殺害するにあたり、何かみんなの眼《め》から隠したいものがあったのかもしれない」

「それがトリックに関連するものとか？　うーん」

僕はまた自分の頭がトリックに引き寄せられているなと思った。これでは、いけない。まずは大胆に仮定することだ。

ともかく犯人は、あの現場にいた。ウイの家にいた。

「……犯人が一番隠したいのは、やっぱり自分の姿、かな」

平良が小刻みに頷いた。

「うん、やっぱりその考えがしっくりきそうだ。犯人がなぜこの日にあえて殺人を行ったのかは分からないが、犯人は誕生日会の最中を選んだ。まあ、友達全員に祝われて幸せの絶頂にいるところを殺したいとか、そんな理由かもしれないね。動機は後回しにしよう。

ともあれ、犯人はこのタイミングを選んだ。すると、オンライン会の最中だからずっとカメラに映り、監視されている。こんな状況では殺せるはずもない。だから最初に、視界を煙で覆い、カメラを誤魔化《ごまか》すことを考えた」

「動き出しは、箱が開けられた瞬間だよね。その時を狙って動き出せば、煙でももうとけぶる視界に紛れられる」

そこまで話して、違和感がした。

「……いや、ダメだよ兄さん。この考えじゃ全然だ」

「どういうことだ？」

「視界を遮《さえぎ》るだけじゃ全然足りない。だって、煙の中とはいえ、近寄れば相手が誰か、ぐらいのことは分かるよ。もし名前を叫ばれでもしたら？　マイクに声が入ったら、それで万事休《ばんじきゅう》すだ」

その時、平良の眼がきらりと光った気がした。

「そういう、ことか」

平良は不敵な笑みを浮かべた。僕はその様子に戸惑《とまど》った。

「昭、俺はこの事件の犯人が分かったよ」

「えっ！」

驚いて声を上げた。今の議論で、一体何が分かったというのか。

平良は続けた。

「この事件の核心は、なぜ、煙の立ち込めている部屋の中で、すんなりとミュートボタンを押せたのかだ」

「……どういうこと？」

そう言ってから思い出した。煙が立ち込めた後、ウイの画面がミュートになったこと。オウが煙を排出し、画面に向けて話した時もまだミュートになっていて、ロパクのようになっていた。

「今、昭が言った通りだよ。視界を奪うだけでは足りない。音も聞かせないようにしなければ意味がないのさ」

だから、犯人はミュートボタンをクリックしなければならなかったということか。

だけど、視界は煙が覆っている。

「ああ……そっか。犯人は被害者のウイに気付かれないように、ミュートボタンに手を触れないといけないんだ。ウイだって慌てて動いたりしたはずだ。そんな中でも、犯人は冷静にパソコンに近付いて、ミュートをオンにした」

煙の中で、殺意を秘めて。どことなくシュールな光景だが、そうとでも考えないと辻褄《つじつま》が合わない。

「その通り。更に状況を明確化しようか。

みんなの使っていたオンラインツールは、画面右下のマイクボタンを押すことでマイクのオンオフが切り替えられる。操作はパソコンのタッチパネルか、ワイヤレスマウスで行う。つまり、犯人はパソコンに近付き、どちらかを操作してボタンを押す必要があった。

ウイは右利きで、マウスはパソコンの右側に置かれていた。煙があるとはいえ、なるべくカメラの画角に入りたくないだろうから、犯人としてはこっちが本命かな」

「画面は見えたのかな？」

「煙の中でも、ぼんやりと光くらいは見えただろう」

なるほど、と僕は頷いた。

「じゃあ、犯人がいかにこのテーブル、そしてパソコンまで辿り着くかが問題だったんだね」

僕は考えながら続ける。

「窓は閉まっていただろうから、犯人の侵入経路は玄関。玄関からあのパソコンまでじゃ随分距離がある。何か目印でもないと無理だ。例えば、蛍光塗料は？　パソコンにあらかじめ塗っておいたとか。で、殺した後にふき取る」

平良は首を振った。

「そうした痕跡はなかった。パソコンにもマウスにもね。第一、煙が立ってからオウが室内に入るまで十分だよ。その間に完全に化学塗料の痕跡を消すのは難しい」

「そっか……」

僕は図面に目を落とした。そして次の考えを思いつく。

「コードは？　パソコンから延びている電源コードだよ」

煙に視界がけぶっていても、床からコードを拾い上げて、そのコードを手繰《たぐ》っていけばパソコンの位置まで辿り着ける。これが答えではないのか？　僕はにわかに興奮した。

だが、図面を見直してすぐに気分がしぼんだ。

平良が言った。

「気付いたみたいだね。そう、リビングのコンセントは窓の脇の一つと、テレビの横の一つの計二つだけ。いずれも部屋の奥側にあるんだ」

「廊下から来た犯人はコードを手繰れない……」

平良はパソコンから黒い線を一本延ばした。

「ちなみにコードはTV脇のこちらに繋がっていた。コンセントの口は四つで、それぞれTV、レコーダー、据え置き型ゲーム機、パソコンに繋がっていた。逆に窓の方のコンセントは二口とも何も挿さっていなかった」

だとすれば、そっちに元々パソコンのコードが挿さっていた可能性も……いや、この仮定には意味がない。もしそちらに挿さっていたとしても、部屋の奥から犯人が現れることになる。窓から侵入したとでもいうのか？

僕は行き詰まった。

だが、平良はニヤニヤ笑っていた。

「そこまで考えてもまだ、思いつかないのかい？　この事件の核は、もっと簡単なところにあるっていうのにさ」

僕は平良のニヤついた顔が恨めしかった。

●入試問題公表後、二月二十一日のSNSサービス「呟ッター」でのコメント
（一部を発信者の許可を取り掲載）

@mysterylove2 13:43
意外と早く問題文公表されたな。それだけ話題性に自信あり、ってこと？　なんかモヤモヤするわ。
内容は意外と普通だったけど。ってか、登場人物がアイウエオって、ベッタベタのベタ。（続く）ていうか、なんだよ煙って。あまりにも無理があるだろ。どこの犯人がこんな奇《き》矯《きょう》な計画立てて実行するっていうんだよ。なんだよ、煙って。あまりにもちぐはぐだ。もっと普通の事件にすりゃいいのに、何考えてるんだか。

@dokobokohead 14:02
大学はマジで何考えてんだよ。やっぱりこんな犯人当て成立してないって。どう解くんだよ、こんなの。受験生は全員合格させてやれ。こんなバカみたいなの受けただけで、褒《ほ》めてやるべきだって。

@queendom260 14:06

フゥム、これは時事ネタをまとった古式ゆかしき「暗闇の殺人」ものといえるでしょうな。蛍光塗料の検討をしているところなど、まさにそれ。触発されて、「暗闇の殺人」ものの作例を一部挙げておきましょう。

（続く）エラリー・クイーン「暗黒の家の冒険」（『エラリー・クイーンの新冒険』収録）、ジョン・ディクスン・カー「暗黒の一瞬」（『ヴァンパイアの塔』収録）や、カーター・ディクスン名義での「目に見えぬ凶器」（『不可能犯罪捜査課』収録）等、

（続く）エドワード・D・ホック「真っ暗になった通気熟成所の謎」（『サム・ホーソーンの事件簿Ⅲ』収録）等、倉知淳《くらちじゅん》『過ぎ行く風はみどり色』、北山猛邦《きたやまたけくに》「停電から夜明けまで」（『密室から黒猫を取り出す方法』収録）、大山誠一郎《おおやませいいちろう》「暗黒室の殺人」（『ワトソン力』収録）etc……

@rdiculous575 15:08

（@queendom260 の発言を引用）漫画だと『金田一少年の事件簿』の中の「暗黒城殺人事件」、ゲームだと「スーパーダンガンロンパ2」の一話とか「ニューダンガンロンパV3」の三話とかもそうかな

@catcrossing36 15:50

話題の受験問題文、読みました～。なんか意外と青春、って感じだったかも！　これでミステリーが好きになる人がいればいいけど、どうかなぁ？

@dokobokohead 16:17
ってか、無理だべ。有名作家の「読者への挑戦状」だって、結局は「その作者をどこまで信頼できるか」って話だろ。それが分からないと、手掛かりの解釈をどこまで深掘りするか、あるいはしなくていいか決められない。
(続く）初読み作者、しかも大学教授だろ？　つまり他のミステリーのサンプルが一切ないんだよ。読者が娯楽のために読むならそれでもいいけど、入試って場に持ち出しちゃいかん。大学は猛省すべき。

@mysterylove2 16:36
@dokobokohead　お前こういう時だけまともなこと言うよな。惚《ほ》れたわ。

@dokobokohead 16:45
@mysterylove2　俺に惚れんなよ、火傷《やけど》すんぜ（棒）

@queendom260 16:57
@dokobokohead　私見ですが、そのために作者は3章でディスカッションパートに紙幅《しふく》をとっているのではないでしょうか。そこに書かれた程度の思考をしてほしい、という意味で。

@dokobokohead 17:20
(@queendom260 の呟きを引用) あーはいはい。そうだと思いますよ、俺もね。

●K大学内の出版サークル「無限大」が公式アカウントを通じてネット上で公開した声明文（漢字遣い等は原文ママ）

我等「無限大」は此度《こたび》のK大学〇〇学部における入試対応に、厳重に抗議するものである。

例年であれば、斯《こ》うした声明は大学構内において、メガホンによる演説で発していたものであるが、未《いま》だに自由に構内立ち入りさえ許されぬ状況では、このような形で抗議を申し入れる他ない。歯痒《はがゆ》いことである。

COVID-19流行以降の大学の対応には何度も首を傾《かし》げてきた。小中高が対面授業を開始してなお、オンライン講義をし続けたこと。図書館等大学施設への立ち入りを禁じたこと。しかるに学費等の支払いは一切の猶予《ゆうよ》もなく徴収したこと。学生の本分である勉強を妨《さまた》げ、バイト収入さえ断たれた大学生の実情を無視した愚策である。我等大学生の「幸福」は、大学によって妨げられたのである。嗚呼。

其《そ》れだけでも、大学側への信頼を失うのに十分だったが、剰《あまつさ》え、我等大学生が苦しんでいる間、○○学部では「煙の殺人」などと題する駄文を書き、大学入試史に残る大汚点を晒《さら》すことになったのである。

K大学○○学部長・和田太洋、及び、「煙の殺人」の著者は即刻辞任せよ。我等「無限大」は大学の自治を理念とし、此度の不祥事への義憤《ぎふん》に駆《か》られ、厳重に抗議するものである。

（後略）

●編集人が独自に大学の採点者たちにインタビューして収集した、当時の受験生の解答例の中から一部を抜粋

・イクの画面が背景合成だったのがトリックで、実は現場の近くに潜んでいた。

・「僕」、アキが犯人。それが一番意外だから。
・エリが怪しい。絶対にウイとデキてる。
・オウが現場に入っているのが明らかに不自然で、この時に殺したのではないか。早業殺《はやわざ》人？（この解答者は「でもその場合、十分間ウイが何をやっていたかが分からない」と正直に書いていたとのこと）。
・平良が犯人。彼だけ立ち位置が怪しいし、無理に短くするためとはいえ警察官がいきなり出てくるのは不自然。無理やりに出したのは犯人にするためだ（2章で事件発生直後にアキの家にいた点について、この後滔々《とうとう》と無茶なアリバイトリックを披露していて印象的だった）
・こんなオンライン会が開かれたのも、煙のイタズラが考えられたのも全部コロナのせい。犯人はコロナ（この受験生は開始20分で途中退出した）。

●難関校対策専門予備校、S塾のサイトに二月二十一日二十二時に公開された解答速報（現代文カリスマ講師・山岡努氏により作成）

解答
犯人：テルアキ（傍点は編集人による。以下全て同様）。問題文中からは名字特定不可。

根拠：卓上扇風機を贈った人物だから。

解説

サテ、今年度は「犯人当て」というミステリーの一形式を利用した小論文入試となり、前例のない年になったわけですが、本塾の受講生にとっては赤子の手を捻《ひね》るような問題でしたね。「犯人当て入試　虎の巻」で紹介したパターン通りでした。この「虎の巻」ではご存じ山岡の「ヤマ」を詳細に解説しているわけですね。今ならS塾へのご入会のみで「虎の巻」を無料でお付けいたします。来年役に立つかもシレマセンよ。

まず、「虎の巻」第二条には、「読むトキはツネに叙述を疑っちゃえ」と私は書いています。特に犯人当てで多用されるのは、叙述トリックにより登場人物の数を誤魔化すトリックです。これは視点人物が犯人とか、いるはずの人物が描写されていないとかですね。しかも第三条は「作者がウシロメタイ時、人物表はありマセン」とありますが、ハイ、まさしくその通り。アイウエオなんて分かりやすい並べ方をしているのに、人物表がないのは間違いなく秘密があるからですね。AとBが実は同一人物とか、それとも隠された人物がいるか。

「虎の巻」第五条には、「イー、アー、サン……スー字のワナにご注意を！」とあります。

今回はもろにこのパターンでした。五人しかメンバーがいないはずなのに、冒頭に既に「六分割サイズの画面」と書かれ、プレゼントも五つ、書かれているのですから。プレゼントが五つ、ということは、ウイ＋五人の計六人いないとオカシイのです。

（エ？　そんなのどこにあったって？　ほら、ここです。

――万年筆、ゼリーの箱、ドリンクボトル、長財布、卓上扇風機（「煙の殺人」9ページ）。

ネ、五つあったでしょう？）。

であれば、隠された人物がいるのは自明です。補足しておけば、おそらく動機はイジメなのでしょう。この「僕」の眼からさえ描写されていない「六人目の人物」はこの五人にシカトされている。そんな状況でもプレゼントを要求したり、誕生日会に呼びつけてまで無視するという状況に快感を覚えるという、「僕」まで含めてそんな歪《ゆが》んだ人物の集まりなわけですね。イヤですね。ヘドが出ますね。

マアそんな仕打ちに嫌気がさした六人目君は、リーダー格のウイを殺し、彼らを恐怖のドン底に陥《おとし》いれたと。そんなところでしょう。

さあ、では六人目とは誰なのか。「虎の巻」第十八条には、「叙述トリック見つけたならば、ロジックなんてドウでもヨイヨイ」と書いておいたと思います。もちろん、採点者を納得させるトキには理由付けが必要ですが、叙述トリックで隠されていた以上、いくら御《ご》託《たく》を並べようとソイツが犯人なのですから、解答時間の限られた入試においては後付けで理屈をつければそれで十分なのです。今回においては、六人目は見た目の描写どころかアリバイすら描写されていないんですから、犯人たる資格は十分というわけです。

でも、六人目がいるからといって、解答欄に「六人目」なんて書いちゃアいけません。きちんと名前を見つけてきましょう。

ここでちゃんと冒頭に戻って読み返しましょう。今度は、「サア！　この中に！　隠された人物が一人いるぞ！」という気持ちで読み直さなくちゃダメですよ。これは訓練なので、一度、読み直してきてゴランなさい。

モウ一度問題文を読み直すと、サアいました。

――『うーん、なんか照明足りない？』（「煙の殺人」４ページ）

エリのセリフですね。ここにいるじゃありませんか。「テルアキ」君が。この時はまだ画面の前に来てなかったんでしょうね。これは「虎の巻」巻末付録につけた「名前にも読める一般名詞・名字にもなる名前リスト・男女誤認に多用される名前リスト」にそのものずばり書いておきましたから、付録まで目を通した受験生はすぐに気付いたでしょうね。

さて、この六人目「テルアキ」が犯人となる根拠は、作問者《さくもんしゃ》が散々強調しているのですから、ミュートボタンの一件なのでしょう。なんだか意味の分からん手掛かりですが、これだけ作問者が明瞭にポイントを示しているのですから、無視するわけには参りません。先ほども引用したプレゼントの対応関係を調べ、消去していくと、テルアキの贈ったプレゼントは「卓上扇風機」のようです。卓上扇風機のプレゼントにだけウイのコメントがないのも、さっきのイジメ説の傍証《ぼうしょう》になりますね。

ここまでくれば、解答は明らかでしょう。パソコンに迷わず辿り着けたのは、「卓上扇風機の風により、煙が揺らぐ地点を目印にしたから」です。ウーン、だから暗闇ではなく、煙によって視界を覆ったわけですね。実にオモシロイ。受験生諸君にとってはタマッたもんじゃないでしょうが。

以上、マア、こうしたポイントについて論理的に指摘し、文章を構成できれば満点が取れたと思います。

●難関校対策専門予備校、S塾の進学情報事業部長・有賀太郎から現代文カリスマ講師・山岡努に送られたメール本文

From: Ariga1093@inlook.jp

To: Yamaoka826@inlook.jp
送信 :2021.2.21 22:45
件名：解決編、読んだよ！
いやあ、実に驚いたよ山岡さん！　扇風機の風とは気付かなかった！　だから暗闇ではなく、煙によりシチュエーションを構成していたんだな！
これで我が校の受験合格率は、間違いなく他予備校を凌駕《りょうが》したはずだ。「虎の巻」は素晴らしいアイディアだったからね。いつも通り、模試だけ受けた受験生も受験合格率のパーセンテージに加えておけば、いよいよ盤石《ばんじゃく》だ。
コロナがまだひどいけど、落ち着いたらぜひ飲みに行こう。本当に、素晴らしい仕事だった。

●二月二十一日から二十二日の間、S塾のお問い合わせフォームに寄せられた苦情や意見、計百五十二件のうち、一部を抜粋

・この度のS塾における解答速報は、ミステリーというものを馬鹿にした愚答だった。大学入試自体が犯人当ての素人による愚問だった事実は否《いな》めないが、どんなにふざけた人間でも、あんな文体で「解答速報」なんぞという駄文は書けないと思う。「叙述トリックを見抜けばロジックなんてどうでもよい」と切り捨てるのは、ミステリーというジャンルに対する冒瀆《ぼうとく》だろう。何より、心情的にあり得ない。もし自分の弟がそんなに陰湿ないじめをしていたとして、その真相まで見抜いたとして、兄の平良はあそこまで平然としているものだろうか？　事件が起きた直後、彼も呼び出されて、昭と一緒にパソコンの画面を見ているというのに？　第一、本当に「六人目」がいたなら、「僕」にとって犯人は自明ではないか。悩む必要もない。聞けば、TVタレントだなんだと言って天狗《てんぐ》になっていると言うじゃないか。そんな人間を塾講師に据えて、高額な授業料をせしめるなど不届き千万である。(60代男性)

・うちの息子もこの塾に通わせておりますが、こんなにふざけた先生がいるところだとはついぞ知りませんでした。即刻解約します。(50代女性)

・山岡先生の文体、僕はとても好きなのですが、今までは塾の学生や参考書が必要で読む一部の生徒にしか読まれなかったのが、全国ネットで、注目の入試に際して読まれるとなると、いろんな意見があるかと思います。

どうか、お気を落とすことなく、頑張ってほしいです。（10代男性）

●ブログ記事「Mystery Room」

二〇二一年二月二十三日（火）

S塾の解答、話題になっていたので見てきました。うーん、叙述トリックは全然趣味じゃないんですけど、そうと言われればそうなのかも……自信がなくなってきました。浪人確定、かなあ。うう。

どうせなので、僕の考えた解答をここで供養しようと思います。

解答

犯人：江波絵里（エリ）

根拠：電源コードを辿ってパソコンに辿り着けた唯一の人物だから

S塾を参考に気取って書いてみましたけど、僕の考えた経路を書いてみますね。問題用紙は持ち帰れたので、原文を確認しながらこのブログを書けるわけです。

まず、現場の矛盾についてです。僕が着目したのは現場のコンセントでした。TV脇のコンセント穴は四つで、パソコン、TV、レコーダー、据え置き型ゲーム機のプラグが挿さっていたということですけど、これ、明らかに矛盾しています。誕生日会が始まってからずっと、ウイの画面から「ジャズの音楽」が流れています。これは図面右下のラジカセから聞こえていたものでしょう。そして、煙の発生後、ウイの画面がミュートになって、死体発見後には音楽の描写はない。音楽は鳴りやんでいる、ということです。

これはどういうことでしょうか。ラジカセは図面の右下にありますから、コードは通常、TVの裏を回して、TV脇のコンセント穴に挿すでしょう。

ということは、ラジカセのコードは、最初TV脇のコンセント穴に挿さっており、代わりにパソコンの電源コードは挿さっていなかった、ということになります。したがって、パソコンの電源コードは、窓側のコンセントに挿さっていたのです。

すると、犯人の条件が判明します。犯人は窓側のコンセントからコードを辿り、パソコンに辿り着けた人物です。ウイはテーブルを映す時、反時計回りにパソコンを回し、時計回りに戻しています。図面を見る限り、ギリギリコンセントが映らないのでしょう。

この条件が指し示す人物はこれだけでは分かりません。ですが、伏線をしっかり拾っていけば、該当《がいとう》する人物はたった一人に絞れるのです。

では、犯人はどこから現れたのか。窓には内側から鍵がかかっていたので除外。すると、ウイの部屋から出てきた、ということになります。そうなのです。ウイ以外の四人の参加者のうち、一人だけが、自宅に見せかけてウイの部屋からオンライン会に参加していたのです。これこそが真の犯人の条件です。

手掛かりは、冒頭1章の「コロナ中の部活自粛」についての会話の中にあります。エリは「照明足りない」と言い、イヤホンを外して、いったん席を立ち、この後、コロナ中の部活についての話題があるのですが、ウイが野球部休止の話をした後、席に戻ってきたばかりのエリが美術部の話をして会話を受けているのです。美術部の話の後に、わざわざ「イヤホンをつけるところ」という描写があるので、これまでの会話は聞こえていないはずなんですよね。これは、明らかにおかしい。解答はたった一つで、エリはウイの肉声を聞ける位置にいたのです。

要するに、ウイはエリと付き合っていて、誕生日を一緒に過ごしていたのでしょう。ウイもエリも家に家族がいないと強調して書かれているところなんて、意味深ですね。エリの背景画像は自宅の光景になっていたということですから、事前に家の風景を撮影し、背景画像として合成したということでしょう。そうすることで、あたかも自宅にいるように見せかけたわけです。

このトリックを示唆《しさ》する伏線は他にもあって、クリスティーの『葬儀を終えて』がそれです。ウイはエリの家にある（背景画像にある）本について「俺が借りてるヤツ」と言い、エリは「二冊持ってた」と返したわけですが、実はそうではなく、写真撮影時には並んでいたものを後から貸してしまったので、画像に矛盾が生じたのではないでしょうか。ウイはそれに気付いて指摘し、エリを揺さぶってからかっているわけです。皆の前で、二人だけの秘密を共有しているのが面白いんでしょう（↑ちくしょう、イチャイチャしやがって……）。もちろん、ウイも二人の恋人関係を隠しておくために、エリがそうしたトリックを仕込んでいるのは織り込み済み。エリとしては、ウイを無自覚の共犯者に仕立てているのが面白いところです（↑と、思っていたんです。トホホ）。

エリは作中で何度も席を外しています。煙が発生するまでの数回は、強盗が侵入した痕跡を両親の部屋に残しておくために席を外したのでしょう。そして、煙の発生直前に席を外したタイミングでウイを殺しに行った。包丁はウイの家のキッチンから取ったにせよ、家から持参したにせよ、以前から殺意があったことは明瞭でしょう。

名前でも呼ばれたらアウトだから、ミュート機能は是非ともつける必要があった。煙が出たらウイは思わず名前を呼ぼうとしたでしょうが、みんなに恋人のことがバレるといけないと思ってこらえたんでしょうね。エリは窓側のコンセントにコードが延びているのを見て知っていたから、部屋を出ればすぐに動けると考えていた。

ところが、ラジカセのコンセントが挿さっていたのが運の尽きだった。コードをこのままにしておいては、自分が犯人とバレてしまう可能性があるので、コードを挿し替えようとしたのですが、全部穴が埋まっていた。それで、ラジカセのコードが押し出されてしまった形になったのでした。

エリの自宅までは三十分ほどの距離と言いますから、殺害後、画面に戻ってきた時にはまだ家ではなかったでしょう。作中1章の冒頭場面で一瞬書かれている「ウイの家の目の前のカラオケ」ではないでしょうか。そこならオウともすれ違わずに済んだでしょう。あとはオンライン会が解散してから、家に帰り着けばいいわけです。

カラオケにいたことを示唆する手掛かりもあって、2章末尾の「画面の向こうから、救急車のサイレンが、かつてないほど禍々しく、不安定な唸りを伴って聞こえてきた」です。これ、殺人事件のショックでそう聞こえているとも解釈できるんですけど、同じ音を二つのマイクで拾っているからハウリングを起こして不快な音を立てている、とも読めると思うんですよね。

ということで、犯人はエリで、動機はおそらくベタに「痴《ち》情《じょう》のもつれ」ではないでしようか（↑パソコンだと変換できるんですけど、「痴情」ってなかなか手で書かないですよね……。会場では書けませんでした）。

（補足）

でも、これだけではちょっと犯行態様《たいよう》が不自然かな、とも思うんです。受験直前、クイーンの『Yの悲劇』の話があるというので、都筑道夫《つづきみちお》さんの『黄色い部屋はいかに改装されたか？』を読んでいたのですが、この本にあるような考え方でいくのがいいのかなと。都筑さんの短編も追いかけてるんですが、犯人以外の人の行動によって、犯人が追い込まれて、止むにやまれずやった工作が不可解な謎を生み出しているパターンが多いんですよね。都筑さん本人が提唱する「モダン・ディテクティブ・ストーリー」の実践だと思うのですが。

そうすると、「ウイとオウが小学校からの親友」「イタズラが大好き」っていう浮いている伏線が気になるんですよね。例えばですけど、煙の一件はウイとオウによるイタズラドッキリで、エリは関知していなかったとする方が面白い。エリは部屋を出て、もうもうと立ち込める煙にギョッとしながら、とにかくコードを辿ってミュートにして犯行はやり遂げた。でもコードの挿し替えでミスをして、しかも、オウがすぐにでも現場に来ると思ったら偽装工作の時間もない。それでこういう不可解な謎が生じてしまった、という。オウが煙のことを知っていた、というのには一応根拠があって、オウはすぐに「現場に突入する」ということを考えて行動に移すわけですが、これは兄の平良が指摘している通り、煙の正体が「毒ガス」「催涙ガス」である可能性はやはり疑うべきではないでしょうか。そこまで大それたものだと思わなくても、正体不明の煙が立ち込めているところに、素人が入るのは危険です。得体《えたい》が知れないわけですから。

そうすると、ここでは救急隊に任せるというのが、適切だと思います。それでもオウがすぐに突入できたのは、「煙が無害だと知っていたから」ではないでしょうか。

……これ、受験会場では自信満々に書いたんですけど、今思うと、ちょっと妄想ですかね。それに、包丁を持っていたからあらかじめ殺意があった、という自分の推理と矛盾しているし。「前々から殺意があって、ただし煙はアクシデント」ならいける？　でも、コードを辿ってミュートを押そうなんて、三分そこそこの間に急に考え付くものでしょうか。うーん、考えれば考えるほど、自家撞着《じかどうちゃく》。いや、S塾の解答を見て、本当に自信がなくなっているのです。

僕の解答、ちょっとは皆さんにお楽しみいただけたでしょうか。

また同じことを一年するのかと思うとぞっとしませんが、今はゆっくりしようと思います。積んでたミステリー、読んじゃうぞ……。

●ブログのコメント欄より

1、素晴らしい。現場の矛盾からしっかり出発するところが、ブログ主はちゃんとクイーンマニアなんだなと思った。いつもクイーンをお読みになっているし。

2、S塾のより、この解答の方がいい！　読んでいて面白かった！　ちょっと自信なさげなところが、弱気な名探偵みたいです（笑）

3、え、本当に面白かったと思う。ていうか、本文からはこの解答も出てくるし、これも合格でいいんじゃないですか。春が来ますように（サクラのマーク）

4、自家撞着に陥ってしまうのは問題が悪いからですよ。与えられた材料の中ではよく考えられていると思います。

5、これが正答かもしれない。もしこれが正答なら、K大学、ここまで考えてたってことになるな。やるじゃん。見直したわ。

6、いや、エリがイヤホンを外しているのに会話に参加しているあたりは、実は作問者のミスなんじゃないかな。いかにも素人にありそうなミスだと思う。

だけど、Aさんのように深読みした方が、面白いよね。すごく楽しんで読みました。

7、6さんの指摘はまさにそうで、話題のS塾の解答だって、かなり怪しいなりに成立するんですよね。卓上扇風機のあたりが浮いてるし。作問者の手が滑って書いたんだろうなって部分が、別解を生んでしまっていて、犯人当てとして本当に出来が良くない。

それとも、全部狙い通り？　余詰《よづ》めを多く残しておいた方が、受験生の解答のバリエーションが広がるから、とか……それなら、安易に「犯人当て」と言わないでほしい……。

ともあれ、ブログ主はお疲れさまでした。ゆっくりするの、大事。

8、S塾の動機はいじめ、ここでは性愛ですか。仮にも大学が発出し、高校三年生に読ませる作品にそんなものを露骨に絡《から》ませるわけがないでしょう。失当《しっとう》ですよ。

9、前の人何言ってんの？

●大学公式サイトで三月一日に発表された解答

解答

犯人：岡田央樹（オウ）

根拠：まず、なぜ煙の立ち込める中でミュートボタンを押せたのか、という謎に対する解答は、「被害者自身がボタンを押したから」である。これこそが、作中で言われているシンプルな解答だ。

ウイとオウは旧来の親友であり、イタズラ好きだった。そこで、誕生日会を使ってドッキリを企画したのだ。ウイの部屋に発煙筒を届け、煙が晴れると倒れたウイが見つかる。オウは現場に駆けつけて、窓を開け放つ役だ。参加者の切迫感を高める目的もある。二人が共犯だったのは、玄関の鍵が開いていたことから見ても明らかである。

オウが到着後、みんなをびっくりさせたら、ドッキリだったと告げる予定だったが、ここでオウはウイを裏切った。古い付き合いの中で溜《た》まっていた憎悪を吐き出すべく、その場で刺し殺したのである。つまり、演技だったはずのものが、いつの間にか本物にすり替わってしまったのだ。

●解答公表後、三月一日のSNSサービス「呟ッター」でのコメント（一部を発信者の許可を取り掲載）

@mysterylove2 10:43
はい。
解散。

@dokobokohead 11:35
要するに早業殺人じゃねーか。そんなの一番先に検討しとけよ。

@mysterylove2 12:01
ていうかこれ、「Mystery Room」ってブログで後半に検討されている真相だよね？
大学があそこだけ見て適当に書いてねえか？

（以下、ここには書ききれないほどの罵詈雑言《ばりぞうごん》の嵐）

●K大学サイトに三月二日午前十時、掲載された謝罪文

この度、本学で行われた小論文「犯人当て」について、次のように記述に誤りがあったことを訂正いたします。

①「本音を言えば、ウイの家の目の前にあるカラオケでいつも通り集まり、バカ騒ぎでもして憂さを晴らしたかったが、そういうわけにもいかない」（2ページ）↓削除
今般のコロナ情勢と高校生の心情を書きたかっただけだが、誤解を招いたようだ。カラオケなど最初から存在しなかった。

②「六分割サイズの画面」（3ページ）↓「五分割の画面」
パソコン画面上では五人参加も六人参加も画面のサイズは同じで、それは六分割のものと同じサイズだからという意味で書いたが、誤解を招く表現だったので訂正する。

③「照明足りない？』」から「イヤホンを外して立ち上がる。」まで（4ページ）↓「明かりが足りない』と言って、エリは手元のデスクライトを点灯させた。」

④「画面を見ると」から「明るくなっている気がする」まで（5ページ）↓削除

したがって、エリはイヤホンを外して席を立ってはおらず、声が聞こえていたという矛盾は生じない。テルアキという謎の人物も存在のしようがない。

⑤「『あれ、エリ、その本俺が借りてるヤツじゃないか。クリスティーの『葬儀を終えて』って』から『おっ、なんかそれかっこいいな。俺も言ってみたい』とオウがニヤニヤした。」まで（6ページ）↓削除。

したがって、エリが弄《ろう》した写真によりその場所を自宅に見せかけようとしたトリックなど存在しない。

⑥「テーブルの上には、万年筆、ゼリーの箱、ドリンクボトル、長財布、卓上扇風機などが賑々しく並んでいた。」（9ページ）↓文中から「卓上扇風機」のみ削除

卓上扇風機を使いながら執筆していたところ、手が滑って書いてしまっただけであって、まさかこんな箇所を深読みされるとは思っていなかった。

⑦「画面の向こうから、救急車のサイレンが、かつてないほど禍々しく、不安定な唸りを伴って聞こえてきた。」（15ページ）↓「サイレンが聞こえた。」

著者としては雰囲気を重視したものであるが、不当な読み違いをされたため味気ない文

章に差し替える。

⑧「そう、リビングのコンセントは窓の脇の一つと、テレビの横の一つの計二つだけ。」(27ページ)→「リビングのコンセントはテレビの横の一つだけ。」

⑨「コンセントの口は四つで」(27ページ)→「コンセントの口は五つで」

⑧に伴い、窓際のコンセントについては他の記載箇所と図面からも削除。なお、五つのコンセント穴には、パソコンの電源コード、ラジカセ、TV、レコーダー、据え置き型ゲーム機のコードの五つが挿さっている。

したがってパソコンの電源コードに関する矛盾は生じない。

したがって、いま巷《ちまた》を騒がせている予備校と一受験生の出した解答は失当である。ミスディレクションのつもりで書いた情報がどうも拡大解釈されてしまったようだ。

大学の出した解答だけが、唯一無二の正答である。

正答に辿り着いていない人間は不合格。

大学受験とは、そういうものである。

犯人当てとは、そういうものである。

●ネット版「週刊DIRECT」三月二日午後八時更新

「異例のK大学小論文入試……『大学教授、大炎上』」

初の「犯人当て」入試……結果は？

二月二十一日に実施されたK大学○○学部の『犯人当て』入試について、大学側の示した解答が三月一日、発表された。更新直後からネットでは「最も単純でつまらない答え」「こんな入試やる価値がない」と怒りの声が飛び交っていたが、それに対する大学側の対応が三月二日午前十時、「謝罪文」という形で示された。

内容は、既《すで》に公表されている問題文の内容を大きく差し替えたり、一部の表現を削除するもので、大学入試という場、また「犯人当て」という推理小説の一形式に対して、決して許されない行いであると言える。差し替え箇所、削除箇所は、いずれも有名塾「S塾」の模範解答やブログ「Mystery Room」において話題になっている一受験生の解答に関わるものであり、行き過ぎた対抗意識による「解答潰《つぶ》し」であると推測される。

SNS上では問題の「謝罪文」に対し、「あまりに馬鹿にしている」「受験生をなんだと思っているのか」「ミスディレクションという言葉の使い方を間違えている。お前がしたのはただのミス」「今さら変更するなど、発表する前に誰かに読んでもらわなかったのか」などのコメントがあり、まさに火に油を注ぐ結果となった。

なぜ起きた……恐るべき「スルーパス」

K大学のG教授への取材で、この度の「犯人当て」入試は、学部長と一人の教授により企図《きと》されたものと分かった。

「K教授（仮名）はコロナで僕らが大学にあまり行けないのをいいことに、学部長を言いくるめて話をどんどん前に進めてしまったのです。K教授のガードをかいくぐって学部長に掛け合った時には、もう事態は引き返せないところまで進んでしまっていました」

G教授ほか数名の教授の家には、妨害電波発生装置が設置された形跡があったという。K教授の関与は不明だが、「電波が正常だったなら、あのとき発言してこんなことになるのを防《ふせ》げたはずだ」とG教授は話す。

「学部長は推理小説に詳しくない。問題はK教授一人で作ったはずです。K教授はミステリーの愛好家ですが、おそらく自分で書くのは、あまり得意でなかったのでしょう。授業も脱線するのが多い人ですから、同じように脱線して、穴がいくつも残ってしまった。それを学部長も見てあげられなかったのです。試験の文章をチェックするときも、あまりの事態に、もはや誰も読もうとしていなかったんじゃないでしょうか。K教授にたった一人で書かせてしまったのが、この度の不祥事の原因だったと思います」

●K大学サイトに三月三日午前十時、掲載された謝罪文

昨日（三月二日）、本学○○学部の教授、木崎喬《きょう》次郎《じろう》が学部長の承認を得ず「謝罪文」と題した文章を掲載し、本学の受験生や関係者の方々に挑発的な言動を行ったことを深く陳謝《ちんしゃ》いたします。

本日付で、木崎喬次郎の懲戒免職《ちょうかいめんしょく》が決定いたしました。

大学といたしましては、本学の教育・研究に支障が生じることのないよう、また、本年度の受験生ならびにこれからの受験生に不安を与えることのないよう、全教職員が一丸となって指導・支援してまいります。

また、木崎喬次郎はSNSサービス「呟ッター」において@queendom260というアカウントを用い、そちらでも挑発的な言動を繰り返しておりました。

この点につきましても、教職員のプライベートな事柄とはいえ、ご迷惑をおかけいたし

ましたこと、深く陳謝いたします。

K大学〇〇学部長（新任）
天城誠二《あまぎせいじ》

●ブログ記事「Mystery Room」

三月十四日（日）

やったー！

いきなりごめんなさい、でも、でもめちゃくちゃ嬉しいんです！　K大学に受かったんです！　しかもすごく優秀な解答だったということで、奨学金の権利ももらえちゃいました！

S塾の解答や大学の解答、ネットでもさんざん燃えた「謝罪文」を読んだ時は絶望で胸が塞《ふさ》いでましたけど……（S塾の解答もマニアの中では相当燃えたみたいですね。最近は山岡さん、テレビでも見ませんね……）。

まあ、結果良ければすべてよし、って感じです！

今日はお祝いの焼肉なので、いっぱい食べます！

近く古本屋巡りと感想も再開します！

（中略）

四月二日（金）

今日はすごい一日でした！

入学オリエンテーションを受けてきて、そのあと午後はサークルのオリエンテーション。例年だともっとブースで話し込んだりするみたいなんですけど、まだコロナのことがあるから、ブース内にいる先輩は二人だけで。簡単にお話を伺えるだけだったんですが、自己紹介のシートを書いたら、先輩がスッ……と本を出してきて。

「これだろ、君が読みたいのは」

驚きました。だって、十二月に僕が言っていた、まだ持っていないクイーン三冊、創元推理文庫版の『悪魔の報復』『ハートの4』『ドラゴンの歯』だったんですから！　しかも、僕が欲しかったひらいたかこバージョン。驚きと喜びで飛び上がりそうでした。

「俺、君のブログの読者なんだ。K大学に入学したってこの前言ってただろ？　だから、きっとウチに来ると思って用意しといたんだ」

僕は感激すると同時にちょっと引きました。このブログで目をつけられたってことですね。うわあ。それはなんか、恥ずかしいような、嬉しいような。ってか、これも見られてますね！

その日は、「今日はここや部室じゃなくて、せっかくだから近くの喫茶店にでも行って話さない？」と誘われまして、美味《おい》しいケーキなどをいただいてきました。すごいなあ大学生。楽しくなりそうです。

四月九日（金）

いやあ、驚きました。

僕の所属したサークル、ミス研じゃないんですって。

どうも、先輩がサークルオリエンテーションを行うブースを一つ隣と間違えていて、僕もそこに間違えて行っちゃったみたいなんです。

そしたらミス研に入り直せばいいんですけど、でも先輩の話は面白いし、ミステリーは一人でも読めるしな、って気分になって別れがたいんです。ううん、どうしたらいいんでしょう。

先輩たちのサークルは「無限大」って名前みたいです。ミス研とは違うけど、何かの本を作るサークルみたいなんで、そっちも楽しそうですよね。先輩たちは話しやすくて優しい感じですけど、たまにヘンな感じで、この前部室に入る直前「騙《だま》されやすい」「初期投資は古本三冊」「ひな鳥効果」「最初に見た先輩は強い」「洗脳は楽」なんて会話をしてたのを小耳にはさみました。お二人ともミス研じゃないけどミステリーは好きなので、何かのミステリーの話でしょうか？
書名分かる人いらっしゃいますか？

四月十六日（金）
九日の更新へのコメント、皆さん、本当にひどいです。
どうして先輩たちのことを悪く言うんですか？　あんなに人の良い先輩が、僕のことを騙してるわけないじゃないですか。
それに、僕、先輩たちのおかげで目が覚めたところもあります。いっとき、「こんなに楽しいミステリーに出会わせてくれたんだから、K大学の入試に感謝しなくちゃ！」って思ってたんです。だけど、よくよく考えたらそうじゃない。僕がミステリーにハマってなかったら、他の大学に行っていた未来もあるかもしれない。S塾現代文の山岡さんだって、ネットに流出した「虎の巻」を見ましたけど、あれを作る労力って相当なものです。信じられない冊数のミステリーを短期間に読んだんだと思います。テクニカルすぎて、手法には納得できないですけど、彼だって、大学入試に振り回された、言ってみれば「被害者」の一人なわけです。口八丁手八丁に騙された前学部長の和田さんだって、ある意味そうかもしれません。

そう考えたら、誰も「幸福」にはなっていないんです。

木崎こそが悪人だった。

偏向した考えを持った大学教授こそが悪だったんです。

四月二十三日(金)

もうやめてください！　どうしてですか⁉　どうしてみんな、先輩のこと悪く言うんですか！

「誰も『幸福』になっていないというが、『無限大』の人は漁夫《ぎょふ》の利を得ているじゃないか」ってコメントを見て、僕は腹が立ちました。そんなことありません！　先輩たちだって、コロナが起きた後の大学の現状に苦しみに苦しみ抜いて、闘ってきた人たちなんです。

そんな先輩のことを悪く言う皆さんのことは嫌いです。

今日は久しぶりにミステリーの話をしようと思っていましたが、やめます。

五月二十五日(火)
教授だけに評定されてたまるか。
私たちもまた、教授を評価しゾーニングするのだ。
そうすれば、木崎のような悪人も現れないのだから。

これは、大学の自治を理念とする、我々秘密結社「無限大」による天誅《てんちゅう》なのである。

●編集人後記

その日以来、ブログ「Mystery Room」の更新は途絶《とだ》えている。

入れ子細工の夜

「そう――思いがけない客。招かれざる客よね。

どこからともなく――現われた――吹雪の中から。とてもドラマチックね？

私はだれ？　あなた、知らない。私はどこからきた？　あなた、知らない」

――アガサ・クリスティー『ねずみとり』（鳴海四郎訳、ハヤカワ・クリスティー文庫）よりここは、長い長い夜の途中。

＊

小説家は悩んでいた。

マスクの中で荒い息を吐いているせいで、黒縁の眼鏡が曇る。まだ初秋なので、油断して曇《くも》り止めを使っていない。昨年の頭から始まった新型コロナウイルスの流行には、こんな小さなことでも悩まされる。

小説家は舌打ちをした。

なんとしてもこの目で確かめなくてはならない――どういうつもりであいつはあんな提案をしてきたのか。

場合によっては、小説家は手段を択《えら》ばないつもりでいた。

小説家は、扉に手をかけた。

書斎の奥には、作家が作業に使う大きな机がある。机の後ろには、大きな金庫と本棚が並んでいる。

*

書斎のドアが開いた。

その金庫の前に、一人の男が立っていた。

若い男だ。鼻筋がくっきり通っていて、体型もすらっとしている。

男は、ゆっくりと、爬《は》虫類《ちゅうるい》のような動きでドアに目をやった。

入ってきた方の男は、ロマンスグレーの紳士風である。大柄な体型だが、身なりも上等で、さっぱりして清潔感がある。両手にレジ袋を持っているのが、どこか所帯じみていて、アンバランスだった。

紳士風の男は不審げに若い男を見つめ、ゆっくりと首を振った。

「こりゃあ、まずいところを見られたな」

彼は机にレジ袋を置き、袋の中に手を入れた。

若い男は、食い入るような目つきで彼の手元を見ている。

異様な雰囲気が漂っていた。まるで、袋の中から拳銃でも飛び出すのではないか、というような緊張感だ。

紳士風の男は袋の中から、タバコの箱を取り出した。

「タバコを切らしてね。こいつがないと、執筆に集中出来ないんだよ。ああ、何も、サボっていたってわけじゃあない。この業界に入ってすぐ、師匠筋に教えてもらったんだよ。作品には一切手を抜くな。そしてそれと同じくらい、息抜きにも手を抜くな、とね」

彼――作家は冗談めかして言った。

若い男は、呆気《あっけ》にとられた様子で立っていた。

「君は、新しい編集者かね」

作家の呼びかけが合図になったかのように、男はピンッ、と大げさな身振りで背筋を伸ばし、作家にお辞儀した。

「……はいっ！　私、光源社《こうげんしゃ》の新人編集者でして……！　先生の作品は、いつも拝読しております」

「こりゃ、良い。賭けに勝ったぞ」

作家は嬉《うれ》しそうに手を叩《たた》いた。

「いや実を言うとね、私は人の顔を覚えるのが苦手なんだ。パーティーで『初めまして』とあいさつをして、気まずい思いを何度もしてきた」

「はあ、そうでしたか」

男はすかさず袋の中のものを見て、

「ところで先生、その袋の中に、何か不思議なものが見えるんですが……ビーカー、ですかね」

「ん、ああ、これはちょっと次回作のネタに使おうと思ってね。昔は高校で化学教師をしていて、その知識を使ったアイディアなんだよ……今度は青い玉と書いて、『青玉《せいぎょく》荘殺人事件』というタイトルを考えていてね……」

「へえ、それは興味深いです。ぜひその話を――」

作家はその言葉を遮《さえぎ》るように言った。

「君、どうしてコートなんか着ているんだね。そのままでは窮屈《きゅうくつ》だろう。ああ、コート掛けはそこの壁際だ」

「はあ、では、失礼して……」

コート掛けには、予備のベルトなのか、黒い革製のベルトが輪っかになって引っ掛けてある。アンバランスな代物《しろもの》だった。

男はコートを掛けた後、ジャケットの胸ポケットに手をやる。

「――すみませんっ！　名刺入れを忘れてきてしまいました……先生の前で、とんだ失礼を……」

「いや、いや、構わないよ。私は今、機嫌が良いんだ。そんなことぐらいで気を悪くしたりしないさ。ま、何かのゲラを送る時にでも、付けておいてくれたまえ。私は名刺の管理が苦手なんだが、家内がしっかりやってくれるんだよ」

「ああ、奥様ですね！　先生と奥様の仲睦《なかむつ》まじいエピソードは、いつもエッセイなどで楽しく拝読しております。なんでも、以前はジュエリーショップにお勤めでいらっしゃったとか」

作家は、男の肩を二度、叩いた。

「君はなかなか、見所があるな。私の小説を読んでいると語る編集者は数いるが、エッセイの話まで振れるやつはなかなかいない」

「は、はあ、こいつはどうも」男は首を振った。「でっ、ですが、もちろん小説だって拝読しています。今年の『必然という名の不在』はプロットの運び方に凄《すさ》まじいキレがあって驚きの連続でしたし、『黄玉《トパーズ》荘殺人事件』は今までの先生の作風とは打って変わった古典ミステリーのプロットと、そこからあえて外したところが――」

「まあまあ、そう焦らんでもいいじゃないか。私は、何も皮肉を言っているわけじゃあないんだ」

作家は自分の椅子に腰かけ、目の前の青年をじっくりと眺めた。頭から爪の先まで、吟《ぎん》味《み》するように。男はその無言の圧力に耐えかねてか、身じろぎをする素振りを見せた。

「あの、私は――」

「もし」作家は言葉に力を込めた。「もし、だ。私の頭にある最良のプロットを、君の社に提供すると言ったら、どうだね」

「は――」

男の動きは硬直した。

「それはもちろん、ええ、すごく――素晴らしいことです……ですが……本当に、よろしいのでしょうか？」

「なんだね」作家の眉が生き物のように動いた。「君はまさか、私を疑っているのか？　あれこれ条件をつけたり、理不尽な要求をされたり……そういうことを恐れているんだろう？」

「いっ、いえ、滅相《めっそう》もございません」

作家はひらひらと手を振った。

「本当に私の作品を愛しているなら、こんなもん、即座に『はい』と言わなきゃダメだよ。君は大成しないタイプだな。誠に残念だが……」

「えっと……」

「それに、君、さっき私の作品名を間違えたよ。確かに黄色い宝石でトパーズとも読むがね、私の作品は音読みさせて、『黄玉荘《こうぎよく》』と読ませ――」

「あっ、あの！」

男は作家の言葉に被《かぶ》せるように大声を出し、机の上に身を乗り出した。

男と作家の顔が、急に接近する。「ルビンの壺《つぼ》」のだまし絵のようなシルエットが浮かんだ。

「非礼をお詫《わ》びします。決断が遅いのも認めます。……どうか、もう一度私にチャンスをください」

作家の顔は険しいままだった。

「どんなことでもすると誓うかね？」

「どんなことでも命じてください。必ずやそれに応えます」

作家はそのまま数秒、動きを止めていた。

「よろしい！」

作家は立ち上がり、部屋の中を歩き回る。

「だが、何も難しいことを要求しようというのではない。その最良のプロットの筋を検証するのに、付き合ってもらおうというのだ」

「校正作業や調べものということですね。喜んでやらせていただきます。して、問題はどのようなことなのでしょうか？」

作家は大仰《おおぎょう》に首を振った。

「違うさ。君と私で、そのプロットを演じながら、矛盾がないか確認するんだよ」

男は狐《きつね》につままれたような顔をした。

「演じる、ですか？」

「そう！」

作家は男に向き直った。

「私の創作の秘訣とは、常にリアリティーを重視することだ。君も、私のエッセイを読んだことがあるなら知っているね」

「はい。『話しながら考える』。行きづまったら手より口を動かしてみる。それが先生の金言でしたよね。創作術について書いた記事で読みました。あと、トリックの実験をしたことがある、とも。あのエピソードには感動しました。オースティン・フリーマンが、意外な凶器のトリックの実現性を確認するための実験で、家の地下室の壁に穴を開けたという話を思い出して……」

作家は咳《せき》ばらいをした。

「どうも、すみません」

「まったく、君のミステリー好きは筋金入りみたいだな。だがそれでこそ、これからの検証に付き合ってもらう意味があるというものだ。ああ何も、今回は派手なトリックを使おうというのではない。言ってみれば、私の立てた筋立ての通りに動いてみて、人間心理から言って不自然な点はないか、矛盾はないか。こういったところを、見てもらいたいんだ」

「聞いているだけでワクワクしてきます！」

「完成すれば、これが私の四十一番目の作品になる。一つの部屋の中で完結するミステリーだから、『四十一番目の密室』と名付けよう」

作家は両手を広げる。

「舞台は、私たちがいるこの部屋だ。登場人物は作家と編集者の二人」

「面白そうです。その設定って、なんだかあの映画みたいですね。『探偵〈スルース〉』……限られた空間の中で演じられる、二人芝居のミステリー」

作家は頷《うなず》いた。

「あっちは作家と美容師だがね。そう、極限まで切り詰めた舞台でこそ、意外性は映《は》えるものだ。さて、君はどっちの役をやりたい？　どっちの立場でものを考えることにするかね？」

「うーん、作家の方も魅力的ですけど……ダメですね、私には背伸びは向きませんよ。編集者をやらせてください」

「よし、いいだろう。最初の設定はこうだ」

作家は身を乗り出し、静かな声で言った。

「君は、私を殺そうと思っている」

彼は目を見開いた。

「いきなりですね。動機はなんです？」

部屋の中を歩き回った作家は、また自分の椅子に収まる。椅子に深々と腰かけ、悠然と語り始めた。

「さっき言った『四十一番目の密室』の原稿だよ。これは作品そのもののタイトルであると同時に、作中人物の作家が書いた作中作でもあるんだ。

私は――これは無論、作品内の『作家』のことだよ――『四十一番目の密室』を執筆し、君のところに引き渡す予定だった」

「光栄なことです！」

若い男は、すっかり作品内の編集者の役に入り込んでいた。

「しかし、急遽《きゅうきょ》、その予定が変更になった」

「どうしてですか！」

男は、作家に食って掛かる。

ところが、作家も負けていなかった。

作家は急に声のトーンを下げ、凍《い》てつくような声で言った。

「君が、私を怒らせたからだよ」

「えっ――」

彼は絶句した。呆気にとられたような彼の顔を見て、作家が笑い出す。

「おいおい、これは、あくまで役の話だぞ」

「あ、ああっ、そうでしたね。はい」

「やれやれ、これでは先が思いやられるな。ともかくだ、君は私をこの部屋で怒らせ、原稿を取り上げられる。小説はそこから始まるのさ。無論、君は困り果てる。私の原稿は会社の売り上げにも大きく響くことになる。私の担当となって見えてきた出世街道からも遠ざかってしまう。それどころか、私が他の出版社に声をかけて再就職さえ妨《さまた》げられるかもしれない……」

「どうしましょう、なんだか胃が痛くなってきました」

男は腹部を押さえて青い顔だ。

「とても他人事《ひとごと》とは思えない……先生！　架空《かくう》の出来事だと思ってみても耐えきれません！　なんとかお怒りをお収めいただけないでしょうか」

「まあ落ち着きたまえ。考えてもみなさい。幸いなことに、君の社が原稿を取り上げられたことは、まだ君以外には誰も知らない。私が怒って君の社に電話をかける前に、あるいはネットの世界で愚痴を言う前に、二人だけの世界に留《とど》めることが出来ているわけだ」

彼の喉仏が、ゆっくり上下した。

「つまり――今しかない、ということですね」

「その通り。自分を殺すように差し向けるというのはおかしな話だが、君は今、この瞬間、私を殺すしかないわけだ」

「ですが、どうすればいいのでしょう。私は事前に準備なんてしてきていません。突発的に犯行に及んでは、絶対に証拠を残してしまいます」

作家は指を立て、言い聞かせるように言った。

「それこそが肝心だ。君は、突発的に殺人を犯すことになる。しかし、冷静さを欠いてはいけない。今、この部屋にあるものだけを使って、即興の完全犯罪を考えなければならない。読者の眼前にあるものだけを、使ってね。密室の中で始まり、密室の中で終わる。それこそが、この作品が究極の密室ミステリーである理由だよ」

「なるほど――」

男は顔を紅潮させ、部屋の中を歩き回り始める。

すると、作家は性急な動きで立ち上がり、男に寄り添うように動く。

「先生の構想が分かってきました。これは、『密室』の中で行われる二人の心理戦なんですね。だとすれば、私の最初の目的は、どうやって、先生に怪しまれないように凶器を確保するか、です」

「相違《そうい》ないね」

「やはり刃物が良いでしょうか。しかし、台所まではちょっと遠い。先生に気付かれないようにいくのは難しいでしょうね。何か口実でもないと」

「うむ」

「それにしても、先生の部屋は本ばっかりで、他のものがあまりありませんね。金庫の横にまで、本が並んでいる……『心臓と左手』『妖盗S79号』『赤い右手』『貸しボート十三号』『華麗なる誘拐』『ダイヤル7をまわす時』……新しいのも古いのも交ざっていて、随分ちぐはぐな棚ですね。おまけに、『赤い右手』はJ・T・ロジャーズ、一人だけ海外の作家です。何か作品の資料にでも使っていて、取り分けてあるんですか？」

「まあ、そんなことはどうでもよろしい。凶器はどうするんだね？」

「ああ、そうでした。つまり、私の言いたかったのは、先生の部屋には本ばっかりで、撲殺に使えそうな鈍器が見当たらないってことなんです。あっ、あのトロフィーはどうでしょうか」

「私が受賞した文学賞のトロフィーだね。なんとも罰当たりなことを考える。しかし、あれは見ての通り、ガラスケースの中にしまわれているし、私が大切にしているものだ。そう簡単には触れられない」

「では、絞殺は？　私はポロシャツですから、ネクタイはないですが……ベルト？　いや、もしくはクローゼットの中身から――」

彼はクローゼットに歩きかけた。その動線を遮るように、作家は彼の目の前に躍《おど》り出た。

「いや、待ちたまえ。君が言っているのは、あのウォークインクローゼットのことだろう」

「そうです。中からネクタイやベルトをサッと盗み出して、懐《ふところ》に忍ばせておこうかと」

「いい考えだ。だが、見たまえ。クローゼットの前にはこの通り、段ボール箱がある。中にはミネラルウォーターのボトルが詰まっていてね。かなり重さがあり、簡単には動かせない」

男はパントマイムのような動きをして、段ボールを押してみようとする。重くて少しずつしか動かない。

「本当ですね。おまけに、このクローゼットは外開きだ。箱を動かさないと、絶対に開けられない。これじゃあ、もたついてしまって、先生の目を盗むのは無理です」

「うむ――」

作家は顎《あご》を撫《な》でながら、椅子に腰かけた。

「肝心なのは、君は私の機嫌を取りつつ、私の隙《すき》を突かなければいけない、ということだ。それなら、視界を離れる口実があればいい」

そう言われ、彼は得心《とくしん》がいったように大げさに頷いた。台所まで大股で歩く。台所はオープンキッチン式で作家の机がある書斎と一続きになっている。

「台所の電気は……ここですね」

彼は迷わず電気のスイッチを押した。

「ちょっと水が飲みたいから、注《つ》いできてくれるかね」

「はい……どうぞ」

彼は水を入れたグラスを机まで運ぶと、再び台所に戻った。オープンキッチンなので、台所に立つと、カウンター越しに作家が見えるようになっていた。

カウンターには、果物の入ったかごがある。彼はそこからリンゴを手に取り、掲《かか》げた。

「先生、リンゴがお好きでしたよね。エッセイで読んだことがあります。機嫌が悪くなると、奥様が剝《む》いてくれるんですよね。子供の頃からお好きで、風邪の時もよく食べていたから、体が悪くても、心の調子が悪くても、先生はリンゴを食べるのが好きになった」

パン、と作家は手を打ち鳴らした。

「それだ！　リンゴだよ！　君は私の機嫌を取るためにリンゴを剝く。皮を剝くために、自然に果物ナイフを手に取ることが出来る。それまでの展開で、リンゴという伏線をいかに張っておくかが問題だが……」

作家は早速、文章に起こす時のことを想定しているようだった。

「そこは先生の腕の見せ所です」

「いや、君にも腕を見せてもらわなくてはいかん」

「なんですって？」

「リンゴだよ。皮を剝いてみたまえ」

彼は手にしたリンゴを台の上に置き、カウンターの下に消えた。

「ナイフ、ナイフ、ええっと、どこかなあ……」

男の姿が見えなくなると、作家は立ち上がり、部屋の奥の棚の引き出しを開ける。

その中から拳銃を取り出し、上着の内ポケットの中にしまいこんだ。その存在を確かめるように上着の上から銃のあるあたりを撫で、満足そうに一人微笑《ほほえ》むと、何事もなかったかのように座り直し、カウンターに向けて声をかける。

「刃物類は下の戸棚にまとまっている。果物ナイフは赤い柄《え》のついたやつだ」

「赤い柄……これですね！」

カウンターの向こうに姿を見せた彼は、手に果物ナイフを握っている。

だが、グーで握っていてとても危なっかしい。彼は目をすがめて、自分の手の中のナイフと、リンゴをかわるがわる眺めた。その仕草が、パントマイムをしているコメディアンのように見える。彼はリンゴをカウンターの上に置いたまま鷲摑《わしづか》みにし、上からナイフを振り下ろそうとした。

作家が声を上げる。

「ああ、いい、いい！　やめたまえ。それでは君の指の方がズル剝けてしまう」

「助かりました。私、果物はデラウェアしか剝いたことがないんですよ」

「あんなもん指でつまめばすぐじゃないか！」

「ともあれ、これで――」

彼は自分のジャケットの内ポケットにナイフを入れ、ポケットの外側を、ポン、と一度手のひらで叩いた。

「凶器を確保」

そしてリンゴを一つ皿の上に載せて、作家の机まで運ぶ。

まるでホテルマンのような仕草で、ぴしっと行儀のよいお辞儀をした。

「先生、どうかこれでお怒りをお収めください」

「これは？」

「リンゴです」

「見れば分かる」

「どうぞ、ガブッと」

作家は怪訝《けげん》な顔をしてから、リンゴを丸かじりした。

彼は満面の笑みで頷いた。

「先生の顎はまだまだ丈夫そうですね」

「高齢者扱いするんじゃない。第一、君が皮を剝くことが出来ればこんなことにはならなかったんだ。自炊くらいしたまえ」

「努力します」

作家はハンカチで手を拭《ふ》き、両手を広げる。

「さあ、どうする？」

「どう、とは」

「君はこれで私の機嫌を取ることに成功した。今すぐにでも部屋を追い出される、ということはなくなったわけだ。君は、私と会話を続けながら、私を殺す計画と、その機会を練ることが出来る。次はどうする？」

「隙を作って、先生を殺す」

「その通り。だが、先のことは考えておかなくていいかね？」

「先のこと、ですか？」

作家は頷いた。

「君が私を殺そうと思った理由は、なんだった？」

彼は作家のことを指さした。

「先生の作品、『四十一番目の密室』の原稿です」

「そうだ。君は私を殺す。つまり、その原稿は私の遺稿になるわけだ。あまたの出版社が欲しがる原稿を、君は手にすることが出来る。死人に口なしだからな。『私に託《たく》された』と言い張って発表することも可能だ」

「原稿はどこにあるんですか？　先生はいつも手書きで小説を書かれますよね。それもエッセイで読みました」

「その通り。データで復元することも出来ない。正真正銘の一点ものだ。そしてその原稿用紙の束《たば》は……」

作家は立ち上がり、机の後ろに置かれた黒い金庫の傍《そば》に立った。三十センチ四方の、鋼鉄製の金庫である。

作家はトン、トン、と金庫の扉を叩く。

「この中だよ。鍵はダイヤル式だ。番号が分からないと、開けることは出来ない」

「だったら、先生を脅《おど》して、聞くことにします」

男は懐から果物ナイフを取り出し、作家に突きつけた。

作家は嫌そうに首を振り、邪険に手で払った。

「ダメだな。そんなことになったら、私は意地でも君に番号を伝えないだろう」

「しかし、ダイヤルの番号だけは、聞き出さなければ分かりません」

「本当にそうかね？」

作家は不敵に笑った。

「私も最近は自分の物忘れが不安になってね。このダイヤルは番号が細かくて、99番まである。それを左に回してある数字に合わせ、今度は右に……と合わせていくんだ。これをいつ忘れるか怖くてね。メモを残してあるんだよ」

「メモ、ですか……左……右……」

男は金庫をじっと見つめる。その金庫の横には、六冊の本が並んでいた。

男は、ハッと息を吸った。

「分かりましたよ、あの本の並びには、意味があったんですね！　暗号になっていたんだ」

男は金庫に飛びつく。振り返って、

「確認しても？」

「いいだろう。仮説を思いついたら、試してみたくなるのが人情だ」

作家は部屋の中をゆったりとした足取りで歩きながら、諭《さと》すような口調で言った。

「まあ無論、本当の筋では、君は私の本棚を観察して番号のことに気付き、冷酷《れいこく》に私を殺害した後、仮説を確かめる……こういう流れになるんだがね」

「それはあくまでも、プロットの話ですから。よし、いきますよ。

まずは、『心臓と左手』『妖盗S79号』。タイトルの中にある、左、と数字が大事だったんですね。つまり、まずは左に回して、79に合わせます。……よし、と。

次は『赤い右手』『貸しボート十三号』。右に回して、13。

最後は『華麗なる誘拐』『ダイヤル7をまわす時』。この「ダイヤル」っていうのが、忘れた時のためのヒントになっていたんですね。『華麗なる誘拐』のタイトルには右も左も入っていないですが、これは確か、私立探偵の左文字進《さもんじすすむ》が出てくる長編でしたね」

「ああ、そうだ。彼の初期作品の中では、かなり気に入っているんだよ」

作家は金庫の前に立つ男を見やる。机を挟んで、向かい合わせの位置に二人は立っている。

作家は胸ポケットに手をやった。

「つまり……左に回して、7、と……なんだ。こんな簡単なことだったなんて……」

「開いたかね？　開いたら、中のものを確かめてみたまえ」

「はい！　中には……えっと、この束が原稿で……あ、これは土地の権利書ですね。こっちは置いて……」

男はぐるりと振り返った。

その瞬間、作家は拳銃を突き付ける。

男は状況を理解できないのか、取り繕《つくろ》うように人のよさそうな笑みを浮かべる。

「——先生？　これは、一体なんの冗談でしょうか？」

「君の負けだよ。間男君」

作家と男の間には机がある。これは作家があらかじめ計算した距離なのだろう。男が事態に気付いても、すぐに飛び掛かることは不可能だった。ナイフと拳銃では、あまりに分が悪すぎる。

男はゆっくりと首を振った。顔にはまだ、取り繕うような笑みを浮かべている。

「先生……私は先生が何を言っているのか分かりません。これは何かの冗談ですよね？　あ、それとも！　これも先生のプロットの内なのでしょうか？　私が先生を殺すように見せかけて、実は、先生が私を……」

男は希望に縋《すが》りつくように言葉を重ねる。しかし、作家の絶対零度の表情は寸毫《すんごう》も変わらない。

「私は最初からこうするつもりでいた。この部屋に入り……君の姿を認めた瞬間からな。いずれ、君のことは殺すつもりでいた。ただその予定が、君の来訪によって少し早まっただけのことだ」

「どういう、ことでしょうか？」

「君の正体は、初めから分かっていたということだよ。妻の不倫相手。さっきは昔風に『間男』と言ってみたが、まあ寝取り男と言ってもいい。あれは若くて綺麗《きれい》な男が大好物でね。最近また悪癖《あくへき》が出てきたようだから、君のことはもう、とっくに調べさせていた」

男は顔を歪《ゆが》めて首を振った。

「じゃあ……じゃああなたは、全部分かっていて？」

「その通り。君は私の妻にそそのかされて、私を殺す計画を立てていたんだろう。さっき金庫を開けた後に横に退《の》けていた、土地の権利書こそが、盗んでおくように妻から言われたものだろう。私を殺し、妻がすべての権利を得て、その後で君は妻の夫に収まるというわけだ。

だが、君には別の目的があった。君の正体は若手のミステリー作家だ、そうだろう？ 覆面作家だから顔は知られていないが、五作目の警察もののミステリーがヒットして映像化、そこから一躍人気作家の道を歩み始めた……」

そう語る間も、作家は拳銃を構え続けている。男は作家の隙を突こうとするが、その隙が見当たらない。

「だが、最近君はスランプに陥《おちい》っている。なかなか次の作品が書けないそうだね」

「どこからそれを……」

男は遂《つい》に口を滑《すべ》らせたことに気付いていない。作家は肩を震わせて笑う。

「私くらいになれば君の情報など、簡単に調べがつくんだよ。少し前の作品の取材の際に、腕利きの私立探偵の伝手《つて》が出来てね。すぐに調べてくれたよ。君は最初から、私の手のひらの上で踊る人形だったのだ。分かったかね？

ともあれ、私の妻から私を殺す計画を持ち掛けられた時、君の頭にはある計画が浮かんだわけだろう。私の次の作品の構想かその原稿を盗み、頂戴してしまおうとな。妻も作品も奪い取る。まさに一石二鳥の計画だ。今日は殺人の下見のつもりか、あるいは、金庫の中のものを盗むだけのつもりだったのかな？　ともかく、私の家でグズグズしていたのは、それが理由だったのさ」

「……そのまま警察に突き出せば良かったじゃないか」

「もちろん、それはそうだろう。だが、君たち二人に開き直られては、君を窃盗罪で引っ立てることも出来ないかもしれない。それに、私にはもっと面白い構想があったのだ。無論、君の姿を見た瞬間は、どうするか迷ったさ。だが、一言目で覚悟を決めた。私は即興演劇に打って出ることにしたんだよ。君が欲しくて欲しくてたまらない、私の作品のアイディアを餌《えさ》にしてね……『四十一番目の密室』なんて作品の構想は、私の頭にはないよ。そもそも、こんなタイトルは、ロバート・アーサーと有栖川有栖《ありすがわありす》を読んでいる人間なら、三秒で思いつく駄ボラだ」

「くそっ……そういうことだったのか」

「君はこの部屋の中でも、いくつもミスをしていたよ。まずは私の作品である『黄玉荘《こうぎょくそう》』を『黄玉荘《トパーズ》』と読み間違えたこと。これ自体はさっきも指摘したことだが、なぜそう読み間違えてしまったかが重要だよ。『トパーズ』と読んでしまうのは、これはジュエリーショップの店員だった妻がよくやる間違いでね。妻から何度も聞いているうちに移ってしまったんだろう。次の『青玉』も、何度言っても『サファイア』だと言って聞かなくてね！

それに、君が本当に新人の編集者なら、まあ、鍵が開いていたから上がったという言い訳はいいとしても、コートは脱いで、腕に掛けておいただろう。それが社会人として最低限の礼儀というものだ。それを着たまま作業していたのは、君が盗みの物色中だった証拠だよ。

まだある。君は台所に入る時、少しも迷わずにスイッチに手を触れ、グラスも見つけることが出来た。この家に以前も入ったことがある証拠だよ。ミステリー作家なのに、注意力が散漫なのはいただけないなあ」

男は絶望的な顔で首を振った。

「それにしても、君のノリがあんまり良いので助かったよ。おかげで随分やりやすくなった。

気付いたかね？　君と私が演じてきたのは、架空のミステリー小説のプロットに過ぎない。しかし、この部屋には、真実が三つだけあるんだよ。一つ目は、君の指紋がべったりとついた、胸ポケットの果物ナイフ。二つ目は、君が物色したその金庫。そして三つ目は、この拳銃さ」

「拳銃なんか、そう都合よくあるもんか！　ここは日本だぞ！　偽物に決まってる！」

「だったら、その体で試してみるかね？」

男は後ずさり、金庫に背中をつけた。

男は時計回りにゆっくり動いた。作家の拳銃は少しも遅れずに男の動きを追う。男は自分の足につまずいて、机の脇に尻もちをついた。

「私は長い時間をかけて、警察に向けた『お話』を作り上げてきたんだよ。この家に侵入した強盗が君で、私は正当防衛によって君を撃ち殺す。誰もそれを疑わないだろう。ここは私の家で、君は侵入者なんだからね」

男は激しく首を振った。

「ダメだ、そんなの信じられるわけがない！　少なくとも、あんたの妻は信じないぞ！」

「君が生きていればまだしも、死んでしまえば、あの女は我が身が可愛《かわい》くて黙っているさ。あれはそういう女だよ」

「あんたが俺のことを調べた証拠は残っているはずだ！　俺のことを調べたっていう私立探偵なら、あんたの動機にすぐ気付くだろう！」

作家は嘲《あざけ》るように笑った。

「私がそんな証拠を残すと思うかね？　安心したまえ。足がつく心配はない」

男は青ざめた。

「そんな……まさか……その私立探偵も？」

男の言葉に、作家は答えなかった。

作家は空いている方の手で電話をかける素振りをして、

「『ああ……刑事さんですか。早く来てください。知らない男を撃ち殺してしまったんです。家に帰ってきたら金庫の前にいて、ナイフを持ち出してきて……体が震えて仕方ありません、誰か、誰か人を……』」

作家はケラケラと笑った。

面白くて面白くてたまらないという表情だった。

「どうだい？　この演技で人が騙《だま》せるかな？　ん？」

男は今にも泣きそうな表情で首を振っている。尻もちの姿勢から起き上がろうとしているが、作家がそれをさせない。

「……こんなの、こんなの間違ってる……俺たちは確かに紙の上でたくさん人を殺してきた……だけど、だけど実際に殺すのは違う……違いますよ……こんなの、間違っている……」

男は顔を拭《ぬぐ》った。

作家はまた笑う。

「あーあー、泣いちゃったよ。恐怖に耐えられなかったか。だったら、君に一つだけ、助かるチャンスをやろうか」

男は顔を上げた。

「え？」

「助かるチャンスだよ。生きたくはないかね」

「それは……！」

男は尻もちの姿勢から素早く身を起こし、土下座をする前のポーズになる。縋《すが》りつくように作家を見上げた。

「はい、なんでもします。俺はまだ生きていたい」

「だったら、妻と別れ、作家をやめ、私の前から消えたまえ。一生私の世界に干渉するな」

男が首を振った。その顔は醜《みにく》く歪んでいる。

「作家を……やめる？」

「ああ。私の世界から消えるのだ」

作家はフン、と鼻を鳴らした。

「当然だろう。私は書店で君の本を見ることさえもう耐えられない。いっぱしの作家ぶってインタビューに答えている記事を見るのでさえ、ね。言っておくが、変名で作品を出そうがすぐに分かるようにしてやる。この業界にお前の生きる余地がなくなるようにな」

男は涙を浮かべながら、また俯《うつむ》いた。

「それは……それはダメだ。書けなくなるのは……死ぬより辛《つら》い」

作家はまた笑い出した。

「スランプなのに、かね？　まあ、いいだろう。君は腐っても『作家』だったわけだ。作家として最期に私に認められ、死んでいけるなら本望だろう。ええ？　めそめそしてないで、胸を張って死んでいきたまえよ」

芝居がかった言葉、尊大な態度。

「ああ……許して、許してください。なんでも……それ以外なら、なんでもします……」

「そうやって多くの男たちが私の足元に縋りついてきたよ。君に何が出来る？　君にあるのはちっぽけな名誉とはした金、そして若さだけだ。

そう、若さ！　それだけはどれほど願っても手に入れられない。私は、一目見た時から君が嫌いだった。その若さも、女好きのする高い鼻も、その、全てが！」

作家は引き金にかけた指に力を込めた。

「さよならだ」

「やめろ、やめてくれ！　やめて！」

男は絶叫する。

作家はニヤリと笑った。引き金を引き絞る。

ガチッ、と金属の鳴る音がした。作家は何度も引き金を引き、同じ音を立て続けに立てた。

「バン！　バン！　バン！」

作家は子供じみた声で発砲音を口真似する。

作家は拳銃を足元に投げ捨て、高笑いし始めた。

男はまだ理解が追いついていないようだった。何度も自分の体を触り、怪我《けが》がないかどうか確かめている。

「君もミステリー作家なら、これくらいの嘘《うそ》は見抜けるようになっておかないとな。拳銃は偽物だよ」

男が、ぎろりと、作家を睨《にら》みつけた。

「……俺を嵌《は》めたのか？」

男のメッキがいよいよ剝《は》げた。

「嵌めたとは人聞きが悪い。ただ君が勝手に騙されただけだよ。第一、君がもう少し冷静なら、私の語る計画にいくつも落ち度があることに気付けただろうね。果物ナイフ相手に拳銃を使っては過剰防衛で、そうそう簡単に無罪放免とはならない。拳銃不法所持の罪も免れないだろうしな。そもそも、泥棒に入った家で武器を手に取ろうとして、分かりづらい位置にある果物ナイフなんて選ばないだろう。到底成り立たないよ」

作家はニヤニヤと笑いながら、得意げな表情を浮かべた。

「どうだい？　私も案外役者だろう。立派な殺人鬼に見えたかね？」

男はその言葉には答えず、憎々しげに言った。

「あんた……こんな風に人を弄《もてあそ》んで……絶対に、絶対に後悔するぞ……」

「後悔するというなら、させてみてほしいものだね。君は何をもって私を断罪するんだ？　こんなものは他愛のないゲームじゃないか。脅迫でも何でもない。君がおもちゃの拳銃を恐れ、勝手に恐怖しただけじゃないか。あまつさえみっともなく泣き出した。そんなことは恥ずかしくて警察にだって言い出せないだろう。君も、いい大人なんだからね……」

男は立ち上がり、憎しみに満ちた目で作家を見た。

「私を殺すかね？」

男は何も言わず、作家を見つめ続けている。

「君では力不足だよ。君はせいぜいミステリー作家止まり。優れた殺人者などにはなれない。今の一件でよくよく身に染みただろう？　君は、私相手の知恵比べでさえ敵《かな》わなかったのだ。あの妻は昔から、私を殺す計画にご執心でね。そんな妻相手に、私が少しも対策を講じていないと思っているのかい？」

「それもブラフだろう」

「だったら今ここで私を殺して、確かめてみるか？」

男は舌打ちをした。

「いい、いい。もうあんたとのゲームは飽きたよ。あーそうさ、すっかりやられた。あんたこそ、作家より殺人鬼の方が向いているんじゃないか？」

「負け惜しみは聞き飽きたよ」

「それで、何が望みなんだ？　俺を殺すつもりはないんだろう？」

作家は蠅《はえ》を振り払うように手を振った。

「さっき言った通りだよ。妻と別れ、私の前から消えたまえ。作家を続けることに関しては、私は何も言わないがね」

「ここで俺を逃がしたら、後悔するのはあんたなんじゃないのか？」

「誰が君の話を信じる？」

男は舌打ちをし、コート掛けに掛けておいた自分のコートをひっつかんだ。

「さようなら、先生。楽しいゲームにお誘いいただき、ありがとうございました」

男は皮肉めいた口調で言った。

「君、ポケットの中のものだけは、置いていきたまえよ。それはあくまでも我が家のものなんだからね」

男はポケットから果物ナイフを取り出すと、そのまま床に投げ出した。最後に作家に憎々しげな一瞥《いちべつ》をくれ、音を立ててドアを閉め、消えた。

作家はそれを見届けると、ふう、と深い息を吐《つ》いた。

彼は懐からハンカチを取り出し、投げ捨てられた果物ナイフを丁寧に拾った。ナイフを机の上に載せ、次いで、おもちゃの拳銃を丁寧にハンカチで拭い、引き出しの中にしまう。

半開きになった金庫を指さし、閉めるのかと思いきや、そうしない。

その時、ジリリリリ、とベルの音が鳴った。

「火事か！　一体どこから！」

すかさず、作家が叫ぶ。作家は一目散に逃げ出そうとしたが、不意に立ち止まり、「まずい」と口に出した。クローゼットの前に走り、クローゼットの前に置かれた段ボールに手をかけた。

「くそっ……どうしてこう……重いんだ……」

作家の額に滲《にじ》んだ汗が光った。

息詰まるような場面だ。

その時、部屋の扉が開いた。

「い、い、い、い、い、い、ようやく馬脚を露わしましたね、先生」

それはさっきまで作家にいいように弄ばれていた男の姿だった。男はスマートフォンを高く掲げ、不敵な笑みを浮かべている。

男はスマートフォンの画面をタップする。甲高《かんだか》く鳴っていた火災警報器のベルの音が、ピタッとやむ。

あくせくと大汗をかいて箱を動かそうとしていた作家は、くたっと萎《しお》れたようにその場に座り込む。

「貴様……」

「先生の態度はずっとおかしかった。何か秘密があるとは思っていたんですが、今の行動で確信に変わりましたよ」

男は座り込んでいる作家の近くに歩み寄り、箱を足で乱暴に押した。

箱の下は、真っ赤な絵の具をぶちまけたようになっていた。血痕だ。もう乾ききっている様子だが、円弧形に何かが横切ったような線がついている。

「やめろ……やめてくれ……」

「先生の言動から推理すれば、この中のものは予想できる。ですが、まずは答えを確かめさせてもらいましょう」

男は作家を押しのけ、ウォークインクローゼットを開いた。

外開きの扉が開き、中から何かが倒れてくる。

こちらに背を向けたそれは、長い黒髪の女性だった。

ぴくりとも動かない。

「先生——あなたは、自分の妻を殺したんですね」

「おかしいと思ってはいたんですよ。あんた、手の込んだやり口で俺を嵌めたにしては、あっさりと解放しました。俺の話を信じる人間は誰もいないとかなんとか、随分煽《あお》ってくれましたが、本当のところは分かりませんよ。ここまで露悪的に本性を晒《さら》しておいて、俺を無事で帰すわけがない。

だけど、あんたの言っていたのは本当だった。明日になれば、俺の話を信じてくれる人間なんて一人もいなくなる。俺は、あんたに追い込まれるところだった……」

作家は茫然《ぼうぜん》としている。男は勢いを得て滔々《とうとう》とまくし立て、遂に攻守が交代した喜びを露《あらわ》にしていた。

「あんたはさっきこう言った。『この部屋には、真実が三つだけある』。ああそうとも、確かに三つ、真実があった！

一つ目は、俺の指紋がべったりとついたこの果物ナイフ。二つ目は、俺が物色した形跡があるこの金庫。そして三つ目——あんたの持っていた拳銃はちゃちな偽物だったが、本当の三つ目はここにあった。そう。あんたの奥さんの死体。これこそが、三つ目の真実だったわけですよ。

あんたはさっきまでの話を一切伝えずに、この三つの証拠を警察に差し出す、というわけです。するとあら不思議。愛人である俺に濡《ぬ》れ衣を着せることが出来るって寸法ですよ」

作家の妻はぴくりとも動かずにその場に横たわっている。後頭部には赤い血痕のようなものがべったりと付着し、服の脇腹のあたりが真っ赤に染まっていた。

作家は額を押さえ、深い息を吐いた。

「……いつ気付いた？」

作家の言葉は、自白したに等しかった。

男は口元に笑みを浮かべ、演説を始めた。

「疑いが確信に変わったのは、果物ナイフの一件ですよ。そもそもあんたの『四十一番目の密室』の設定には無理があるが、特に凶器の選択が不自然だった。俺がエッセイに引っかけてリンゴの話を持ち出した時、あんたはあえて『自然に果物ナイフを手に取ることが出来る』と口にした。なぜ包丁ではいけなかったのか？　殺人劇に使うというなら、凶器として実用性があるものの方がよさそうじゃありませんか？　俺を強盗に見せかけて殺す、という説明を聞いてもなお、その疑問は解けなかった。もし本当に殺すなら、死んだ俺の手にナイフを握らせればそれで終了じゃありませんか？　さっきは取り乱しましたが、つまり、あんたには最初から俺を殺すつもりがなかったんです。

では、何が目的だったのか？　次に気になるのはこの点です。あんたが手にしていたのは、偽物の拳銃だった……。これが変なんです。ブラフが通用していたとはいえ、いざ格闘になれば、若くて力のある俺の方に分があります。それなのに、自分は偽物の凶器を持って、俺には本物の凶器を渡す。そんなことがあり得るものでしょうか？　いや、だったらそこに意味があるのです。あんたはそれほどのリスクを冒《おか》してまで、俺にナイフを握らせる必要があった！

そこまでくれば答えは明らかです。あんたの軽率な一言が、それを裏付けてくれました」

「ああ……気付いていたんだな」

「ええ。あんたは計画の成功を急ぎすぎた。それで、俺に言ってしまったんだ。ナイフをここに置いていけ、とね。先生、あれはいただけなかった」

男は笑いをこらえきれない様子だった。

「ナイフの一本ぐらい、俺たちの決定的な諍《いさか》いの前では些細《ささい》なことだったはずだ。だが、あんたはこれを置いていけと言った。どうしてもあんたの計画に必要だったからだ。あんたが最後に、このナイフに血をつけるためにね。それによって、俺に濡れ衣を着せる計画は完成する」

男は不敵に笑った。

「そもそも、この果物ナイフを手に取らせる前にも、あんたはミスをしていた。『四十一番目の密室』の凶器を検討した時ですよ。俺が絞殺を検討しようとして、そのクローゼットを開けようとした時、あんたは不自然に俺の前に割り込んだ。後から考えてみれば当然ですよね。あんたは、俺に死体を見られるわけにはいかなかったんだから。あんたはあの時、クローゼットを開けさせないで、いかに台所に誘導するか、必死で知恵を絞っていた。俺はあんたのあの行動で、死体のありかに目星をつけた。そこでさっきの火災警報器の音を使ったんだ。万が一、家が全焼して奥さんの焼死体が残ったとき、その位置がクローゼットのあった箇所だったら、どこからどう見ても変死だもんなあ？　あんたは死体をクローゼットの外に出す必要に迫られたんだ」

男は机の上に置かれたレジ袋を手に取り、奇術師が観客に商売道具を見せるように掲げてみせた。

「ここにだって、あんたの行動を知るヒントがあった」

男はレジ袋を机の上に載せ、袋を剝くようにして置き直す。中に何が入っているか一目瞭然となった。

「どれどれ……ははっ、こいつは驚いた。ナタに大ぶりの包丁。こいつは奥さんの体をバラすのに使うのか？　それにフラスコやビーカー、計器類……あんた、化学の実験でもするつもりだったのか？　そういえば、あんたは昔、高校の化学教師だったんだっけなあ。酸でも作るつもりでいたか？」

「……昔、学校の実験のために購入した硫黄《いおう》と触媒となる金属を……何かのために、少しだけ持ち出した。ほんの出来心だった。まさか、本当に使う日が来るとは思わなかった。

計器類だけは足りなかったから、買い足しに行って……」

男は笑い出した。パン、パンと大げさな拍手の音が響き渡る。

「あんた、本当に最高ですよ！　硫黄ってことは硫酸ですか？　マジで作ろうとしていたなんてね。

あんたは奥さんの死体をバラし、溶《と》かして処分するつもりでいた。こんな品物を急いで買いに行ったところを見ると、衝動的にやっちまったってとこでしょうね。それで買い出しに行き、戻ったら……俺がいた。

あんたはあの時、かなりのパニックに襲われたでしょう。あんたのさっきの言を信じるなら、私立探偵に俺のことを調べさせていたらしいから、正体はすぐに知れた。だが、あんたが一番気になったのは、『俺がクローゼットの中の死体を見たかどうか』。この疑問だったんじゃないですか？

考えてみれば、俺をなだめすかしてナイフを手に取らせ、おもちゃの拳銃で脅してビビらせる……こんな手の込んだこと、本当ならする必然性がないんですよ。俺の姿を見た瞬間に、『泥棒だ！』と叫んで追い出し、警察に通報したっていいんだ。愛人である俺のことを庇《かば》ってくれるあんたの奥さんは、もうこの世にいないんだからな。どっからどう見ても、警察は俺が犯人だと思うでしょうよ。

だが、あんたにはそれが出来なかった。俺が死体を見たのかどうか、確かめずにはいられなかったんですよ。だから俺と会話せざるを得なかった。自分の立ち位置は明かさずにね。かくして、『締め切りに追われる作家』と『新人編集者』という役割をそれぞれ演じて、俺たちは腹の探り合いをする羽目になった……。

あんたは俺の反応や言動を見て、俺は死体を見ていないと判断したんでしょう。だから演技の目的を切り替えた。このまま、お互いの役割を演じたうえで、俺を犯人に仕立て上げる計画に打って出たんです。あんたの創作術は『話しながら考える』でしたね。そう、あんたがやっていたのはまさにそれだったんですよ。ナイフの指紋、金庫の物色の形跡、そして偽物の拳銃――三つの真実。あのセリフは、なかなかいかしてた。あんたもノリノリで考え付いたんでしょう。まるであんたの作った小説の中に入り込んだみたいな体験でしたよ」

男はすっかり得意になっている様子で、早口でまくし立てて満面の笑みを浮かべていた。

「まさか……まさか貴様などに、ここまで追い込まれるとは……」

作家は体を震わせた。拳を固く握りしめ、耐えがたいほどの屈辱を表明していた。

男は高笑いし始めた。心なしか、作家の笑い方を真似ているように見える。意識してやっているなら、大した役者だった。

「あんたの想像力はもうその程度ってことですよ。見下していた若手作家にたくらみを見抜かれるほどにね。あんたのプロットでは、もう俺は驚けないな」

「笑わせる」

「強がりも大概にしてくださいよ」

男は机の上からナイフを取り、ハンカチを使って柄の指紋を拭った。そうしてから、無造作に床に放り投げる。

「どうしますか、先生？」

男はさっきまで演じていた「編集者」の声音《こわね》に戻る。

「何がだね」

「俺はあんたの身代わりの羊になる気はさらさらない。だが、取引になら応じてやりますよ」

「取引だと？」

「考えてもみてください。俺はあんたの秘密を握っている。あんたが奥さんを殺したという事実をね。あんたは奥さんをこれから解体し、綺麗に始末するかもしれないが、俺を黙らせないと身の安全は保証されないわけだ」

「そんなもの……警察にでも連絡するさ」

男は嘲笑《あざわら》った。

「今更ですか？　死んでから随分時間が経《た》っているでしょう。どう説明するんです？」

作家は押し黙る。

「ははっ！　ダメじゃないですか先生、黙ったら。喋《しゃべ》りながら考えるのがあんたの取り柄でしょう？」

実質的な勝利宣言。

作家は舌打ちした。

「お認めになるんですね？」

作家は片手で目を覆《おお》う。決して口だけは隠さなかった。

「……殺すつもりはなかった。口論になって、妻がナイフを持ち出した……揉《も》み合いになって……妻は倒れて、動かなかった……抱き起こした時に、彼女の腹に、ナイフが刺さっていることに気が付いた……手に持っていたナイフが、倒れた拍子に刺さったのさ……私は……彼女の体を抱きしめて……よくしてやるように頭を撫でて……だが、彼女はもう反応も返してくれず……」

「……そうして、奥さんは亡くなった」

作家は何かを諦めたように、首を振った。

「何が望みだ？」

「そうですね。金か、あんたの金庫の中にあったその新作をいただくか……」

「ふん、やはりあの原稿が目当てか。聞いた通り、相当なスランプらしいな」

「うるさい！　……そんなこと、あんたには関係ないだろう。もうあんたは俺の言うことを聞くしかないんだからな」

作家は顔を歪めた。次第に顔を下げ、俯いていく。床に座り込み、うなだれたその姿は、もはやあの自信にあふれた作家と同じ人間には見えなかった。

「仕方がない……分かっ――」

その時、唐突に作家が動きを止めた。

作家は死体に視線を向けている。

そのまま数秒、世界が止まったような沈黙が降りる。

「ははっ、ははははっ」

作家は、高らかに笑った。

それは男を追い詰めている時、嬉々《きき》として発していたあの笑いだった。

「……どうした先生、あまりのプレッシャーに押しつぶされたかい？」

男は聞く。その声は少し不安げだ。

作家はおもむろに立ち上がり、自分の膝を払った。

「貴様も大した悪党だな」

「御託《ごたく》はいい。とっとと原稿と金を……」

「いや、渡すつもりはない。貴様の魔法はもう解けた。ペテンにかけられるつもりはない」

作家は男を指さした。

「妻は、貴様に殺されたんだ」

「何を言っているんです？」

男は両手を広げて首を振った。

「自分のしたことを棚に上げて、まだそんなことを言い出すつもりですか？　彼女は、あんたが殺したんです」

「そう。私は確かに彼女を殺した。殺したつもりでいた。だが、そうではなかった」

作家は足元に転がる自分の妻を指し示した。

「この死体を見て気付いたよ。見たまえ、妻の後頭部に赤黒い血痕が残っている。どこかにぶつけたんだろう。深く切れてしまっていて、かなり血が出ている。だが、これは私との格闘の中でついた傷ではない。ナイフを持ち出した妻と揉み合いになって、倒れた彼女を私は抱き起こした。私はその生存確認の時、彼女の頭を撫でたのだ。あの時、後頭部にこんな傷はなかったんだよ。

では、どういうことか？　簡単な話だ。その時まだ、彼女は死んでいなかったんだ。殺したのは、私の後に、妻を殴った人物だよ。まあ、気が動転して、妻が死んでいないことに気付かなかったのは、私の落ち度だと言えるがね」

男は鼻を鳴らした。

「屁理屈《へりくつ》ですよ。後頭部の傷なんて、しょせんあんたがそう言っているに過ぎない。あんたの言葉なんて信じられないね」

「よかろう。それなら、確たる根拠を示してやろう」

作家は不敵に笑った。

彼はそのまま、クローゼットの前に移動し、足元を示す。

「私が確信を持ったのは、この血痕を見たからだ。私が死体をクローゼットの中にしまう時に、この血痕は床に残った。私は血を拭くつもりでいたが、とにかく隠しておきたくて、上に箱を載せておいたというわけだ。その箱を君が動かしたことで、こうして血痕の状態が明らかになった。

血痕は既に乾いている。このように足でこすってみても……ほら、少しも落ちない。しかし、その乾いた血痕に、奇妙な模様が残っているんだ」

作家は扇子の形を宙に描いた。

「こんな風に、扇形の跡がね。つまり、血痕が乾きる前に、誰かがクローゼットを開いたんだよ。クローゼットは外開きだから、その跡が残ったということさ。

では、誰がクローゼットを開いたのか？　前には重い箱を置いていたのだから、内側から開くことは出来ない。まして妻は腹部に傷を負って弱っていた。開けることは不可能だ。

したがって、扉は外から開けられた。さて、それでは、私が家に帰る前、ここにいたのは誰か？」

作家は再び、男を指し示す。

「君だよ」

男はしかめっ面を作った。よく見れば、彼の喉仏がゆっくり上下しているのが分かる。

「……俺が殺したと言うんですか？」

「君以外にいない。君は妻に呼ばれてこの家に入り、クローゼットの中から妻の声を聞いたんだろう。助けてくれ、とでも呼びかけられたんだろうね。君は箱を動かし、扉を開け、妻を外に出した。妻は嘆き節で、君に語ったんじゃないかい？　私に殺されかけたこと……私への憎悪……二人で逃げる計画でも持ち掛けられたかもしれないな……」

作家は急に大声を出した。

「だが！　その時、君の脳裏に悪魔が囁《ささや》いた。今この状況を利用すれば、私に罪を被せることが出来る。君もどこかで、妻のことを邪魔だと思っていたんじゃないかね？　私に罪を被せ、妻を消す……まさに一石二鳥の計画だ。君はその誘惑に抗《あらが》えなかった。それで君は妻を殴りつけた。凶器は分からないが、それこそ、本当に私のトロフィーでも使ったのかもしれないね。妻は後頭部に傷を負い、今度こそ本当に死んだ。君は妻を再びクローゼットに隠し、箱を置き直した。

そこまでやったら、家から逃げれば良かったはずだ。だがそうしなかったのが、君の強欲なところだった。君は私の帰りを待った。言うまでもなく、私を恐喝するためだ。君は私を脅し、私の金か原稿、アイディアをせしめようとしたのだ。一石二鳥では飽き足らず、一石三鳥を狙ったということだ。

しかし、どう切り出そうか考えていた時に、私に先手を打たれた。アイディアに悩む作家と、それに付き合う若手編集者。唐突に導入された『設定』に、君は乗ることにした。一つは、この『設定』に乗れば、自分が盗みたいアイディアそのものに直結する可能性があったこと。もう一つは、話の流れの中で、より効果的に殺人の事実を『暴《あば》ける』かもしれないと気付いたからだ。君は自分の立場を『断罪者』とする必要があった。まるで物語の中の名探偵のように振る舞うことを求められたのさ」

「そういうあんたの方が、まるで名探偵みたいですけどね。そんなに喋って疲れませんか？」

「黙りたまえ。この薄汚い、強欲なペテン師が！」

怒った作家の口から、唾が飛んだ。

男は肩をすくめてみせた。

「君はもうクローゼットの中の死体のことを知っている。無論、その真相も。だが、君はあくまでも、『編集者』という役割を演じながら、論理的にそれを推理したように見せかけなくてはならない。君の努力には呆《あき》れるほどだよ。凶器の問題を検討すると見せかけて、君はクローゼットに近づこうとした。君は、その時私が君の進路を遮った反応を、さっき自分の推理の根拠にしたね。だが、そもそもあの行動自体が不自然なんだよ。絞殺に使う凶器を探すというなら、ビニール紐《ひも》とかあるいはコート掛けにある予備のベルトから先に検討してもいい。いきなりクローゼットを開け放つという発想にはならない。君は私の行動を誘うことで『伏線』を張っていたんだよ。

おまけに、あの火災警報器の音には恐れ入ったよ。ホームズのパロディだろう！　いかにも、古典ミステリーが好きな君らしい手口だ」

「……そんな七面倒くさい手段を使って、俺があんたを嵌めようとしたと？　想像力が豊かですね。さすがミステリー小説の大家だ」

「確かに手間はかかるが、実りは大きい。今しっかりと死体を観察し、血の跡を見なければ、私は君の取引を呑《の》んでいただろう」

男は首を振った。

「さあ、どうするかね、君？　今となっては、私と君の力関係は元に戻ったわけだ。君はこの家に侵入した強盗であり、私はこの家の持ち主。どっちが疑わしいかは明らかだ。妻は君が殺した」

男は慌てたように口を挟む。

「しかし、ナイフを刺したのは……！」

「そんな話、もう誰も信じてはくれないさ。君だって分かっているんだろう？　この状況では明らかに君の分が悪い。取引に失敗した時点で君の負けなんだよ。今となっては、君に死体の処理を手伝わせる必要さえないな。警察に引き渡せば、審判が下るというものだ……」

男は笑い出した。

「こじつけだ。あんたの推理なんてこじつけに過ぎない。あんたが刺した時、たまたま後頭部に傷がついただけかもしれないじゃないか。そんなこと……」

男はそこまで言うと、ハッと顔を上げた。

「……おい、あんた、何か聞こえないか？」

「この期《ご》に及んで時間稼ぎか？　見苦しい……」

「そうじゃない……そうじゃないぞ……これは……死体からだ！」

男と作家は、素早く床を見た。

「……う……うーん……」

驚いたことに、作家の妻――彼女は、呻《うめ》き声を上げていた。

「ば、ばかな……」

「まだ死んでいなかった、というのか？」

だが、そんなことがあり得るだろうか？　作家による腹部の傷、男による後頭部の傷……死に至るほどの傷を二つも負ってなお、死ななかった、ということが？

妻はゆっくりと体を起こし、呆然《ぼうぜん》とした視線をぐるりと周囲に向けた。目の焦点が合っておらず、本当に今まさに目覚めたように見えた。

彼女は顔を歪め、そっと腹部を押さえた。衣服はすっかり赤い色に染まっている。

「はは……ははは……そうだ、こいつに決めてもらおうじゃないか？」

すっかりおかしくなってしまったのか、作家は笑いながらそう言った。

「何？」

「こいつは確実に知っているはずだ。どちらが自分を殺したか……今この場で指さしてもらえば、どちらが殺したかはっきりする。私も君も、あまりに騙し合いをやりすぎた。殺された本人に裁定してもらえば、はっきりするというものだろう」

「それは……」

男が困惑したように、彼女の顔を見た。

彼女は作家の言葉をどこまで理解したのか、うつろな目で、こちらを見つめている。

「さあ、教えてくれ。一体どちらが、君を殺したんだね？」

二人の殺人者が被害者に真実を聞く。

およそあり得ない光景に呆然としながら、その答えを待った。

彼女は、ゆっくりと腕を持ち上げる。その腕には、何か時計のようなものが嵌まっていた。

そして——。

暗転。

＊

劇場内が明るくなる前に、小説家は床を蹴るようにして立ち上がり、その場を後にした。小説家の眼鏡が曇り、彼は舌打ちして眼鏡を外した。マスクの中で、荒い息が暴れていた。マスクをひっぺがしたい気分だったが、このご時世のせいでそうもいかない。さっきまで見ていた劇の俳優たちがマスクをしていなかったことも、妙に忌々《いまいま》しく思えてきてしまう。

劇場の扉を叩きつけるように開け、ロビーに出る。三日後の本公演に向けて、多くのスタッフが行きかっていた。彼らの囁《ささや》きが聞こえてくる。緊急事態宣言がまた延長の見込みらしい……あいつらが見込みなんていうときは大抵話がまとまっているもんだ、確実って意味だよ……また客足が遠のくな……この舞台だって、無事に公演できるかどうか……

まったくコロナがなんだってんだ、このままじゃ俺たちみんな、干上《ひあ》がっちまう……。

小説家は激しく首を振った。彼は近場にいた顔見知りのスタッフを捕まえた。オーナーだ！　君！　オーナーを呼びたまえ！　あのっ、先生？　何かお気に障《さわ》りましたでしょうか……とにかくオーナーを引っ立ててこい！　話はそれからだ！　小説家はそう怒鳴り散らして、オーナーを呼びに行かせる。

騒ぎを聞きつけて、周囲の人々が小説家に注目する。おいなんだよあの人、感じ悪いな……あれじゃないか、今回の舞台の原作者……ああ、小説家のセンセイか……普通、ゲネに呼んだりしないのにな……なんでもオーナーの昔からの知り合いなんだとよ……ねえっ！　それよりセンセイってことは、あの人なんでしょう？　……何がだよ……二年くらい前に、自分の奥さん殺して、その話を小説に仕立て上げた、っていう……。

小説家は今にも声を上げそうに口を開いたが、むっつりと閉じ、努めて声のする方を見ないようにした。

やがてオーナーが飛ぶようにやってきて、「お部屋をご用意いたしました。観劇してお疲れでしょうから、少し休んでいかれませんか」と声をかけてくる。その言い方はそつがない。彼はゆっくり頭を下げる。彼の見事な白髪が小説家の眼《め》に入る。小説家とオーナーは二つ違いで、小説家の方が年上だった。

小説家は、ふん、と鼻を鳴らし、オーナーについて歩いていく。噂《うわさ》話に興じるロビーを後にする。

　その腹の中で何が渦巻いているかは、誰も知らない。

　応接間の扉が閉じる。ソファが二つ向かい合わせに置かれたシンプルな部屋だ。

「ささっ、どうぞ先生。おかけになってください。お飲み物は何にいたしましょうか。先生のお好みのものならなんでも――」

　机の上には小切手帳とペンが置かれていた。オーナーは机の上に目を留めると、慌てた様子でそれらを取り去った。

「これはまた、お見苦しいものを。ちょっと事務が立て込んでおりましてね。書類仕事もたまっていて……」

「もう、誰も聞いていないよ。馬鹿丁寧な口調はやめたまえ」

　小説家はぴしゃりと言った。

「……君に『先生』などと言われていると、あの劇の中に迷い込んだ気分になる。反吐《へど》が出るよ」

　オーナーはにこりと笑う。

「それは失礼を。温かいお茶を……と言いたいところですが、今は冷たいものの方が良さそうですね」

「喧嘩《けんか》を売ってきそうな相手には、熱いものは持たせない方がいいからな。相手に武器を与えることになる」

「さて、なんのことだか……肝臓はまだ悪いんでしたっけ？」

「医者の言うことなんざ構わんよ。酒をくれ」

「ウイスキーで良ければ」

「ロックでくれ」

オーナーは肩をすくめる。処置なしだ、とでも言いたげだった。

小説家はマスクを外し、片耳に引っ掛けたままウイスキーのロックを呷《あお》る。口元を拭って、マスクを元に戻すと、険悪な目でオーナーを睨んだ。

「どういうつもりだ？」

「どういうつもり、とは？　質問の意味が分かりかねますが」

オーナーは不織布《ふしょくふ》のマスクをして、顔の大半が隠れている。彼の表情は読めない。

さっきまで小説家が見ていた劇では、三人の演者がノーマスクで演じていたが、小説家とオーナーの生きる現実ではそうもいかない。

「いつも通り、業界の裏話でも聞かせてくださいよ。ベストセラー作家になって、業界の内側に入り込んだ先生の持ってくるゴシップは、いい肴《さかな》になるものです。お互い、よくそんな話をしながら酒を酌《く》み交《か》わしたものではありませんか」

ている。

　オーナーは小説家の怒りを逸《そ》らそうとするように、ぺらぺらと、関係のないことを喋っ
　小説家はしびれを切らして言った。

「おまえは私の原作に手を加えた」

　小説家はグラスを持ったまま立ち上がった。

「二年前、まだ世間がこういう胡乱《うろん》な雰囲気になるずっと前のことだった。おまえは私に舞台化の企画を持ち掛けた。おまえは貯蓄の全てを擲《なげう》って、学生時代からの夢だったこの劇場を作り上げた。その劇場で、私の小説を舞台に掛けるのが、一つの目玉でもあったわけだ。私はおまえの夢を応援していた。喜んで小説を提供した。それがちょうどその頃に発表した短編『入れ子細工の夜』だった」

「そのことはありがたいと思っていますよ。二十四年前に出した小説で、あなたはもうベストセラー作家の仲間入りを果たしていましたからね。まさか私の申し出を受けてくれるとは、思ってもいませんでした」

「ありがたいだと！」小説家は怒鳴った。「どの口が言うのか！　私がおまえの提案を呑んだのは、創作講座の縁があったからだ。古くからの友情……そのゆえだったのだぞ！　私の信頼を、最悪の形で踏みにじっておいて……」

　オーナーは何も言わなかった。

「その二十四年前の小説……私の出世作である『四十一番目の密室』のタイトルも、最悪の使われ方をしていたな。あんなところで書名を使いおって。私の原作の『入れ子細工の夜』で、作中の作家が構想を話す密室劇のタイトルは、『密室の二人』だよ。それを……」

「あれは一種のファンサービスというものだと脚本家は言っていました。誰もが読んだことのある、先生の『四十一番目の密室』のタイトルを埋め込んでおくという遊びに過ぎません」

小説家は鼻で笑った。

「その結果、作中の『作家』のイメージが私に重なってしまうじゃないか。悪意のある改変にもほどがある！」

小説家はウイスキーをぐいっと呷った。怒りを無理矢理飲み下すような仕草だった。

「舞台化にあたって、私が付けた条件は一つだけだ。『謎解き、トリックの部分だけは変えるな』。それ以外はキャラクターでも設定でも、好きに変えても構わない。私は自分の謎解きにだけは絶対の自信を持っている。文章、世界観、奥行き。そのどれかが欠けていても、パズラーとしての自作の美点だけは、見失ったことがない。そのおかげで、これまでなんとかミステリー作家なんぞやってこれたと思っている」

「ええ……私も、そこがあなたの美点であることには同意しますよ」

小説家は遂に爆発し、声を荒らげた。

「それならなぜ、私の謎解きを書き変えたのだ！」

小説家は肩で息をしている。マスクをしながら喋っているので息苦しさを感じている。オーナーは何も言わず、ただ小説家を見つめている。次の出方を窺《うかが》っているかのように。

小説家はゆっくりと椅子に腰かける。

「……去年、おまえは脚本になった『入れ子細工の夜』を私に送って来たな。元は六十枚ほどの短編だから、少し刈り込んではあったが、展開も原作に忠実で、おまけに舞台流のアレンジも加えてあった。文句のない出来栄えだったよ。私はおまえの舞台になんの疑問も不安も抱いていなかった。不安を感じていたとすれば、世の中がコロナウイルスできな臭くなったことだった」

「この事態にはほとほと、参っていますよ。せっかく建てたこの劇場だって、いつまでもつか……」

「この劇が当たれば、少しはマシになるのかもしれんが、そもそも緊急事態宣言が明けるかどうかすら分からんからな。もう何回も発出されているせいで、みんな危機感が薄れているが……。

ともかく、おまえが今日のリハーサルに私を招いたのも、この劇の宣伝のためだと思っていたんだ。同業者と電話で話した時には、リハーサルにまで、原作者が呼ばれることはそうそうないと聞いたよ。せいぜい初日の関係者席に呼ばれるぐらいで、あるいはまったく呼ばれもしない、とね。宣伝のため……あるいは、友人として、私に敬意を表して呼んでくれたのかもしれない。それならば、私がおまえの厚意を無下《むげ》にするはずもない。感染するやもという恐怖はあったが、それでもおまえへの友情の念が勝《まさ》ったのだ。

それを……おまえは最悪の形で裏切った。昨日、おまえから送られて来た上演バージョンの脚本を読んで、私は怒りに震えたよ。おまえは、わざわざこんな出来損ないを見せるために、私を呼びつけたのか？」

「出来損ない、ではございませんよ」

オーナーはようやく、挑みかかるように言った。

「いや、出来損ないだ！　あの劇には少なくとも三つ、私の原作を変えた部分がある。さっき指摘した『四十一番目の密室』という書名の使い方もそうだが、今から話す三つはもっと重大だ。なぜなら——そのどれもが、私の謎解きを否定するものだからだ！

小さな点からいこうか。一つ目は、金庫の暗号に使った本のことだ。まさに暗号に関わる部分だよ」

小説家は一本ずつ指を折って、題名を挙げる。

「『心臓と左手』『妖盗S79号』『赤い右手』『貸しボート十三号』『華麗なる誘拐』『ダイヤ

ル7をまわす時』。この書名のうち、二つが変えられている。『心臓と左手』は原作では渡辺容子《わたなべようこ》の『左手に告げるなかれ』、『赤い右手』は講談社文庫版の日影丈吉《ひかげじようきち》『ハイカラ右京探偵全集』だった」

「すみません、ちょっと本が手に入らなかったんですよ」

「ハッ！　見苦しい言い訳だ。書棚から適当に二冊、左、右という単語が入っている本を抜いてきた、というのか？　それでも、『赤い右手』で海外作品を一つ入れてしまったのは、あまりにちぐはぐじゃないか」

「しかし、暗号全体の意味は変わっておりません。それほど目くじらを立てられるようなことでは……」

フン、と小説家は鼻を鳴らした。

「では、次にいこう。二つ目は、若い男が作家の妻の死体を見つける時の手掛かりの話だ。スマートフォンから鳴らした火災警報器の音の件だよ。まったくナンセンスだ。一体、どこからあんなものを見つけて来たというんだい？　あの若い男は警報器の音を聴くのが趣味で、普段からその音をスマートフォンに入れていたのかね？」

「いえ、そういうわけではありませんが、今ではネットで簡単に見つけることが出来るのです。例えば動画サイトなどで検索すれば……ほら、このように」

オーナーは素早くスマートフォンを操作し、火災警報器の動画を開いた。ジリリリリ。

切迫したベルの音。人の神経を焼くような音。

「やめたまえ！　おまえの言い分は分かった。だが、それでも私のオーダーに応えていない事実には変わりない。あのシーンでは、もっと緻密《ちみつ》に、繊細に、若い男が作家の心理を読み解き、推理で死体のありかを暴き出すのだ。それをあんなふうに……手掛かりや推理は変えない。おまえのやったことは、明らかにその約束に反している」

「事前に相談しなかったことは陳謝いたします。しかしながら、元の原稿のままでは、セリフがいささか長くなりすぎるのです。あれでは、死体が見つかることによる興奮が損なわれてしまいます。そこで、先生のアイディアを生かしながら、あのシーンをより鮮やかに見せる方法を、考えたのです」

「口ではなんとでも言える。おまえが心の中では、私の原作に価値を認めていないことは議論の余地がない。それに、セリフが長くなりすぎる、だと？　笑わせる！　結局、あの舞台は長ゼリフのオンパレードではないか！」

オーナーは表情一つ変えない。これだけの罵詈雑言《ばりぞうごん》を浴びせられてなお、冷静さを失っているようには見えなかった。

小説家はますますヒートアップした。

「一つ目と二つ目の点に対して、おまえの反論はこうだ。『舞台上、ものが用意できず、そうすることが出来なかった』『舞台としてより良くするために変更した』。だが三つ目の点はどうか？　おまえは三つ目の変更点では、むしろ『変更を加えた結果、舞台に向かない手掛かりを加えてしまった』のだ！」

「どういうことでしょうか？」

「私がいう三つ目の変更点とは、あの床の血痕のことだ。あれはあまりにナンセンスだ。私が考えた手掛かりの方が、舞台映えもするし、何より、観客の目の前で堂々と提示できる。用意することも簡単だ。

　それを変更して——その挙句が、床の上の血痕とは！　私の座らされた位置からは、血痕の詳しい状況まで見えなかったよ。あれでは手掛かりの快感に乏しい。手掛かりは、全員の眼に見える形で堂々と提示するからこそ、意味がある。ハッキリ言って、なんであんな改変を加えたのか、理解に苦しむよ……。

　改変といえば、最後の付け足しも、あれは私の原稿にはない部分だ。言うまでもなく、作家の妻が起き上がる、という部分だよ。あまりにご都合主義ではないか！　二人もの人物が彼女を殺そうとしたというのに、迂闊《うかつ》にも二人揃《そろ》って、まだ死んでいないのに気付かなかったというのか？　刺され、頭を殴られているのに、死ななかった？　あまりにナンセンスというほかない。手抜きでしかないリドル・ストーリーだよ。どちらが彼女を殺したか、などという問いも、あれではただ不満なオチだ」

　小説家はオーナーの答えを待つように、その顔を睨みつけた。

数秒、場に沈黙が流れる。

やがて小説家が口を開いた。

「おい――」

「言いたいことは」オーナーが言った。「それだけですか？」

小説家が動きを止めた。

「どういうことだ？」

「どうもこうもありません。そこまでお気付きでいらっしゃるなら、もう一言、私を問い詰めたいことがあるのではないかと思いまして」

「何を……何を言っているんだ？」

小説家は目を瞬《しばたた》いた。何か得体の知れないものでも観察するように、オーナーを見つめている。

「私はな」小説家が続ける。「つまり今回の劇の許諾を取り下げたいと考えて――」

「私があなたの原作を改変したからですか？　違うでしょう。あなたの犯罪が明るみに出るからでしょう？」

「何を――」

「いえね、あの舞台の中でも、あなたの分身であるところの『作家』が言っているではありませんか。大切なのは、リアリティーだと。私としては、あなたの原作に基づき……そこに、リアリティーを加えさせていただいた、ということなのですよ」

「おまえ、一体何が言いたいんだ！」

「私は、今あなたの目の前で演じられたあの劇こそが、事件の真実だと思っているのです——二年と三カ月前、あなたが、自分の奥さんを殺した、あの事件の」

小説家は目を見開いた。

「私の……？　私の妻のことか？」

「いかにも」

小説家は笑い飛ばした。

「ハッ、何を馬鹿な！　おまえも、あのくだらない週刊誌の記事を信じたのか？」

小説家は突然立ち上がり、部屋の中を歩き回り始めた。

「確かに、舞台の原作となった『入れ子細工の夜』を発表したその三カ月前、妻が亡くなったことは事実だ。だが、あれは不幸な強盗殺人だった。……完全に金目当ての犯行で、妻はたまたま家にいたから、犯人に見つかり殺されてしまった。哀しい、あまりにも哀しい事件だった……。確かに、あの作品の発表と妻の死は、あまりにも時期が近すぎる。週刊誌はそこにありもしない関係性を見いだしたわけだ。君の劇場のスタッフにも、そんなことを信じている輩《やから》がいたようだね……。

そう……妻の死を一番悲しんでいるのは、この私だ。疑われるようなことは何一つない。私にはあの日、完璧なアリバイもあるのだ。後輩作家の授賞式に出席するために他県に出向いていた。一点の曇りもないアリバイだよ。それを私が犯人だ、などと……」

小説家が鼻で笑った。

「つまりおまえは、あの演劇通りのことが起きて、『作家』、つまり私が妻を殺したと、そう考えているわけだ。おまえはあの劇そのもので、私の罪を告発しようというのか！　とんだお笑い草だな」

「告発……ええ、確かにその通りかもしれません」

「何？」

「二年三カ月前のあなたの妻の死。私は、あれは強盗殺人ではなかったと考えております。そう見せかけられただけです。彼女の死の裏には、あの劇で演じられた通りの出来事があった……しかし、あなたは小説『入れ子細工の夜』を発表するにあたり、現実をいくつか改変した。無論、真実を見抜かれないようにするためです」

オーナーの声は淡々としており、一切冷静さを失っていなかった。

「あり得ない！」

一方、小説家は激しく首を振っている。

「ええ、口だけならなんとでもおっしゃれます」

「おまえはなぜそんなにかみついてくるのだ？　それも、おまえの劇団員まで巻き込んで……。まさかおまえ、私の妻に恋でもしていたんじゃないだろうな？　おまえは二十五年前と何も変わらない……二十五年前、あるミステリー作家の創作講座に二人で通っていた頃と……あの時も女のこととなるとおまえの眼はすぐに曇った」

　オーナーは鼻で笑った。

「なんとでもおっしゃってください。ですが、そう鷹揚《おうよう》に構えていていいものですかな？　あなたの殺人が明るみに出ようとしているというのに」

　小説家はオーナーの肩を摑《つか》んだ。

「馬鹿な……！　一体、何を根拠にそんなことを！」

　オーナーは小説家の手をそっと振り払い、立ち上がる。

「さっきの劇ですがね、最後に起き上がった女性が腕に時計を嵌めていたのを覚えていますか？」

「あ……ああ、覚えている。必要のない小道具だったから目に留まった」

「あれはスマートフォンと連動したスマートウォッチというやつです。裏の基盤から脈拍や睡眠時のデータを取って、健康管理に役立てるというものです。いえ……あなたの奥さんも使っていたんだから、ご存じでしょうね？」

「それが、一体なんだと……」

小説家は明らかに困惑していた。

「あの手の時計というのは便利なものでしてね。登録してさえおけば、家族や恋人と情報を共有することも出来るのです。高齢者の親を持つ人が、安否確認やバイタルチェックに使うこともあるようですね。結論から言えば、あなたの奥さんも、これをやっていたのです」

「何……？」

小説家が眉根を寄せた。目がきょろきょろと泳いでいた。

「離れた所に住む親が心配だったようでしてね。もちろん、見守りのためには、親のデータが奥さんのところにくれば十分ですが、親の方も『どうせ共有するならあなたのものも見られるようにしてほしい』と申し出たようです。おかげで、彼女が死亡した当日のデータが、彼女の親のスマートフォンに送られていたわけです。しかし彼女の親は、見方がよく分からなかった。そのデータが価値を持ち始めたのは、彼女の親が介護施設で亡くなり、スマートフォンのデータを遺族があらためた時のことでした」

小説家は口を挟まず、オーナーを見守っている。

オーナーは、バイタルデータの推移をプリントアウトしたものを取り出す。

「死亡当日。あなたの奥さんの脈拍のデータには、決定的な矛盾があったのです。二十三時半……それが彼女の最後のバイタルデータでした。一方、とある筋から入手した死体検案書によれば、あなたの奥さんの死亡時刻は十八時とされている。問題の十八時には、あなたは授賞式に出席し、写真にも写っている。アリバイは完璧です。しかし、あなたはあの日、体調が優れないと言って十九時には会場を出ている。他県といってもあそこなら新幹線で一本です。二十三時半に自宅にいることなら……」

「でたらめだ！」

小説家は叫んだ。

「だったらなんだというんだ……。君はあの劇に付け足した、あのくだらない結末のように、私の妻が息を吹き返したとでもいうのかね？　あんな出来損ないの探偵小説のようなことが、本当に起こったとでも？」

「その通り。それだけでなく、あなたは、事件を強盗の仕業《しわざ》に出来ると考えて、自分の奥さんを殺害した。千載一遇のチャンスだと思ったのでしょうね。それほど奥さんのことが疎《うと》ましかったのですか？　今殺せば、間違いなく強盗が疑われる。自分が疑われることは絶対にない。だからあなたは奥さんを殺した。それだけでは満足できず、授賞式の予定が入っていて自然なアリバイが成立しているのをいいことに、自分の犯罪を小説に仕立ててしまった。週刊誌がどうと言っておられましたが、それさえも、あなたの計算だったのではありませんか？　『炎上』することによって、噂が憶測を呼び、多くの人間が『入れ子細工の夜』を目にする。普通なら自分の犯罪の記録を読まれることを厭《いと》うでしょうが、あなたには絶対の自信があったのでしょう。あなたはそういう、計算高く、非情で、手段を択ばない人間だ」

オーナーはあくまでも丁寧な口調を崩さず、淡々と、淡々と、推理を積み上げていく。

「あなたは自分と一切の面識がない強盗殺人の犯人を『若い男』というキャラクターに仕立て上げた。そして、もし自分が『若い男』のいるうちに家に戻ってきていたら……という想定で話を作り始めたんでしょう。つまり、あの『入れ子細工の夜』という小説は、最終的に『作家が刺した後、作家に罪をなすりつけられるのをいいことに、若い男が殴打して殺した』という結論で終わっていますが、実はもう一段裏があった。やはり、殺したのは『作家』の方だったのです。あなたはこのもう一段階の部分を小説に残さないことで、自分の犯罪が見抜かれないようにしたのでしょう」

小説家は激しくかぶりを振った。

「違う……違う……違う……」

「何が違うと言うのですか。違うのなら、私が納得できる根拠を示してください。バイタルデータの控えは取っております。今はまだ警察には提出していませんが、提出すれば、警察には意味が分かるでしょう。このデータは、介護施設のアルバイトをしていた団員が手に入れたもので、彼は施設の部屋を立ち退くために遺族が作業していた時、スマートフォンの操作を手伝って、データを見たそうですよ。まだ彼は、このデータの本当の意味に気付いていません。ですが、もう時間の問題でしょう」

「私は！」小説家が顔を上げた。「自分の妻を殺してなど……いない……私が殺したのは……私が本当に殺したのは……」

オーナーは無表情に、小説家を見つめていた。

小説家は顔を覆った。

「『作家』の妻を……あのひとを……二十五年前に殺したんだ」

小説家は顔を上げ、続けた。

「違う……違うのだ……みんな、私の『入れ子細工の夜』の内容を誤解している……いや、私が誤解させるように仕向けたのだがな……」

「どういうことでしょうか」

オーナーは静かな声で聞いた。

「君の、君の言う通りだ。私はあさましい炎上商法のために、二十五年前の事件を利用した」

呼称が『おまえ』から『君』に変わっていた。

「そうだ……私は『入れ子細工の夜』の中に描かれた『作家』ではない……私は『若い男』の方なんだ……。私はあの頃若手の小説家で、創作講座の縁で知り合った、とあるミステリー作家の若い妻に恋をしていた……君もいた、あの講座だよ……」

オーナーは長い息を吐いた。

「うすうす、気付いていましたよ。ですが、まさか、こうしてあなたの口から聞くことになるとは思いもよりませんでした」

そう言いつつ、オーナーの口調に驚いた様子は微塵《みじん》もない。

小説家は首を振った。

「事実はこうだった……私はその頃まだ、『作家』との面識は大してなかった。あいつの中では、私は虫けらの一人に過ぎなかったんだよ、笑えるだろう……だから、私は正体がバレているのではと疑いつつも、『入れ子細工の夜』の前半に描いたような腹芸を必死に続ける羽目になった。

あの本の途中までは、実際にあった出来事なんだよ。『作家』が自らの若い妻を殺そうとしたが失敗し、愛人として訪れた私、つまり『若い男』が彼女を殺した。事実は……ここからが違う。『入れ子細工の夜』では、妻が二度殺されたトリックを『作家』が解き明かすが、現実の彼はそう出来なかった。あの原稿はそこで終わるとどうなるか……そう……私の脅迫は成功し、私は彼の未発表原稿を得、彼女の死体を処分するのを手伝わせ、全てを得た……。その未発表原稿というのが、『四十一番目の密室』だよ」

「二十四年前、あなたはその『四十一番目の密室』で一躍ベストセラー作家になった」

小説家はここでフッと微笑んだ。

「君が作中作である『密室の二人』という題名を、劇の中で『四十一番目の密室』に改変しておいたのは、さっき言った『ファンサービス』なんて意図ではないんだろう？　私があの時、『作家』から原稿を奪い取って、『四十一番目の密室』を発表した……そのことを、君は見抜いていたんじゃないか？」

「買い被りすぎですよ」

オーナーは謙遜したように言う。

「ただ……そうですね。あれは少し、あなたらしくない作品だった。少し綺麗に書かれすぎている。あなたの小説には、どうしてもあなたが削りたがらない贅肉《ぜいにく》のようなものがあって、その過剰な遊びの部分が、個性になっていた」

「分かるのかね？」

「分かりますよ。学生の頃からあなたの小説を読んでいるんです」

オーナーがしみじみとした声音で言うと、小説家は意外そうに顔を上げ、オーナーをじっと見つめた。

やがて、フッと、小説家は鼻を鳴らした。自嘲するような口調で言う。

「そう。あの一作をもって、私は『終わった』作家だと言われている。それも当然だ……発想の質が違うんだから。私の名前がつけば、商業的には成功するが、それもプライドを踏みにじられた気分だったよ。だが、それも仕方がないと思った。彼の妻を殺した罰《ばつ》なのだと、私は受け入れようと思った」

「受け入れるとは、あなたらしくもない。事実、あなたはこの原稿を書いた」

「ああ……そうだ、そうなのだ！　私は、自分が犯したあの罪を小説に仕立てた。売れると思ったからだ。私は二十五年前のあの日、あいつの妻の死体が眠る部屋で彼と知恵比べをしていた時、どうしようもなく興奮した。血がたぎった。どんなにワープロやパソコンのキーボードを叩いても得られなかった本物が、あそこにあったんだ！　必ず面白くなると思った。だから、それを書いた。明白な手掛かりを読み解けなかったあいつを嘲笑うように、原稿の後半を書いた時は、倒錯的な快感すら覚えたよ。

だが、今度はその原稿をどこにも発表するアテがないことに気付いた。当たり前だ。あいつが読めば意味が分かってしまうのだから。あいつの人物像を色濃く反映していたせいで、発表すれば真相を嗅《か》ぎつけられるかもしれないと思った。だからあの原稿のデータはずっと眠っていた……それを掘り起こしたのは、二年と三カ月前のことだ」

「あなたの奥さんが、強盗に殺された」

「あの事件は、君の推理した通りではなかった。彼女は本当に、強盗に殺された。私はその時、何も知らずに授賞式に参加していた。本物のアリバイだからこそ、崩れるはずがなかった」

小説家はオーナーを見た。

「だから──あのスマートウォッチの記録には、全く心当たりがない。なんらかの誤作動では……？」

オーナーは肩をすくめた。プリントアウトをつまみ上げて言った。

「実はこの記録は私の妻のものを借用したんです。二十三時半で途切れているのは、何の不思議もない、時計を外したからです。小道具としては劇的だったでしょう？」

小説家は情けない笑い声を立てた。

「やれやれ、まんまとやられたよ……いまさら何を言っても信じてはくれないだろうが、私は本当に、妻を愛していた。妻が死んだ時、私は抜け殻になった。胸に大きな穴が開いたようになった。もう一人では生きていけないと思った。このまま作家の才能も食いつぶして、あいつから奪った作品以外は鳴かず飛ばずで、評価もされず、顧みられず、そのまま終わるのではないかと。だが、ある日とんでもない計画を思いついた。

今──今、あの原稿を出してみたら、どうなるだろうか？」

オーナーは処置なしだというように首を振った。

「幸い、短編集を編めるだけの弾《たま》は揃っている。良きにつけ悪《あ》しきにつけ話題になるわけだから、買いたがる出版社は絶対に出てくる。出せる──出せるはずだ。それも、私には完璧なアリバイがあった。世間には好きなように言わせておけばいい。どれだけ疑われようと、私は本当に潔白《けっぱく》なのだから。さらに都合のいいことに、あいつ……ミステリー作家も肺の病気で亡くなっていた。真相に気付く者はいない。

こうして、二十五年前のあの熱狂の夜……誰が犯人で誰が探偵か分からなくなる、入れ子細工のような夜が、今に蘇《よみがえ》る。まさしく入れ子細工のように、二十五年前の夜と、およそ二年前のあの夜が入れ替わる。二十五年前、無名の『若い男』だった私が、『作家』に入れ替わる。黒と白が、犯人と被害者が反転する。そうして私はもう一度、名声を得る。それも、今度は自分の力で得る！　私はあいつに――『作家』に勝ち、警察に勝ち、一人の小説家として勝つ！　それを――それを――」

小説家はオーナーを見やった。

「君に……負けるとはな……」

オーナーは静かに首を振る。

「君はいつ分かったんだ？」

オーナーは咳ばらいをした。

「最初からです。あの原稿を読んだ時、私は真相に気が付きました。さっきあなたが挙げた『三つの変更点』こそが、そのカギでした。

一つ目は、金庫の脇の書名のことでした。あそこに並んでいる書名は、ほとんどが昭和ミステリーのものでした。そして『左手に告げるなかれ』と『ハイカラ右京探偵全集』はちょうど一九九六年の刊行物です。そう、二十五年前。二十五、という数字は、私とあなたにとって特別な意味があった。

書名を見、二人の時代がかったセリフを見ているうちに、これは随分昔に書かれた原稿で、それを今出してきたのではないか、と疑いました。第一、今時作家が手書きで、それも唯一の原稿が金庫に入れてあるなんて設定はあり得ませんよ。データ原稿にすると成立ちにくい話ですが、それでもあの箇所は苦しかった。微妙な言い回しを使っているので、執筆した時代を疑われないようワープロという単語も出せないのだろうと思ったんですよ。だから、『心臓と左手』『赤い右手』という、二〇〇〇年以降に翻訳・刊行された本を混ぜて、反応を窺ってみたわけです」

「二つ目はもっと単純だったな……二十五年前、スマートフォンはない。もっと言えばスマートウォッチもない。火災警報器の音をかけて、ホームズのオマージュとは。認めるよ。君のアレンジの方が、舞台映えする」

「三つ目の床の上の血痕は、二十五年前に誰も気が付かなかった、『本物の手掛かり』です。あなたが知っていたかは知らないが、当時、私も彼女の寵愛《ちょうあい》を受けていたのですよ……恥ずかしげもなく言えばね。彼女の死後、遺品整理の手伝いに訪れた時に、クローゼットの前の、拭き切れていない血の跡に気付いたんです。その時は絵の具か何かと思って洗い流してしまったのですが、あなたの原稿を読んで、遠い昔の記憶が繋《つな》がったのです」

「そうだったか……」

小説家は深く椅子に沈み込んだ。もう、何かを言う気力も湧《わ》かないようだった。

「完敗だよ。君の勝ちだ。正確には、君の愛の勝利、というべきかな」

「どういう意味ですか？」

「彼女のことを愛していたんだろう？　だから、私を疑っていた……そして、復讐のためにこんなことをした」

小説家が言うと、オーナーはプッと噴き出した。

オーナーはのけぞりながら大声で笑う。何かが彼の中で弾《はじ》けたようだった。さっきまでの落ち着いた態度が、嘘のようだった。

小説家の顔はみるみる青ざめていった。

「まさか……まさか君は、私を殺すつもりなのか？」

「なんですって？」

「よくあるミステリーの結末だよ……探偵が犯人を追い詰めて、自殺を勧める。拳銃を手渡して……自分で落とし前をつけろと……」

「違う違う！　あなたは私を完全に誤解していますよ。それに、私は『チェーホフの銃』の信奉者です。第一幕で壁に銃が掛けられるならば、それは第二幕で必ず撃たれなければならない。私が最後に突然、魔法のポケットから拳銃を取り出して、あなたに手渡すとでも？　違いますよ！　長い付き合いなのに、ひどい誤解です。あなたと同じ、薄汚い殺人者などと思わないでほしいですね」

「では、一体——」

「あなたが言った通り、この劇には、二つのバージョンが存在します。あなたが書いた原作通りのもの。そして、今日のゲネプロで演じた、改変バージョンのもの。劇団員たちは、この二つのバージョンをいずれも練習しています。改変後のものは、私の調査後に作ったもので、まだ劇団員たちもこの改変に慣れていない。緊急事態宣言の延長によって公演が潰《つぶ》れるのではと、ハッキリ言って練習にも身が入っていない。事実、宣言延長によって、また公演は延期となるでしょう。

　であれば、また私たちには時間が生まれることになる。その時、脚本を改変バージョンから元に戻すことは、十分に可能です。劇団員はあなたの殺人に気が付いていませんよ。噂ぐらいしている人間はいますが、せいぜい、その程度です。ですが、改変バージョンでの劇を、いずれ来る公演で公開したとすれば、世間は一体、どう思うでしょうね？」

　小説家の唇が震えた。

「君は……私を恐喝するつもりなのか？」

「何を人聞きの悪い。ただ、あなたがすり替えた二つの『夜』が、もう一度、すり替わるというだけの話です。その結果、舞台で行われた通りに、息を吹き返した妻をあなたが無残に殺したのだと信じる人もいるかもしれない……ああ、いえ、あくまで可能性の話ですが」

オーナーはクックッと笑った。

「私はあくまでも、この改変バージョンの脚本を——買って、くれないか、と申し上げているだけです」

「そういうのを、恐喝というのだ」

小説家の頭の中で、ロビーで劇団員たちが口にしていた言葉たちが躍る。コロナによる経営難。ここもいつまでもつか。このままでは、オーナーの夢を投じた劇場が閉鎖される……だが、ここに、秘密を持った小説家がいたらどうか？　金を出せる小説家が。それも、十分な成功を手にした小説家が。そして、彼の手元には、最高の形で小説家を脅すための材料が……彼が作り上げた劇団が、あった。

チェーホフの銃、と彼が言った言葉の意味が分かった。机の上に、小切手帳とペンが置かれる。

「さあ、先生。この脚本、いくらで買っていただけますか？」

小説家は眉根を寄せながら、ペンを手に取った。

息詰まるような緊張が流れる。

小説家がペンを走らせる。小切手を破って、オーナーに投げ出すように手渡した。

オーナーは小切手を見て、首を振った。

「これでは到底足りませんよ。仕方がない、やはり舞台を――」

「それが出せるギリギリだ」

「あなたの資産状況くらいとっくに調べはついていますよ。見苦しい言い訳はこのくらいに……」

「だが、これだけあれば、向こう一年はこの劇場も存続するはずだ」

オーナーは動きを止めた。

「……ほう？　どういうことです？」

「今日の君には完敗したよ。この手口は天才的だ。舞台という形で脅迫のネタを見せ、客席に縛り付け、自分の秘密が暴かれる時のことを絶えず考えさせる。私は客席に座っている時、何度叫び出しそうになったか知れない……『やめてくれ！　もうやめてくれ！』と……子供のようにね」

「……何が言いたいんです？」

オーナーは怪訝そうな目を小説家に向けている。

「つまり……私にも、この仕組みに一枚噛《か》ませてほしい、というわけだ」

オーナーの肩が動いた。

「ほう……」

「君も知っての通り、私は様々な作家のゴシップを握っている。ちょうど、一ついいネタを持っているんだ。今回と同じ手法で、そいつらに原作を提供するよう声をかけ、来年ゲネに呼んで金をむしりとる……」

フン、とオーナーが鼻で笑った。

「私に、もう一度悪党を演じろと言うのですか？」

「もう一度と言わず、お望みとあれば、何度でも。もちろん、今般の情勢では一年後にきっかり上演といかないかもしれないが、その場合は私が追加で資金を渡す。成功報酬は半分で結構。どうだね？」

オーナーは小説家の顔を見つめ、睨みつけるようにしていた。

「……三割だ。私には守るべき劇場がある。そこは譲れない。ギリギリの線だ」

小説家はしばらく黙っていた。マスクをズラして、グラスの中のウイスキーの残りを呷った。

「……やむを得ん。それが落としどころだ」

「まさか、あなたがここまで悪党とは」

「君には負けるよ」

小説家は手を差し出した。オーナーは恐る恐ると言った様子で、その手を握る。

「これからもよろしく頼むよ」

「ええ……」

オーナーは笑う。

「まさか、あなたが私の共犯になるとは思いませんでしたよ。せいぜい寝首を掻《か》かれないようにしなくては。何せ、あなたには人殺しの経験もある。あなたにしてみれば、破滅するほどの金を吐き出さずに済んだわけです。次に邪魔になるのは私、というわけですからねえ……」

小説家が動きを止めた。

「はは……まさか、そんなことはすまいよ」

「ふふふ……」

「ははは……」

二人が笑い声を高めるほど、握手した手は固く握りしめられ、二人の手の甲に血管が浮き出てくる。

部屋の中に、二人の笑い声だけが満ちていく……。

暗転。

＊

映写室に明かりが戻る前に、脚本家は床を蹴るようにして立ち上がった。彼は怒りも露に荒い息を吐き、部屋の外に出た。

彼は誰にともなく呟《つぶや》き始める。

「一体何だってんだ、あのクソ映画は。『入れ子細工の夜』の二幕構成は、確かに俺が考えた筋立てだ……だが、あれじゃ、俺の脚本と全然違う。少なくとも三点、大きく変更されている箇所がある……そのどれもが、俺の作った謎解きを否定するものだ……」

彼はブツブツと呟いた。

「一刻も早く、監督を問い詰めねえと……」

長い長い夜は、まだ終わりそうもない……。

六人の激昂するマスクマン

「プロレスの試合は一本の映画のようなもの。
序盤からいっぱい伏線を張っておいて、あとからそれを拾っていく」
――柳澤健《やなぎさわたけし》『2011年の棚橋弘至と中邑真輔』（文春文庫）より

1

「よう、お早いお着きだな」

顔を上げると、ガタイの良い男が二人連れで入ってくるところだった。紫の服を着た男と、灰色の服の男だ。

俺は鷹揚《おうよう》に頷《うなず》いて見せた。

「よろしく」

「あれ、今回の日程決めと場所取りって、T大だったっけ」と灰色の方が言う。

「いや、W大だ」俺は首を振る。「早く着いてしまったから、先に鍵を借りて入っていた」

この公民館の会議室を予約で二時間、借りてある。予約や日程案内の発送は各大学の持ち回りになっていて、今回はW大だった。六つの大学のサークルが集まって行う会議だから、どこかの大学の部屋を使うのも適当でなく、いつもここを使うことになっている。古風な団体なので、日程はいつも手紙で送られてくる。

「このご時世、マスク外せねえのが困ったもんだよな。窮屈《きゅうくつ》ったらねえ」と紫の方が言う。

「ああ、本当だよ。息苦しくてかなわん」

俺がそう言うと、灰色の方が「そうか？」と言った。

「俺は全然苦に感じないな。マスクなんていつもしてるんだから、ブーブー言うほどじゃない」

「いやいやお前、いくらなんでも違うだろ。鼻を出してたら意味がないって、母親にもガミガミ言われてよ。普段してるマスクとは全然違う」

「ま、それもそうか」

灰色の方はアッサリ折れた。

二人が席札のある位置に座って、ああ、とようやく名前が分かる。

「なんだよお前」俺が声を漏らしたのに気付いたのか、紫の方が笑った。「もしかして、俺の名前を忘れたんじゃないだろうな？　服の色で気付けよ。キャラを大事にしてんのさ」

「まあ、無理もないよ」と灰色の男が笑う。「ただでさえ二カ月に一回の隔月開催なのに、コロナのせいで一年以上対面開催してないんだから。リモートは一回やったけど、お互いの名前くらいド忘れしたって仕方ないよ」

「確かにな。俺もお前のしみったれた素顔なんて忘れちまってたぜ」

「相変わらず口が減らないな」と灰色の男は苦笑する。

「ところでよ」紫色の男が言う。「この部屋、ちょっと寒くねえか？」

「ああ、最近、めっきり冷え込んだしな。暖房でもつけるか」

灰色の男は言って、冷暖房の操作パネルのところへ行く。彼は「うわ」と声を上げた。

「どうした？」と俺は聞く。

「冷房の設定になってるよ。季節の変わり目だから替え忘れたんだな」

「あ、ああ、そうだったのか。それはすまない」と俺。

「意外とおっちょこちょいだな」と灰色の男は言う。「ほい、暖房にしたぞ」

「あれ、みんなもう着いていましたか。ごめんなさい、今日うちの主催なのに、鍵開けてもらって」

続いてもう一人が部屋に入ってくる。あどけない童顔の男である。W大学の代表だ。彼はこの会、ひいてはW大学のサークルの顔役でもあるので、よく覚えている。

「お疲れ様です」と俺。

「T大さんこそ」W大学の彼は爽やかに言う。「そっちはどうです？　サークル活動、再開されていますか？」

「ようやくサークル棟に入っていいことになったよ。各部室のポストは溢れ返っているし、部屋も埃《ほこり》っぽいし……でも嬉《うれ》しいね。去年は全然動けずにしんどかったから」

「ええ、本当です。こうして皆さんに会えることが嬉しいです」

彼は恥ずかしげもなく、そんなことをサラッと言ってみせる。

扉をバン、と叩《たた》きつけるようにして、次の男が入って来た。もう自分のマスクをしている。そのため、K大学の代表であることが分かった。

「……遅くなった」

K大学代表は素《そ》っ気《け》なく言って、ドサッと音を立てて席に座った。今日は機嫌が悪いのだろうか。

「おっ、なんだなんだ」W大学の代表は、おどけてK大学代表に声をかける。「あなたもう『臨戦態勢』ですか？　じゃあ、俺も……」

そう言って、彼はカバンから自分のマスク——覆面を取り出した。

目と口のところだけが開いた覆面で、燃えるような赤を基調にしたデザインだ。頭頂部には金髪を模《も》した毛があしらわれている。赤と金髪、そう、彼の覆面がモチーフにしているのは、某アメリカ大統領である。

彼のリングネームは、「ズルムケ・マランプ」という。

「やっぱり、こうすると身が引き締まりますね」

マランプは試合のような集中力を取り戻した。

卓についた面々が、それぞれの覆面を被《かぶ》った。

獰猛《どうもう》なイノシシをモチーフにした真紫の覆面。

狡猾《こうかつ》なオオカミをあしらった灰色の覆面。

鷹《たか》をイメージした茶と黄色の覆面——これは今さっき入って来た筋肉質の男が被っているものだ。

そして俺は、劇場の怪人をモデルにした白い仮面のような覆面を被っている。

「まだ二人……シェンロンマスクと坂田《さかた》さんが来ていませんが、もう時間ですね。皆さん覆面も被って準備万端のようですし、先に始めていましょうか」

マランプは口火《くちび》を切った。

「それでは、全日本学生プロ、レ、ス、連合の第五十回総会を開始します」

2

全日本学生プロレス連合とは、関東の六つの大学のプロレス愛好サークルが集まって出来た集団の名前である。略称は「学プロ連合」という。

8年前の2014年に結成された団体で、当初はT大、W大、K大の三大学のみで構成されていたが、新日本プロレスのV字回復と呼応するように勢力を拡大してきた。ちなみに、「なぜ『新日本』じゃなくて『全日本』を謳《うた》っているのか」「なぜ関東の学生しかいないのに『全日本』を謳っているのか」という疑問は毎回のように総会に出されているが、なぜこの団体の名前がこうなったかは誰も知らない。

俺は席札をザッと見渡した。

W大学代表　ズルムケ・マランプ
A大学代表　バイオレット・ボア
H大学代表　ウルフ山岡《やまおか》
K大学代表　ホークアイ鷹城《たかぎ》

それぞれ、金と赤の覆面、イノシシを模した紫の覆面、オオカミを模した灰色の覆面、鷹を模した茶と黄色の覆面を着けている。紫色の服を着ていたのはバイオレット・ボア、灰色の服を着ていたのはウルフ山岡だ。「キャラを大事」にしているという発言の意味がよく分かった。

手芸に秀《ひい》でた人間がいるH、W大学のマスクはしっかりした素材のものだが、A、K大学あたりは、既製品のアマレス用マスクを改造しているので、布があまり伸びず、通気性が悪いので窮屈そうだ。このご時世、コロナ対策のために不織布《ふしょくふ》マスクをして鼻と口も覆《おお》っているので、いよいよしんどそうである。プロレスの覆面は鼻と口が出たデザインになっているので、不織布マスクを着けた上から、覆面も被らなくては感染対策にならないのだ。奇妙な強盗団のようだった。

そして、俺の目の前には、

T大学代表　ファントム・ザ・グレート

という席札がある。劇場の怪人「ファントム」を模した白い仮面が、「ファントム・ザ・グレート」の特徴だ。もちろん、仮面と言っても、さすがに布以外の素材を顔に着けていると試合の時に危ないので、「仮面」のように見えるレザーを縫い付けた覆面になっているが。

そして、未《いま》だ来ていないのが、この二人。

S大学代表　シェンロンマスク四十九世
リングアナウンサー　坂田大介《だいすけ》

一体二人はどうしたのだろう。考える暇もなく、マランプが俺に聞いた。

「あれ、そうでしたよね。五十回で合ってますよね」

俺は頷《うなず》いた。

「隔月だから年に六回、で、今年に入ってから一度リモートで開催したのが第四十九回でした」

不織布マスクの上に覆面まで着けているから、自分の声がくぐもって聞こえる。自分の声じゃないみたいだ。

「回線が安定しなくて困ったよなあ。全員覆面着けて参加したけど、それでフリーズするもんだから、面白い絵面《えづら》になっちゃって」

灰色の服を着た男――ウルフ山岡が笑いながら言った。狡猾《こうかつ》な戦い方を特徴とするレスラーである。ちなみに、大学の成績はかなり優秀らしい。

二カ月に一回、こうして各大学の代表が集まり、各大学の活動の情報交換や、大学共同でのプロレス興行について議論を交わすのが習わしとなっている。とはいえ、酒豪ばかりが揃《そろ》ってくると、飲み明かして終わりで議事録も何も残っていない、ということもザラにある、ゆるい団体である。特に、2019年に開催された第三十一回から三十六回までは、一度も議事録が残されておらず、どう考えても飲んでいたとしか思えない。どんな言葉が交わされていたのか、当時の状況を全く知ることが出来ない闇に閉ざされた一年であり、これを「暗黒の2019年」と呼んでいる。議事録が残らなかったせいで、引継ぎが上手《うま》くいかず後輩から恨まれている年だ。

今のメンバーは、熱かったり真面目《まじめ》だったりというメンツが揃って、毎回議論が充実している。

「それにしても」マランプが落ち着いた声で言う。「今年は全然引き継げなくて、結局古株で集まってしまいましたね。もう皆さん、任期三年目じゃないですか？　普通、一年か二年で入れ替わるのに」

ズルムケ・マランプは学生プロレスによくある、下ネタリングネームを冠《かん》しているが、根は真面目でいつもサークルやプロレスの未来のことを考えている。ちなみに酒は好きだがめっぽう弱く、べろんべろんになるとすぐに下ネタ製造機になるらしい。リングネームも泥酔時に考えたものという噂《うわさ》だ。

「仕方ねえだろ、後輩が育たねえんだ」紫色の覆面を被った男――バイオレット・ボアが首を振った。「まあしかしよお、ここにいるのはほとんど四回生、あるいはそれ以上……ジジクセえったらねえな」

バイオレット・ボアは挑発的な言動からも分かる通り、リングでは悪役《ヒール》レスラーとして観客のブーイングを浴びる。とはいえ、そのヒールぶりは徹底的な研究により支えられていて、彼の言動が研《と》ぎ澄まされるたび、俺は「勉強熱心だなあ」と心底感心する。

そんな中、ホークアイ鷹城は押し黙っていた。普段、こんなに喋《しゃべ》らないタイプではないのに。一体何があったというのだろう？

彼のマスクは鷹を模した茶色と黄色のデザインで、鷹が獲物を捕らえるように飛び掛かるハイフライフローを得意技としている。ちなみに彼がバイオレット・ボアが言う「四回生以上」の男で、留年を繰り返し、既に八回生らしい。

「しかしまあ」マランプが言った。「今年はコロナのせいでろくすっぽ新入生が入らなかったですからね。興行だけでもしっかりやって、こう、活動をアピールしないと、サークルが続かなくなりますよ」

「俺たちが怖すぎて、ひよっこどもが尻込みしちまうんだろ」とバイオレット。

「いやいや」とウルフは笑った。「普通に、新歓出来てないからでしょ」

「だからこそ、次の興行が大事だ」と俺は言う。「どこかの学園祭で、派手に興行をやる。合同リングだ。それで今年の新入生にアピールする」

「そう上手くいくかね?」とバイオレット。

「今年は文化祭・学園祭の対応も分かれそうだ」とウルフが言う。「去年と同じように、オンラインのみでの開催、というところも多そうだし、去年に比べれば落ち着いてきたという判断で、リアル開催するところもあるかも。各大学次第だろうな」

「うちとしては」とマランプが言う。「リアルで開催する大学のステージに、照準を合わせることになりそうです」

学プロ連合の「興行」は「ゲリラ公演」を謳って、各大学を代表した覆面レスラー同士のぶつかり合いを見せているが、実際にはゲリラでもなんでもなく、事前に大学側やステージの責任者と入念に話し合ったうえで行われている。プロレスを愛する若者たちが、なんの筋も通さずにゲリラ公演をして危険な行為をしたとなれば、それはプロレスという世界に対して迷惑をかけることになる。アマチュアの集まりだからこそ、人一倍プロに敬意を払い、恥ずかしくない振る舞いを心掛けている。

「……ホークアイのところは、学園祭、どうなんだ？」

「ん？　ああ……オンラインって言ってたな。そういや」

俺はホークアイを会話に交ぜようと声をかけたが、素っ気なく答えたきり、やはり黙り込んでしまった。

「興行といえば」バイオレットが言う。「『週刊学生プロレス』の奴らはどうする？」

マランプが言う。

「変わらず取材拒否でしょう。あいつらのやり口は横暴で、汚すぎます」

「まあ、断っても勝手に来るんだろうけどね」

とウルフは苦笑した。

『週刊学生プロレス』とは、その名の通り、往年の『週刊プロレス』に憧れを抱く人間によって結成されたサークルの名前である。T大学が擁《よう》する組織だが、よく他の大学の練習や興行にも突撃して、勝手に記事にしている。組織として正式に許可を取ってやるならまだしも、ゲリラ的に突撃し、記事にするのが日常茶飯事なので、自分たちの試合がまるで本物のような記事になって喜ぶ向きもいれば、勝手に写真まで撮って載せて、おまけにプライベートのことまで触れやがってと怒る向きもいる。

「それにしても……どうしてあの二人はまだ来ないんだろうな？」

俺は言い、空いた席の席札を見やった。

S大学代表　シェンロンマスク四十九世
リングアナウンサー　坂田大介

シェンロンマスクとは緑の龍をモチーフにした覆面を被ったレスラーで、S大学のサークルで代々受け継がれ、今は四十九代目になっている。初代はタイガーマスクの時代まで遡《さかのぼ》る。とはいえ、学生の話なので、大抵は一年で名前が移るし、昔は年度の途中に名前を賭けた試合が開かれたり、三日天下で名前を奪われた部員などもいて、でたらめな数字になっている。

プロレスが衰退した時期に、襲名制は一旦《いったん》途絶《とだ》えたものの、部室で学部の古いノートを発掘し、最近復活したという歴史がある。なお、歴史は歴史としても、さすがに覆面を使い回してはおらず、代替わりごとに選手の顔に合わせたオーダーメイドで作り直しているという。

シェンロンマスク四十九世は羽佐間二朗《はざまじろう》という男が襲名している。彼は総合格闘技へのプロ入りも囁《ささや》かれる同世代の花形である。学生プロレスサークルは、見るのが好きだったり、語るのが好きだったりする人間も多く集まるので、そもそもプロを目指している人間自体が希少だが、中でも羽佐間のセンスは飛びぬけていた。ホークアイなど、他のメンバーも強いフィジカルを持っているが、ハッキリ言って羽佐間は「モノ」が違う。

ちなみに、ファントム・ザ・グレート、ウルフ山岡は、このシェンロンマスクの襲名制度に憧れ、2014年に学プロ連合が結成されて以降、レスラーネームの襲名制を導入している。それぞれ、学部二回生の時に一番強い部員が襲名し、一年間活動する形だ。なので、彼らの名前の後ろにも「〇世」がついているのだが、席札をいちいち作り直すのは面倒なので、省略することになっている。シェンロンマスクの「〇世」を削らず表記するのは、それだけ、シェンロンマスクが俺たちの中で特別な存在だからだ。

ホークアイ鷹城のところも襲名制だったのだが、現ホークアイが二回生で襲名して以降、頑《がん》として名前を明け渡さず、奪い取ろうという後輩は力でねじ伏せているらしい。そのスタイルに憧れる後輩もいれば、蛇蝎《だかつ》のごとく嫌う門下生もいて、この派閥《はばつ》争いが激しいという。K大学内では既に別のレスラーネームの襲名ラインが整っている。ちなみに、羽佐間が登場すると、ホークアイ鷹城は「羽佐間がいる間は、俺もリングから消えない」と公言し、「テメェまだ留年するつもりなのか」「貴様ホークアイを侮辱《ぶじよく》するのか」とサークルを二分する紛争が巻き起こったとか。

バイオレット・ボアは襲名制ではなく、羽佐間のデビューと同じタイミングで現れた男だった。羽佐間二朗と小学校の同級生で、大学二回生の時に初登場、キャラクターから設定まで、全て自分で考えてきた。

ズルムケ・マランプが所属するW大学では、時事ネタを盛り込んだ下ネタリングネームを毎回つけることになっていて、流行《はや》りの漫画や芸人、政治など、元ネタは様々だ。マランプは時のアメリカ大統領をもじってつけた名前だが、試合をする機会があまりないままコロナ禍《か》が始まり、いつのまにか当の大統領は任期を終えた。昨年、2021年のことだ。しかしマスクを手製で作ってもらったから名前を変えることも出来ず、今に至っている。

一見、羽佐間とは関係なさそうだが、羽佐間と高田馬場《たかだのばば》の居酒屋で飲んでいる時に思いついた名前だそうで、彼自身、羽佐間から刺激を受けているという。

そう。俺たちは、同時代のスターであるシェンロンマスク——羽佐間二朗を中心に回っている、と言っても良かった。

坂田大介はS大学に所属しているが、リングアナウンサーとして六大学全てのサークルに出入りしている。羽佐間は別として、学生プロレスでは、正直言って技が綺麗《きれい》に決まること自体が少ない。しかし、エンターテインメントとして成立させなければ、やる側も見る側も楽しめない。楽しめるものを作れなければ、一人のファンとしても情けない。そこで鍵を握るのが、この坂田だ。選手の裏も表も知り尽くしたこの坂田が、独特の語りとくすぐりで観客を沸かせる。

彼の名言として未だに語られるのが、「さあホークアイ、八年間の集大成を見せることが出来るか！　『大学生活は八年で完成する』と語ったホークアイ、今ここで、お前の留年まみれの八年間を取り戻せ！」である。これには熱血で知られるホークアイもリング上で笑ったとされている。ちなみに、かくいう坂田自身も、「俺はモラトリアムの時間を延ばすことに命を懸《か》けているんだ」とうそぶき、休学・留年・院進とありとあらゆる手を尽くして象牙《ぞうげ》の塔に籍を置き続けている。彼はシェンロンマスク四十二世の時代から大学にいるというのだから、その年齢はますます不詳である。

「ああ……シェンロンマスク……羽佐間は、時間にうるさい方だから遅刻自体珍しいですね」

マランプが言った。

シェンロンマスク四十九世＝羽佐間二朗であることは、半ば公然の秘密になっていて、素顔での総合格闘技入りが囁かれているのもあり（まだ『週刊学生プロレス』と学プロ連合の仲が冷えていなかった頃に、羽佐間二朗としてインタビューに応じたこともある）、彼を「羽佐間」と本名で呼ぶことは当たり前になっている。

「誰かあいつらの連絡先分かるか？」

「俺が知っている」ウルフが言った。「電話、かけてみようか？」

「そうしよう。もしかしたら日程を忘れているのかも――」

その瞬間、部屋の扉が開いた。

「遅くなった」

声だけで分かった。坂田大介の声だ。いつも聞き慣れている、あのリングアナウンサーの声。一人一人の選手を茶化したり煽《あお》ったりするやり取りの中に、各選手への愛を感じさせる、あの張りのある声――。

全員の顔が扉の方に向く。

そして、全員の動きが止まった。

坂田はシェンロンマスク四十九世のマスクを被っていたのだ。

羽佐間と坂田では、体格が全く違う。羽佐間の声を聞き間違えた、ということはない。坂田がシェンロンマスクを被っている――この認識に間違いはない。

全員が混乱し、フリーズした。あれは羽佐間のものではないのか。どうして、坂田がシェンロンマスクを被っているのか？

シェンロンマスク四十九世のマスクの穴から、坂田の鋭い眼光が覗《のぞ》いていた。彼の目は抜け目なく座の面々を見ているようで、俺は思わず身を硬くした。

「お前、それ……」

最初に口を開いたのはウルフだった。

しかし、坂田はそれには答えず、「S大学代表　シェンロンマスク四十九世」の席札がある席にズカズカと歩いて行った。そこにカバンを投げだし、カバンから貴重なものを扱うように、そっと何かを取り出した。

マランプが、ヒュッと喉を鳴らした。

それは、シェンロンマスク四十九世のマスクだった。

だが、坂田が被っているものとは違う点がある。

そのマスクは、引き裂かれていたのだ。

「かくして名誉は汚された」

坂田は、あの、聞く者を引き込む独特の声で言った。

「は……？」

「命を奪うに飽き足らず、男の誇りを傷つけた」

「おい坂田、お前何を言って」

坂田は眼光だけでウルフの発言を止めた。

「羽佐間二朗が殺された」

「え？」

坂田は言った。

「俺は、この中に犯人がいると思っている」

3

坂田の爆弾発言によって、室内は騒然となった。

「羽佐間二朗が殺された⁉　おい、そりゃ、一体なんの話だ？　そんな話、どこからも……」

「いや、ちょっと待って」

マランプがバイオレットを制した。彼は自分のスマートフォンをウルフに差し出した。

「見て……今朝のニュース記事です。河川敷で男の死体が発見されている。財布がなくて物盗りの犯行とみられているようです。そして、死体の身元は……」

「羽佐間二朗、二十二歳……クソッ！　俺は信じないぞ、そんなこと……！」

俺は首を振った。

覆面と不織布マスクのWマスクのせいで呼吸がしづらく、汗も止まらない。そこに加えて意外な事件まで。俺は段々気分が悪くなってきた。

「今朝報道されたばっかりだな、このニュース。全然気付いていなかった……まさか……

そんな……」と言ったきり、マランプが絶句した。

俺も今日は昼まで寝ていて、この総会のためになんとか起きてきた、といった具合なので、テレビでもアプリでもニュースは全然見ていなかった。

逆に気になってくるのは、なぜ、坂田はこのニュースを知っているのか、ということである。特別耳が早いのだろうか？

「あのシェンロンマスク四十九世が、どこの馬の骨とも知れない強盗に襲われちまったのか。滑稽《こっけい》だな」

そう言うバイオレット・ボアの声も震えている。強がっているような声音《こわね》だった。ヒールとしてシェンロンマスク四十九世と対峙《たいじ》してきただけに、思うところがあるに違いない。

「いや、確かにバイオレットの指摘は正しい」と俺は言う。「あの羽佐間がみすみす殺されたりするだろうか？　大抵の暴漢なら敵にもならない」

「………」

ホークアイは未だに黙り込んでいる。

坂田はフッと笑った。

「そこで、お前らだよ」

「何？」

「ファントム・ザ・グレート。お前の指摘は正しい。あの羽佐間が、ただの暴漢にやられるはずはない。そう、ただの暴漢に、ならな」

ハッとバイオレットが息を吸った。

「おい……まさかてめえ、それで俺らに容疑を？」

「いかにも。今日は冴《さ》えてるじゃないか、バイオレット。国際法の単位を落として留年寸前のお前が」

「その話はするな」

バイオレットは露骨に嫌そうな声を出した。坂田はこういう恥ずかしい一面まで知り尽くしているので、口論を仕掛けるには相手が悪い。

しかし、そんな男が今まさに、俺たちを裁く審判者になろうとしていた。この男、まさか探偵役でも気取ろうというのか？

坂田は悠然とした態度で話を続ける。

「バイオレットの言う通りだ。羽佐間は確かにモノが違う。リングで正対すれば負けないかもしれない。ただ、不意を衝《つ》けば勝機はある。そして、ただの暴漢ならそんなことをしても返り討ちだろうが、お前らには心得もある」

「そんなことくらいで、犯人にされたらたまらないぜ」

バイオレットが舌打ちした。

「で、そのマスクは一体何なんだ？　引き裂かれているが……なんでお前が、そんなものを持っている？　それに、お前の着けているマスクも、シェンロンマスク四十九世のものだ。どうして同じものが二つある？」

　俺は聞いた。坂田はうんうんと頷いた。

「よくぞ聞いてくれた。ファントム・ザ・グレート。さだめしお前のファントムの仮面が、恩讐を滲《にじ》ませたこのマスクと引き合うのだろうな」

　坂田はハイになっているのか、口調がすっかり芝居がかっていた。

「だから、それはなんの……」

　間が悪く遮《さえぎ》ろうとしたバイオレットを無視して、坂田は語り始める。

「まず、俺が着けているのはシェンロンマスク四十九世のレプリカマスクだ。俺が羽佐間に心酔するあまり作った、自分用のもの。殺人事件には一切関係がない。

　シェンロンマスク四十九世――羽佐間二朗の死体が河川敷で発見されたこと、財布が盗られていたことは、既にニュースサイトで見てもらった通りだ。彼は前頭部を二回殴打され、脳内出血を起こして死んだとみられている。凶器に使われたのは、彼の死体の近くに落ちていた鉄パイプだろう。

　だが、発見時、彼の死体には妙な点があった。それが、このマスクだ。マスクは縦に引き裂かれていて、ほとんど覆面としての体《てい》をなしていないような状態だったが、顔に着けられた状態で発見されたんだ」

「まるで覆面レスラーのマスク剝《は》ぎだな」

ウルフが言った。

マスク剝ぎで有名なのは、やはりタイガーマスクのマスクを剝ぐことに執念を燃やした、虎ハンターこと小林邦昭《こばやしくにあき》だろう。リングの上でマスクを奪う、という行為に、相手の名誉を汚すような、相手を貶《おとし》めるような冒瀆《ぼうとく》性を感じ、興奮を覚えるファンも少なくない。

「だが、それで人を殺しては……」

マランプは首を振って、言った。

「その通りだ」坂田は言う。「もしマスク剝ぎをやりたいなら、リングの上でやってくれれば……！　シェンロンマスク四十九世が羽佐間二朗であることは、半ば公然の秘密。もし、ヒールにバイオレット・ボアを立ててマスクを剝がせたら、さぞ盛り上がったことだろう……！　俺が実況したかった……！」

「お前、なんか論点ズレてないか」

俺がツッコむと、坂田は咳払《せきばら》いをした。

「これは失敬。しかし、犯人にシェンロンマスクを冒瀆する意図があったのは間違いないだろう。羽佐間の家はあの周辺だから、河川敷で走り込みやトレーニングをしていたと考えられるが、まさかそこでマスクを被るわけもないからな。犯人はマスクを引き裂いてから、それを死体にあてがった。マスク剝ぎの『見立て』をするためだ」

「見立て殺人……」

俺は首を捻《ひね》った。人はそんなことを考えるものだろうか。随分と回りくどい手法に見える。

「おかしい」

ウルフがボソッと言った。

「お前もそう思うか」俺は言った。「見立て殺人だなんて、さすがに考えづらいよな」

「いや、違う。それも気にはなっているが、俺が気になっているのはそこじゃないんだ」

ウルフ山岡はゆっくりと立ち上がり、坂田の席に歩み寄った。

「お前の話を信じるのはいい。報道もある。羽佐間二朗は本当に殺された。死体の状況も、お前の言う通りなんだろう。

だが……なぜお前、そんなマスクを持っている？」

ごくり、と唾を飲み込んだ。

言われてみれば確かにそうだ。

「死体がレスラーのマスクを被せられていたなら、そんな特徴、ニュースにも書かれますよね」とマランプ。

「犯人しか知らない秘密を作っておくために、あえて伏せることもあるだろう」とバイオレットが鼻を鳴らす。

「ニュースに載っていないだけでは、確かに断言できないが……それでも、このマスクがここにあるはずがない」

覆面は、被った時に首に当たる部分の布から、縦に二本、上までビリッと引き裂かれている。鋭利な刃物で裂かれたという感じではなく、切断面は粗かった。手で無理矢理引きちぎったのだろう。まるでのれんをべろんとめくりあげたような形になっていた。

ウルフはハンカチ越しに覆面に触れた。覆面をぐいっと奥までめくって、裏側の額に当たる部分を露出させる。

そこに、べったりと赤黒い血がついていた。

「うわっ」

「これ、本物か？」

「……」

ホークアイは睨《にら》むようにそのマスクを見ていた。

「前頭部に二発、だったな。マスクの内側には、少し離れた位置に血痕が二つ、くっきりと残っている。お前の語った死体の状況と、このマスクの血痕は完全に符合《ふごう》している。これは正真正銘、殺された羽佐間二朗に被せられていたマスクだ。言ってみりゃ……殺人事件の証拠品だよ」

ウルフが坂田を鋭い眼光で睨んだ。

「なんでお前……こんなものを持っている？」

「そうだ……そうだ！」バイオレット・ボアは激しく言った。「こんなの、警察が持ってなきゃおかしいじゃねえか！　こんなものを持ってるってことは……お前が殺したってことじゃねえのか？」

坂田はやれやれというように首を振った。

「俺も随分、侮《あなど》られたもんだな。まさか俺がシェンロンマスクの命を奪うとでも？　少し考えりゃあ分かることじゃないか。俺はむしろ、シェンロンマスクの名誉を守るために、このマスクを手中に収めたんだ」

こいつ、言っていることが支離滅裂だ。俺は警戒を強めた。

だが、ウルフの反応は違った。

「やはりそうか」

ウルフは全てを予期していたような顔で言った。

「お前、第一発見者だな」

坂田はフッと鼻で笑った。

「ご明察。ただ、第一発見者は公式には『匿名の通報者』ということになっているがな」

「ウルフ！　どうしてそんなことが分かるんですか？」

マランプが聞くと、ウルフは頷いた。

「こいつの家は、現場となった河川敷の向かい側にある。一緒に飲みに行ったことがあって、酔いつぶれたこいつを送って行ったから知っているんだよ。それで……おそらく、河川敷での事件を目撃したんだろう。そして、無残な姿となった羽佐間二朗を見た。その時に、マスクを死体から剝ぎ取ったんだよ。羽佐間二朗、シェンロンマスク四十九世の名誉を守るために」

4

「ええ……」

俺は呆《あき》れて声を出した。坂田の奴、探偵役を気取るつもりかと思ったのに、思いっきり犯罪に手を染めているじゃないか。

「だってそうだろう！」坂田は声を高くして言った。「死ぬのは避けることが出来ない。リングの上で倒れることもだ。だが、名誉も誇りも奪われた姿を寒空の下に放置しておくことなど、俺には到底出来ない！　そんなの、あまりに残酷じゃないか！　俺はシェンロンマスク四十九世を、静かに死なせてやりたかったんだ……！」

「まだ秋の入りでそこまで寒くないですよ」マランプが呆れた声を出す。「というか、あなたがやってるの、普通に犯罪ですからね？　このマスクなんて、羽佐間に被せるために犯人が触れているわけだから、一体どれだけの証拠が……」

「うるさいぞマランプ！　お前名前と言動が全然一致してねえんだよ！」

「あっ」

坂田が、全員内心で思っていたことを遂に《つい》口にしてしまった。

「な、ななななな、名前のことはいいだろう⁉」

「いいわけあるかーッ！　お前だって、飲み会の席で言った冗談みたいな名前が、ここまで大事になると思ってなかっただろうが！　自分の発言を自分でも忘れている間に、まさかサークルのメンバーがマスクをデザインして作ってくると思ってなかっただろうが！　試合もそんなに出られないまま、あの大統領の方が先に退任するなんて思ってなかっただろうがッ！　その思いを受けて断るに断れず、一人シモの泥をかぶっていることを、お前が気にしていないはずがないんだッ！」

「やめて！　本当にやめてください！　リング上では言わないって約束で話したんじゃないですか！」

「ここはリング上じゃねえーッ！」

坂田は完全にハイになっている。

「分かるぜ、分かるぜマランプ。鬱憤《うっぷん》が溜《た》まってたもんなあ。リング内外での鬱憤が、今回の事件に繋《つな》がってしまった、そうなんだろ？」

「下ネタの恨みで犯人にされてたまるもんですか！」ズルムケ・マランプが勢い込んで言った。「俺たちは多かれ少なかれ、シェンロンマスク四十九世に——羽佐間二朗に心酔していたでしょう。華やかなリング上でのパフォーマンスと、リング外で見せる爽やかな内面、そのギャップと圧倒的な強さに、俺たちは魅了されてきた。どうして俺たちが……俺たちが、『神』を殺さなければならない？」

「さすがはズルムケ・マランプ、信仰心は人一倍だ。だけど、『神』であるがゆえに殺さなければならない……そうも言えるだろう？」

「何？」

「羽佐間二朗は総合格闘技のプロ入りを囁かれていた。特にマランプ、お前は昨日、『どうしてプロレスではないのか』と飲みの席で二朗に詰め寄っていたらしいじゃないか」

マランプはハッと息を吸い込んだ。

「……どうしてそれを」

「行きつけじゃないか。馬場の『赤だるま』。そこでお前らの口論を見かけたっていう友人がいてな。そいつから教えてもらったんだよ」

チッ、とマランプは舌を鳴らした。

「……ああそうですよ！　昨日、俺はあいつに飲みに誘われました。いつも通り、馬場の『赤だるま』で七時からです。その後……べろんべろんになるまで酔って……その後は羽佐間の家で飲み直しました。店を出た時間は、覚えていませんが……」

「これもその友人の情報だが」坂田が言う。「十時頃にお前らは店を出たそうだ」

「そうかい。そりゃあよく見てますね……」

「あれ、あいつ、兄弟で実家住まいじゃなかったっけ」

ウルフが言う。

「羽佐間一俊《かずとし》さんのことですか？　一俊さんは病気の両親を心配しているのもあって、まだ実家住まいだそうですが、二朗は今年家を出たんですよ。総合格闘技からスカウトされて、もうすぐプロ入りで生活が激変するから、両親に負担をかけないように家を出た、って言っていました」

マランプは残念そうに首を振った。

「羽佐間の家に着いたら、飲むものがほとんどなかったんです。全部俺に注《つ》いでくれて、『足りなかったら、近くに深夜までやっている店があるので連れて行く』と言ってくれました。友人にしか見せない姿でしたが、あれは結構な酒クズでしたよ」

「その店には結局行かなかったのか？」

ウルフは切り込んだ。

マランプは首を傾《かし》げ、「多分、行かなかったと思うけど……」と曖昧《あいまい》な答えに終始した。

「あれ？　そう言われてみれば、二朗のやつ、昨日は珍しく飲み屋の領収書を綺麗に保管していましたね。飲みの翌朝、つまり、今朝、あいつの家で目覚めた時に気が付いたんですが……」

「おっ、あいつ結構ズボラなのにな」バイオレットが言う。「財布にも入れてなかったってことか？」

「財布に入れていたら、犯人に奪われていたとこだったな」

「領収書だったのか？　レシートではなく？」

ウルフは切り込んだ。マランプは頷く。

「ああ。店名と値段、日付、担当者印、『お食事代として』とね。しかも、ご丁寧に置き時計の下に挟んであったんですよ。ありゃよっぽど、割り勘にしたかったんでしょうね。俺が起きたら払わせる気だったんです」

マランプが鼻を鳴らした。

「じゃあ、次の店に入っていたなら、その領収書も保管されていたかもな」

「うーん、やっぱり行かなかったのかな」

マランプが首を捻《ひね》る。

「ともかく……俺、目が覚めたらあいつの家にいてさ。しかも、あいつはどこにもいないんです。おかしいな、と思って、でもこの総会に先に向かったんだろうと思って、前に聞いた、ポストの中の合鍵使って戸締りして、俺も家を出て……まさか、俺が眠りこけている間に、あいつが襲われて殺されてるなんて。欠片《かけら》も思いませんでした。俺だって、もうどうしていいか分からないんですよ。何も記憶がない……」

坂田は鼻を鳴らした。

「ほら、この通りだ。全然覚えちゃいない。大方、酒の席の口論が高じて、マランプの炎と怒りがシェンロンマスクの脳天に炸裂！……こんな感じだったんだろ？」

「てめぇ……！」

普段は礼儀正しい態度に覆い隠されている、マランプの獰猛な部分が明らかになった。別に下ネタ的な意味で言っているのではない。

「まだ口を割らないか。じゃあ、他の人間を問い詰めておこうか。ネクスト・ワン・イズ……バイオレット・ボア！　お前だ！」

「おう！」ガタッと音を立ててバイオレットが立ち上がる。「貴様、俺にまでいちゃもんつける気か⁉」

「動機って点では、お前はトップクラスだ！　何せ、幼馴染《おさななじみ》として鬱屈《うつくつ》と敗北感を溜めていたに違いないんだからな！」

「なッ……！」

毒舌では敵《かな》う者がいないバイオレットが、シンプルに絶句した。

これはまずい流れだ。坂田は人の懐《ふところ》に入っていきやすい性格で、多くの学生レスラーが、彼の前でその本心を覗かせてきた。彼はそれを貪欲に吸収し、リングアナの仕事に役立ててきたわけだが、多くの人間の秘密を知っていることを、今ズブズブに悪用し始めている。

こんなことされたら、たまったもんじゃないぞ……！

俺はいつ自分の番が来てしまうのかと、ドギマギしながら見《けん》に回った。

覆面の中で、額にじっとりと汗を掻《か》いてくる。クソッ、さっきから全然汗が止まらない。

坂田は暴露を続けた。

「幼馴染として小さい頃から羽佐間家に親しんできたお前は、二朗だけでなく、一つ違いの兄、一俊とも深い付き合いをしてきた。この一俊は、図体が大きくて気の小さい兄で、全く兄貴甲斐《がい》のない人間だったが、二朗はその一俊の下でのびのびと育ち、幼いころからスター性を獲得していた。お前が羽佐間二朗に惚《ほ》れこんだのは、小学一年生の時、いじめっ子を撃退してくれた二朗の姿を見た時だ」

「………」

バイオレットは押し黙っている。顔は隠れていて分からないが、バイオレット・ボアのマスクは耳が露出するようなデザインになっていて、その耳が真っ赤になっていた。

「お前ら二人は兄弟ぐるみの付き合いで、大学に入ってからも海水浴に一緒に行き、その前に水着や麦わら帽子なんかを仕入れる買い物にも一緒に行っていたそうだな」

「……それくらい、仲が良かったんだよ、悪《わり》いか？　一俊の兄貴も、気の小さい男だが、悪いやつじゃあねえんだぜ。むしろ情に厚くて、俺の好きなタイプさ。あいつもあいつで体を鍛えているのか、手のひらが分厚いんだ。一度も、年上って感じはしなかったけどな。本当なら今年には就職しているはずが、単位が足りなくて留年になって、今も四回生さ。二朗に慰められていたよ。情けない兄貴だよ。まったく」

バイオレットは悪役らしく、肩を揺らして笑って見せた。

「だが、それゆえに溜まっていくものもある」

「何？」

「お前は昔から、二朗の輝きに目を焼かれて育ってきた。中学、高校と地元で同じ学校に進んで羽佐間を追いかけ、お前は高校の時から、羽佐間と共に体を鍛え、大学ではレスラーになることを決意。だが、お前は羽佐間と同じ大学に受かれなかった」

「……うるさい！」

バイオレットが怒鳴った。坂田はフン、と鼻で笑う。

「ほら、やはり溜まっているものがあるだろう。お前がその後ヒールレスラーとして修業を重ね、シェンロンマスクの前に立ちはだかって見せたのも、結局その鬱屈《うっくつ》の表れだろう⁉」

「貴様……」

バイオレットは立ち上がった。

「いいぞバイオレット！　やっちまえ！」

マランプがけしかけた。

バイオレットは鼻息を荒くして、坂田と組み合う。もたもたと体を引き倒し、うつ伏せになった坂田にもたもたとまたがり、恐る恐るの力加減でキャメルクラッチを食らわせた。

「オラァァア！」

「これはバイオレット・ボア、渾身《こんしん》のキャメルクラッチ！　一週間前から練習し始めた技で、坂田を黙らせることは出来るのか！」

坂田は技をかけられているにもかかわらず、痛み一つ感じさせない声音で言った。

「てめェ！　なんでそんなことまで知っている！」

バイオレット・ボアが体勢を組み直し、坂田の両肩が床に着いた瞬間、マランプは横で膝をつく。

「ワン！　トゥー！」

床を叩いて3カウントを取り始めた。恨み骨髄《こつずい》らしい。

「ちょっとお前ら、そんなに騒いだら……！」

ウルフが叫んだ瞬間、ドン、ドン！　と扉を叩く音がした。

ウルフは扉にスッ飛んでいき、「ハイ……ハイ……申し訳ありません」とぺこぺこ頭を下げる。扉を閉めて、ウルフは、はあ、とため息をついた。

「あんまり騒がしくするなって公民館の人に言われちゃったぞ。お前ら、ここをタダで使わせてもらえるのが、どれほどありがたいか分かっているのか？　ここを追い出されたらもう会費を徴収してカラオケとかの部屋取るしかないんだからな。わきまえてくれ」

「失礼しました……」とマランプ。

「すまなかった……」とバイオレット。

「俺、被害者なんだが……」と坂田。

「被害者だァ⁉　元はと言えばてめえが……！」

バイオレット・ボアが声を荒らげた瞬間、ウルフが咳払いをした。バイオレットがしゅんとしてしまう。

「まあともかく……」坂田がなおも続ける。「そうして鬱屈を抱えていたお前なら、羽佐間を殺すこともあり得る、ってわけだ」

バイオレットは押し黙り、やがて、肩を震わせ始めた。

怒っているのか、と思いきや、その目尻には涙が光っている。俺はぎょっとした。

「ば、バイオレット？」

俺は立ち上がって彼の肩に手を置く。彼はその手にそっと自分の手を載せて、泣きじゃくりながら、うん、うん、と頷いて見せた。どうなってるんだ。こんなの、もうヒールでもなんでもないじゃないか。

「違う……全然違うんだ。俺は……俺はシェンロンマスクのことを恨んじゃいない。羽佐間と同じ大学を受験したのも、いいところを受けて、親を安心させるためだった……。はなから、俺は同じ大学に行く気はなかった。この学プロ連合のことも、その合同興行のことも知っていたからだ」

「……それは、つまり？」

坂田が問う。

「俺は初めっから、ヒールを演じるつもりだった」

坂田の喉が上下した。

「いいか？　羽佐間二朗は光だ。彼がS大学に受かった時から、彼がシェンロンマスクを襲名するであろうことも分かっていた。シェンロンマスク四十九世はスターだ。光だ。しかしその光は、闇があることによってより際立《きわだ》つ。俺は、そんな配役を自分に課したんだ。だから、バイオレット・ボアというレスラーの設定も……マスクも……自分で作って……そうすることが……その役割に身を投じることが、俺の幸福だった……」

俺はマスクの中であんぐりと口を開けた。まさか、バイオレット・ボアがそんなことを考えていたなんて。

「バイオレット……お前、どうして今まで、その話」

坂田が言った途端、バイオレット・ボアは顔を上げた。

「言えるわけないだろ！　こんな話……！　もうこんなの、信仰でしかない……俺はヒールでも何でもなくて、羽佐間二朗の信奉者に……熱狂的なファンに過ぎないんだ。それを認めちまったら、俺はもう、『バイオレット・ボア』ではいられない。坂田、俺はあんたには負けるよ。あんたは確かに、いろんなことを話しやすい。だけど、これぱっかりは胸の内を明かすわけにはいかなかったのさ」

坂田はぶるぶると体を震わせて、次いで、がばっと身を起こすと、「うおーっ！」と雄たけびをあげた。バイオレット・ボアをギュッと抱いて言う。

「感動した！」

「は？」と俺。

「お前の思いに胸を打たれた……お前がシェンロンマスクを殺すはずがない！」

「さ……坂田の兄貴ィィ！」

バイオレット・ボアと坂田は、ひしと抱き合う。

あんぐりと開けた自分の口がさらに広がり、顎《あご》が外れそうになった。もう坂田はダメだ。この男、根本的に探偵役に向いていない。

しかし、坂田はそれでは飽き足らなかった。

「だったら……だったら、だ。残る容疑者は……殺す動機を持っていそうな『濃い』容疑者は、もう一人だけだな」

坂田はバイオレット・ボアから身を離すと、今度はホークアイ鷹城を指さした。

「犯人はお前だ、ホークアイ鷹城」

「……………」

ホークアイの口はなおも重い。犯人扱いされてなお、簡単に口を開こうとはしなかった。

「ズルムケ・マランプが飲み友達、バイオレット・ボアが幼馴染としてシェンロンマスクと付き合ってきたとするなら、お前は最大のライバルとして対峙《たいじ》してきた。もちろん、ヒールとしてのバイオレット・ボアも見所があったが、体と技のぶつかり合いという点では、圧倒的にお前に分があっただろう」

「……………」

「お前の動機はごくシンプルだ。羽佐間二朗は総合格闘技の道へ進もうとしていた。お前も練習やトレーニング、試合への熱心さを見れば、プロ入りを目指している口なのは察することが出来る。俺の前では、徹底的にはぐらかしてきたけどな」

「……………」

「お前と羽佐間の戦績は、お前の八勝九敗。お前の負け越しだ。ともかく、お前がプロレスラーになろうとしていたなら……総合に進もうとする羽佐間が、『勝ち逃げ』しようとしていると映っただろう。お前は、それを許すことが出来なかった。むろん、感情の行き違いもあっただろう。そこで、あの河川敷で最後の戦いを挑んだんだ」

「坂田、いくらなんでも飛躍している」俺は言った。「もしそうだとしても、鉄パイプで不意を衝いて殴って、そんな勝ちになんの意味がある？」

「意味があるかどうかは、ホークアイが決めることだ」

屁理屈を、と俺は内心で毒づいた。

「……………」

ホークアイは未だ黙っていた。

「ホークアイ、なんとか言ったらどうなんだ」

バイオレットに言われ、彼はフーッと長い息を吐いた。いつもは、こんなに慎重で、けだるそうな話し方をするやつではないのに。

「……俺は、あいつの強さに惹《ひ》かれた。自分の力をぶつけるのに、ふさわしい相手だと感じている。あいつはある日の合同練習の俺との組み合いで、左の足首を捻挫《ねんざ》した。なのにその翌日の試合では、痛みなんて感じさせないほどの動きで、俺を圧倒したんだ。あれには、嫉妬《しっと》したね。絶対にこいつを負かしてやる、と思った……」

なんだか今の発言に、奇妙な違和感を覚えて、首を捻った。この話は初めて聞くはずなのに、絶対にどこかで聞いたことがある、というような。この違和感はなんなのだろう？

その瞬間、バイオレット・ボアが立ち上がった。

「お前……」

「どうしたんですか、バイオレット」

マランプが聞くが、バイオレット・ボアには聞こえていないようだ。

「なんなんだよ、お前。一体、なんなんだよ。気持ち悪いよ。どうして、そんなことが出来んだよ」

ホークアイが舌打ちした。

「バイオレット、お前、今何かに気付いたな」

ウルフが問い、ようやくバイオレットはウルフの顔を見た。彼は困惑気味に頷き、言った。

「こ、いつ、ホ、ホークアイ、い、い、いじゃない」

「え？」

「あ？」

「は？」

俺とマランプと坂田は、三者三様に素っ頓狂《すっとんきょう》な声を上げた。

「こいつ、ホ、ホ、ホークアイ鷹城のマスクを被った別人だ」バイオレットはぶるっと震えた。

「全然知らないやつだ」

5

「ま、待て待て待て」俺は言った。「一体どうしてそんなことが分かるんだ。確かに、今日のホークアイ鷹城の様子はヘンだった。いつもはもっと熱血なのに、全然口を利かないことも……だが、それだけで別人、ってのは」

一体、この部屋の中で何が起きているんだ？　汗が止まらない。まるで何百メートルも全力疾走したみたいな汗が噴き出ている。

「まるで別人なのに、気が付かないなんてことありますか？」マランプが言った。「俺たち全員ホークアイとは面識があるのに」

ウルフは首を振ると、言った。

「俺たちは今、全員が不織布マスクを着けた上、覆面もしている。声はくぐもって聞きづらいし、リング上と違って服も着ているから、詰め物なんかで体型も誤魔化《ごまか》せるかもしれない。事実、ファントムの言う通り、今日のホークアイは口数を抑えていた……」

「根拠ならあるぜ」バイオレットが言った。「さっきバレちまったが、俺は何を隠そう、学生プロレスの熱烈なファンでな。この団体に入ってからやり口が気に入らねえようになったが、『週刊学生プロレス』も全号持っているほどのファンだ」

「それはそれは……」と俺は言ってから、言葉を呑《の》み込んだ。

「いや、なんとでも言ってくれ。俺はあの文体が結構好きでな。昔ながらというか、アジテーションの色が濃すぎるというか……まあともかく、その『週刊学生プロレス』の中に根拠があるんだ」

と言って、バイオレット・ボアは自分のカバンからタブレット端末を取り出した。

「それは？」とマランプ。

「『週刊学生プロレス』って紙で持っているのは手間だからよお、勝手に電子データにして持っているのさ。俺専用のデータベースだから当然公開もしてないし営利的な目的でもねえが……」

「それは……凄いな」

俺はごくんと唾《つば》を飲み込んだ。

「照れるぜ。……あった、この記事だ」

バイオレット・ボアが差し出した端末を、全員が回して記事を読んだ。

（前略）

編集部ー　同世代のシェンロンマスク四十九世については、どう思っていますか？

鷹城　俺は、あいつの強さに惹かれた。自分の力をぶつけるのに、ふさわしい相手だと感じている。あいつはある日の合同練習の俺との組み合いで、右の足首を捻挫《ねんざ》した。なのにその翌日の試合では、痛みなんて感じさせないほどの動きで、俺を圧倒したんだ。あれには、嫉妬《しっと》したね。絶対にこいつを負かしてやる、と思った。

（後略）

「こ、これは……」

俺は呻《うめ》き声を上げた。確かに、さっきの発言通りではないか。さっきの「ホークアイ鷹城」の言葉は、この記事の内容を暗唱していただけだったのだ。

バイオレット・ボアは言った。

「こいつもこいつで、ホークアイ鷹城の熱狂的なファンなのかもしれねえ。発言を一言一句覚えているほどだからな。経緯《けいい》は知らねえが、ともかくホークアイ鷹城のマスクを手に入れ、こいつはこの場に乗り込んできた。歪《いびつ》なファン心理で、俺たちの総会を覗きたかったのかもしれない。こいつは総会の間、あまり喋らないつもりでいたが、容疑者扱いされて、やむを得ず記事の内容を使って喋ったってわけだ」

「なんという……」

俺は呆れ返ったが、バイオレット・ボアの推測は間違いなさそうだ。何せ、ここまで文章が一致しているのだから。

「いや、待て」

ウルフが鋭い声で言った。

「そいつ、あながち無関係とも言い切れないぞ」

「どういうことだ、ウルフ?」

「さっきの記事をもう一度見てくれ。実は、さっきの偽者の発言と、あの記事とは、一か所だけ違う部分があるんだ」

何?と思って端末を受け取ろうとした時、マランプが言った。

「やはりそうですか。自分の聞き間違いかと思いましたが、そうではなかったんですね。記事では捻挫したのは『右の足首』となっていますが、偽者は『左の足首』と言った」

「それがなんだ。ただの覚え間違いだろう?」

「他の部分は完璧なのにか?」ウルフは首を振った。「まあ、その可能性を否定は出来ない。だけど、俺が考えたのは別の理由だ。こいつは確かに、シェンロンマスク四十九世が『左の足首』を捻挫したシーンを見たことがあるんだ」

「別の機会にケガをした、ってことか?」

「違う。ホークアイ鷹城が正確に、シェンロンマスク四十九世が『右の足首』をケガしたことを把握していたと仮定して……偽者は、シェンロンマスク四十九世が『左の足首』をケガしたと思い込んでいたんだ」

「何？」

「そんな勘違いがどうして起こったか。もし、記事を読んで初めて知ったなら、そんな間違いは起こらない。だが、シェンロンマスク四十九世とホークアイ鷹城が組み合い……実戦形式の合同練習をするのを、ホークアイ鷹城の後ろから見ていたら、どうだ？」

ハッ、とマランプが顔を上げた。

「向かい合うシェンロンが右足をケガしたとき、それは見ていた人物の左側になる」

「そう。それで、右と左を取り違えてしまった。だとすれば、彼はその合同練習の時、ホークアイ鷹城の背後にいた人物。少なくとも関係者、より想像を推し進めるなら……ホークアイのセコンドということになる」

ホークアイ鷹城——いや、その偽者は、はあっと深いため息をついた。

「ウルフ山岡……あんたの目は誤魔化せないようだな」

そう思って聞いてみると、彼の声はホークアイ鷹城とは全然違った。

彼は覆面を取り、不織布マスクを取った。上着を脱ぐと、その下に綿のような詰め物が見えた。詰め物も外すと、ホークアイ鷹城とは似ても似つかない貧相な体が現れた。

「……この通りだよ。笑いたきゃ笑——」

「あ、ごめんなさい。不織布マスクは取らないでください。こういうご時世なので」

マランプが神経質なところを見せる。悪ぶろうとした偽者の言葉は、空《くう》を切ってしまった。

「……俺はあんたの言う通り、ホークアイ鷹城のセコンドだ。一番あの人を見ているだろうってことで送り込まれたんだが、どうも、緊張して喋れなくなってな。インタビューの発言を持ってきたら、あっさりバレちまったってわけさ」

「本物は今、どうしている？」

ウルフが鋭く問うと、偽者は言いにくそうにした。

「……俺たちが部室で……その……預かっている」

「は？」

「その……俺たち、実は羽佐間のニュースを朝一で知って、部室に行ったら……ホークアイが『あいつは死んで当然のやつだ』『あの河川敷は彼の練習場所だった』とか、わけの分からないことを繰り返していて……深酒してるみたいで、そのまま寝落ちして。俺たち、ホークアイ鷹城の気性が荒いの、知ってるから……その、遂にやっちまったか、と思って……」

「思って……？」

「だって……そうだろ？　もしやっちまったなんて知れたら、ホークアイ反対派にとっては、ホークアイを引きずり下ろす恰好《かっこう》のネタになる……だから……」

雲行きが怪しくなっていた。さっき『預かっている』と言ったが、まさか——。

「その……椅子にふん縛って、目覚めて話してくれるのを待っている」

「そ、それじゃあまるで――」

「か――」

監禁じゃないか！　と言いかけるのを遮られた。

「違います！　断じて！　断じて違います！　ええ！　目覚めて話してくれればすぐにでも……！」

その時、偽者のスマートフォンが鳴った。

「あっ、ごめんなさい、後輩からです」

俺たちに断ってから、彼は電話に出る。

「ああ、ああ、こっちはなんとか……ええ？　困ったな……そうか。また動きがあったら」

彼はスマートフォンを切ってから、頭を抱えてため息をつき始めた。

「ああ〜もう終わりだ、おしまいです。目覚めたのはいいんですが、『俺は何も喋らない』と言ったきり、貝のように口をつぐんでいるみたいなんですよ。やっちまったな〜これは絶対にやってますよ〜あ〜参ったな〜」

いくらなんでも後輩に信頼されていなさすぎる。ホークアイ鷹城が気の毒になってきた。

しかし、これで手掛かりは途切れてしまった。これで坂田の追及も終わり。結局、真相は分からずじまいなのだろうか？

そんな時、ウルフ山岡が言った。

「質問を三つ、させてほしい」

6

「お前、何か分かったのか？」

ウルフ山岡は頷いた。

「分かったが、少し確認したいことがあるんだ」

彼は俯《うつむ》いてから、意を決したように顔を上げた。

「初めに、みんなに確認しておきたい。今からすること、俺は、人の秘密を暴くようで嫌なんだ。だが、このままじゃ坂田も納得出来ないだろうし、こんな風に引っ掻き回されたまま総会が終了したら、もうお互いに会うのが気まずくなって、この学プロ連合が空中分解するかもしれない。だからせめて、真実だけは突き止めておきたいんだ。ただ、それは見たいものじゃないかもしれない。それでもいいか？」

俺たちは困惑気味に顔を見合わせて（正確には、偽者以外は目しか見えていないので、アイコンタクトなのだが）、やがて一人一人頷いた。

「ありがとう。じゃあ、質問を始める前に……まずはもう一度、マスクについて検討させてくれ」

「マスク？」

「被害者、羽佐間二朗が着けていた、破られたシェンロンマスク四十九世のマスクだよ」

机の上に置かれたそれに、全員の視線が集まった。

ウルフはその前に立ち、ハンカチ越しにその破れ目を手に持った。

「初めに確認しておきたい。この中だと、坂田やバイオレットが一番目にしているだろうが、このマスクがシェンロンマスク四十九世のオーダーメイドのものであることは間違いないか？　例えば、坂田が着けている、自分用のレプリカ、などということはない？」

「その点は間違いない」とバイオレットが言った。「オーダーメイドを依頼する会社は決まっていて、マスクの首筋に当たる部分にロゴが刻印されている。そのロゴがあるのがオーダーメイド品、ないのがレプリカだ。確かめてみてくれ」

ウルフはハンカチ越しにマスクを触って裏返し、ロゴの部分をつまみ上げた。ついでに、坂田が自分のマスクの後ろを見せてくれる。

「確かに、坂田のものにはロゴがない。つまりこれは正真正銘、シェンロンマスク四十九世の顔に合わせて作られたオーダーメイドマスクだ。

次に、だ。なぜ、犯人はこのマスクを破ろうとしたんだろうな？」

「え？」

俺は思わず声を漏らした。

「そんなの……考えるまでもないと思っていた。覆面レスラーのマスクを剝ぐ行為は、マスク剝ぎという屈辱的な行為を表している。シェンロンマスク四十九世の、いわば、強さの象徴そのものを傷つける行為だ。犯人は羽佐間への恨みを晴らすために、こういう行為に及んだんじゃないのか？」

「いかにもありそうな説明だが、果たしてどうだろう。このマスクは明らかに手で千切られている。おそらくだが、犯人は仰向けに倒れた被害者の顔を摑《つか》んで、首筋からマスクの中に指を入れ、ぐいーっと引っ張って千切ったんじゃないかと思う」

「そのやり方なら、マスクの破れ方とも符合するな」

ウルフは俺の顔を指さして、「その通り」と言った。そこから先の説明はない。俺の今の発言を引き出すことが、彼の狙いだったらしい。

「では、もう一つ。どうして犯人は、一度マスクを被せてから、破ることにしたんだ？」

「え？」

「だってそうだろう。羽佐間二朗が、河川敷で練習するときに自主的にマスクを着けていたとは考えにくい。夜か早朝の屋外だぞ。あんなものを着けて練習していたら、まるで不審者じゃないか。だったら、羽佐間二朗はまず殺され、その後にマスクを被せられ、その後、マスクが千切られた、と考えるしかない。ではなぜ、千切ってから、マスクを顔に被せるのではだめだったんだろうね？　そっちの方が千切るのにも力を込めやすいし、死体に触れてしまって自分の痕跡を残すリスクを減らせるじゃないか」

「確かに……」とマランプ。「でも、それはやっぱり、より『マスク剝ぎ』の状態に近づけるためでは？　千切ってから顔にくっつけたんじゃ、インパクトに欠ける。犯人はやっぱり、顔に被せてから、破りたかったんですよ」

「そうしたいから、そうした。マランプが言うのは極論するとそういうことだね。だけど、俺の見方は違う。そもそも、今の考えには大きな矛盾があるんだよ」

「矛盾？」とバイオレットが鼻息も荒く言う。「一体なんだよ、それは」

「もし、殴打されてからマスクを被せられ、千切られたとするなら——血痕は、内側で擦れていい、い、いるはずだ」

「あっ……」

俺は思わず言った。確かにそうだ。ウルフがマスクをめくった時、マスクの裏地には二か所しか血痕が残っていなかった。羽佐間二朗の前頭部に当たる位置、わずか二か所だけしか。おまけに、その血痕はくっきりと残っており、擦れたり、かすれたりしていない。

だけど、もし、犯人が殴打の後にマスクを被せたなら、どんなに慎重にやっても、血痕は擦れて、広がったはずである。何せ、マスクはオーダーメイド品で、羽佐間の顔にぴったりなのだから。

「つまり……」

俺が言いかけた時、ウルフは遮るように言った。

「じゃあ、今から三つ、順番に質問をする。

一つ目。マランプに聞きたい。最近高田馬場の『赤だるま』では、タッチパネル式のオーダー方式が導入されたんじゃないか？」

「その質問に、なんの意味が？」

マランプはそう言ったが、ウルフには説明する気がないらしい。マランプは諦めたように言った。

「……確かにそうでしたよ。コロナの影響もあって、口頭でオーダーを取らなくていいように、結構な費用をかけて導入したらしいです。『店員を呼ばなくていいから楽だよな』って、羽佐間がパネルを使っていたのを覚えてます」

「店員が飲み物を持って来る時、羽佐間は何か言わなかったか？ ……これじゃ、質問が四つになっちゃうな」

「ああ。そういえば、俺がオーダーしたものをいちいち教えていたような。『ゆずサワーは彼の方』って感じで」

「よく分かった」

ウルフは特に説明もせずに、そう言った。

「二つ目。バイオレットに聞きたい。幼馴染の羽佐間兄弟と海水浴に行った時、麦わら帽子を買っていったんだったな。二人のサイズを覚えているか？」

「えーっと……正確には分からないけど、二朗が試着していた麦わら帽子を、一俊が『僕も被ってみたい』と言って被ってみたら、全然ブカブカで目のあたりまで隠れていた、なんてこともあった。すると、少なくとも、二朗の方がサイズは大きかったみたいだ」

「よく分かった。最後の質問は、ここにいない人物……ホークアイ鷹城に聞きたいんだ」

「ホークアイに？」

「ああ。ホークアイが黙っている理由が分かったかもしれないんだ」

ウルフが言った。全員の視線が彼に集まる。

「本当か？」

「ホークアイは、自分が犯人だから黙っているんじゃない……犯人が分かってしまったから沈黙しているんだ」

「考えられねえ！」バイオレット・ボアが声を荒らげた。「あいつに分かって、俺に分からねえはずがねえだろ……！」

「ちょっとホークアイを舐《な》めすぎているが、まあ、バイオレットの指摘の方向性は合っている。ホークアイは頭脳派ってタイプじゃない。現場も見ずに犯人を突き止めたと考えるには無理がある。つまり、何かを知っているがゆえに、一足飛《いっそくと》びに真相に辿《たど》り着いてしまったんだ」

ホークアイの偽者は、じっと抜け目のない目でウルフを見つめていた。

「なあ、本物のホークアイと通話を繋いでもらうことは可能か？」

「……ああ」

偽者は特に異議をさしはさむこともせず、スマートフォンをタップして通話を繋いだ。

「俺だ……ああ、どうも、鷹城先輩が犯人ってことはないらしい……うん、先輩に代わってくれるか？　……お疲れ様です、鷹城先輩。この度は、俺の不手際でこんなことになっちまって、すみません」

そう言って、偽者はスピーカーフォンの設定に切り替えた。机の上にスマートフォンを置く。

「どうぞ」

ウルフは咳払いしてから言った。

「ホークアイ鷹城だな？」

『その声はウルフじゃねえか。やっぱりおめえか？　ことの真相を見抜いたのは』

がなるような割れた声だ。電話越しだと、なおさら割れて聞こえる。一度聞けば、ああ、これがホークアイの声だったなと一発で思い出せた。いくらWマスクでくぐもっていたとはいえ、偽者の声を聞き間違えるなんて、とんだミスだった。

「ホークアイ、一つだけ聞かせてほしい」

『俺が答えるとは限らねえぜ』

「だが、それでは坂田が納得しない。お前の気持ちも分かるが、羽佐間だけじゃなくて、坂田だって盟友だろう。そこは酌《く》んでやってくれ」

電話の向こう側で、フーッ、と息を吐く音がした。

『……で、何が聞きたい？』

ウルフは息を整え、決定的な一言を繰り出した。

「シェンロンマスク四十九世の正体は羽佐間一俊さんだった。間違いないな？」

「は？」

「え？」

「何？」

全員が理解できずに声を上げた。

ただ、電話の向こうの声だけが、冷静だった。

『……よく、そこに辿り着いたな』ホークアイが沈んだ声で言った。『そうだ。そして、羽佐間二朗を殺したのは、一俊に違いない』

7

「おっ、お前、そんな話、認められるかよ！」

バイオレットは電話越しにホークアイに食ってかかった。

「いくらなんでも、そんな死者を辱《はずかし》めるようなこと……なんの証拠もなしに、そんなこと言っていいはずがない！　冒瀆だ！」

『ならどうする？　俺を倒すか？』

「電話越しに卑怯《ひきょう》な！　だったら、お前の身代わりをいたぶってやるよ！」

「え⁉」

偽者は明らかに動揺し、バイオレットから逃げようと部屋を走り回る。

「本日の目玉イベント！　宿敵・ホークアイ鷹城を騙《かた》って乗り込んできたこのうさんくさい偽者を、バイオレット・ボアが容赦《ようしゃ》なく狩る！　狩る！　狩る！　素人《しろうと》相手でもボアは容赦せず、とことん絞め技を繰り出す！」

「助けてくれーッ！」

偽者はバタバタと部屋の外に出る。

「リングアウトだ！」とバイオレット。

「ワン・トゥー！」と20カウントを取り始めるマランプ。

その瞬間、偽者が吹っ飛ぶように会議室の中に戻って来た。まるで見えない力に撥《は》ね飛ばされたかのように。

「……代表者ァ！」

扉の外から怒鳴り声が聞こえる。俺は思わず震えたが、一人冷静なウルフが「俺、行ってくるよ」と言って話を聞きに行き、しばらくこっぴどく怒られていた。

憔悴《しょうすい》した様子で戻って来たウルフが、表情を暗くして言った。

「次やったら出禁にすると、かなりきつく言われた。これからはみんな、冷静に話を聞いてくれ」

「ああ……ちょっと俺たち、予想外の話だったから取り乱していた。すまなかった」

バイオレット・ボアが毒気を抜かれたような声で言った。

ホークアイ鷹城はよっぽど呆れたのか、既に通話を切っていた。薄情なやつだ。

俺は言った。

「ウルフ、聞かせてくれ。どうしてお前には真相が分かったんだ？」

ウルフは小さく頷き、俺たちに向けて語り始めた。

「最初に疑問に思ったのは、なぜマスクを引き裂いたんだろう？　ということなんだ」

混乱を極める学プロ連合の面々に、彼はゆっくりと語り始めた。

「さっき指摘した通り、マスクに付着した血痕の状態には矛盾がある。もし後から被せたなら、血痕が広がっているはずだ。しかし、血痕は殴打された前頭部の二か所にしか付着していなかった。つまり、被害者は、殺害された時点ですでにマスクをしていたことになる。

しかしこの着眼だけでは、まだ真相には辿り着けない。極端な話、坂田がホークアイの偽者に対してぶつけた、『最後の試合』的な因縁試合を持ち掛けて、その雰囲気づくりのためにマスクをしていた、と考えることも出来るからだ。考えを一歩進めるには、マスクの破られ方に着目する必要があった」

「破られ方？」

「そう。例えば、何度も言われたマスク剥ぎに見せかけたいなら、目の穴か口の穴に指を突っ込んで、左右に引っ張って引き裂くとか、もっと露悪的なやり方、簡単に引き裂けるやり方はいくらでもある。

だが、実際には、マスクは首のあたりから縦に一直線……まるで飲み屋ののれんをめくったような形で引き裂かれている。確かに屈辱的だろうが、ちょっと間抜けな風情じゃないか」

「じゃあ、他にどんな意味があったっていうんだ？」

坂田が勢い込んで聞いた。

「俺は、あのマスクの引き裂かれ方を見た時……まるで、人が被っているマスクの首の部分に指を突っ込んで、マスクを脱がせようとしていたように思えたんだよ」

「あっ……」

言われてみれば、これほどシンプルな答えもない。

「つまり、犯人はマスクを被っているのが誰か確かめたくて、マスクを脱がせようとした。言ってみれば、破れてしまったのは結果に過ぎないんだ」

「ちょっと待ってください」マランプが言った。「ですが、シェンロンマスク四十九世が羽佐間二朗であるのは、周知の事実。マスクを外すまでもない。これが坂田のもののようにレプリカなら、偽者という可能性も出てきますが、ロゴとデザインでオーダーメイドの一点ものなのは一目瞭然なんだから。だったら、わざわざ無理矢理脱がそうとしなくても……」

「犯人にとっては、そうではなかった。なぜなら、彼にとっては、シェンロンマスク四十九世＝羽佐間二朗ではなかったからだ」

「馬鹿な……」とバイオレット・ボアが首を振る。「それで羽佐間一俊がシェンロンマスク四十九世だったたと？　いくらなんでも、飛躍が過ぎる」

「これから立論の脇を固めていくところだよ。そもそも、おかしいと思わないか？　シェンロンマスク四十九世のマスクはオーダーメイド品。既製品のマスクを改造しているホークアイやバイオレットと違って、少しは伸び縮みもする。通気性もいい。それなのに、羽佐間二朗に被せられたシェンロンマスク四十九世の覆面は、覆面を取ろうとして引っ張っただけで、破れてしまうほどだったんだ。これは、布のせいじゃない。強い力で引っ張らなければならないほど、覆面がギチギチだったんだ」

「それで、さっき麦わら帽子のことを聞いたのか！」バイオレットが膝を叩いた。「一俊の方が、二朗よりも頭が小せえ。一俊がもし本物のシェンロンマスクだったとして……彼の頭に合わせてオーダーメイドしたなら……二朗にとっては小さいサイズになるよなァ。その覆面を無理矢理被ったから、ギチギチになってしまった。忌々《いまいま》しいことに、綺麗に辻《つじ》褄《つま》が合いやがる」

「どうも。では次の疑問に移ろう。二朗はなぜ昨夜、シェンロンマスク四十九世のマスクを被っていたか？　自分の兄のものを奪って着けているのだから、その疑問は当然上がってしかるべきだ。

　これにはちょっと想像が交じるが、一俊さんは元々、ガタイが良かったという話で、トレーニングをしているのかというくらい手が分厚かった、という証言もあった。つまり、一俊さんも格闘のセンスはあった。だが、気が小さく、シャイだから、素顔ではリングに立てなかった。そこで考えたのが、一俊さんが覆面レスラーとしてステージに立ち、二朗が表向きには『シェンロンマスク四十九世』ということにする、というシステムだ。こうすることで、一俊さんも二朗も、自分の得たいものだけ手にすることが出来る。一俊さんはレスラーとして戦う興奮を、二朗はレスラーとしての名声を」

「頭のサイズを除けば、確かに体格は似ている……」とバイオレット・ボアは呟《つぶや》いた。

「だが、このシステムは瓦解《がかい》することになった。二朗に——シェンロンマスク四十九世に、総合格闘技のプロ入りの話が出たからだ。もちろん、彼らが見ているのはリングの上の才気溢れる一俊さん——だが、スカウトが来たのは表の顔である二朗の方に、だろう。二朗とて、格闘の世界に欲がないわけじゃない。この話に乗ることにした。プロになり、更《さら》なる名声を得るために。だが、そのためには、秘密を知る存在が邪魔になる」

「ああ……そういうことだったのか」と坂田が首を振る。「逆だったんだ。シェンロンマスク四十九世が被害者なんじゃない。シェンロンマスク四十九世のマスクを被った二朗が、一俊を殺そうとしていたんだ」

「その通り。マスクを被ったのは、河川敷の向かい側に住む、坂田の目を恐れてのことだ。薄暗がりなので覆面のデザインまでは見えなかっただろうが、素顔を見られれば、あれは二朗だ、と気付かれるかもしれないからな」

「そういうことだったのか……それで、二朗は一俊の不意を衝いて殺そうとしたが、仕留めきれず、反撃にあって、逆に死んでしまった。こういう構図だった」

「河川敷は、いつもは羽佐間一俊さんの練習場所だったんだろう。表向きには無関係なのだから、隠れて練習するしかなかった。一俊さんは河川敷の向かいに坂田が住んでいるのを知らないから、誰にも見られないと思ってそこで練習していた。

ちなみに、ホークアイが二人の入れ替わりを知っていたのは、間違いないと思う。彼は部員の前で泥酔していた時、『あいつは死んで当然のやつだ』『あの河川敷は彼の練習場所だった』と漏らしていたが、ここで『あいつ』『彼』と呼称が分けられているのがポイントだ。あいつが二朗、彼が一俊さん。練習場所まで知っているのだから、相当なところまで、打ち明けられていたことは間違いない。二朗が自分から相談するわけがないから、一俊さんから打ち明けられたんだろう」

ウルフ山岡の推論は、細かい点まで丹念に拾い上げていて、議論の余地がなかった。

「なんで俺には」とバイオレットが言う。「話してくれなかったんだ……」

「幼馴染であるがゆえに、話しづらかったんじゃないか。お前が二朗に心酔していると、知っていたから」

バイオレットがうなだれた。

「一俊さんはシェンロンマスク四十九世のマスクを被った二朗に襲い掛かられ、なんとか武器を奪い返し、必死に反撃した。その結果、相手を殺してしまった。一俊さんは、うすうす、自分を襲った相手が誰か、気付いていたんだろう。でも、それを信じたくない気持ちもあった。だから、顔を見て、確かめようと思ったんだろう。それでマスクを外そうとして、勢い余って破いてしまった。果たしてその下にあったのは、二朗の顔だった、というわけだ。一俊さんのショックは計り知れないな。そして、この後に登場したのが坂田だ。坂田には、顔を確かめようとした一俊さんの行為の結果が、屈辱的な『マスク剝ぎ』に見えた。そこで、破られたマスクを持ち去ってしまった。これでますます状況がややこしくなったわけだ。ちなみに、一俊さんも、マスクを中途半端に破った風景が屈辱的なマスク剝ぎに見えることに気付いていたかもしれないが、実の弟に裏切られたショックが大きすぎて、気遣う気力もなかったんだろう」

「ま、待ってください」マランプが言った。「あの二朗が人殺しをしようとしていたなんて、俺には想像もつかない。第一、昨日は俺と一緒に飲んで……」

「お前のことはアリバイ作りに利用するつもりだったんだよ。むしろ、お前と飲みに行ったことこそが、二朗が殺害を計画していた最大の証拠なんだ」

「え？」

「いいかい。羽佐間はオーダーのタッチパネルを独占し、飲み物を運んで来た時お前の頼んだものだけを店員に教え、レシートではなく領収書を切ってもらった。この三つの意味することは全く同じ事実だ。どういうことか分かるかい？」

俺は息を吞んだ。

「……自分が何を飲んだか分からなくするため」

「正解だよファントム。おそらく二朗は、ウーロン茶、レモンスカッシュなど、黙っていればウーロンハイやレモンサワーなどの酒類に見えるソフトドリンクしか注文しなかったはずだ。店員にマランプの注文を教えれば、『ウーロン茶をご注文のお客様』と口にされる心配はない。レシートにはオーダーの内訳が出てしまうが、領収書なら数字しか出ない。いつもはズボラな二朗が、この日は領収書を置き時計の下に置いて、綺麗に保管していたというのも、店に行った記録を残しておきたい意識の表れだ」

「つまり、あの時あいつ、少しも酔っていなかった……？」

「抜群の格闘センスを誇る一俊を襲う予定だったんだ。酒なんて一滴も入れるわけにいかない。だが、アリバイは確保したい。そこで二朗はこの策に打って出た。

マランプが自分のリングネームを思いついた時——思いついてしまった時のエピソードを聞いて、二朗はマランプが酒に弱いのを知っていた。そこで、マランプをアリバイ工作に利用することを決めた。一軒目で酔い潰して、時間感覚を曖昧にさせる。一度家に連れてきて、少し寝かせる。この間に河川敷に行って殺しをし、戻ってくる予定だった。そして、話に出ていた『深夜まで営業している』二軒目には、殺人から戻ってきたら行く予定だった」

「全てが予定外の方向に進んでしまったのか……」

やがて、沈黙が降りた。

ウルフの三つの質問の意味も綺麗に分かり――今、全ての謎は解明された。しかし、一俊と二朗、二人の兄弟のすれ違いが、胸に重くのしかかっていた。

「そんな……二朗……俺に……俺に相談してくれれば……」

坂田はそう何度も呟き、茫然《ぼうぜん》自失の体だった。

その時、着信音がした。

バイオレット・ボアのスマートフォンだ。

「悪い、ちょっと出る」

彼は電話に出て、しばらく驚きの声を漏らしていた。彼は沈痛な面持ちで俺たちを見て、言った。

「……羽佐間のおふくろさんからだった。一俊が警察に出頭したらしい。ものの弾《はず》みとはいえ、弟を殴り殺したんだ。その罪の重さに耐えかねたんだろう」

幼馴染に告げなければいけないほど、羽佐間の母親は追い詰められているのだろう。

かくして、全ての罪は暴かれた。

じきに、この会議室の予約時間、二時間が過ぎる。

「……今日の議事録、どうしようか」

「いいんじゃないか」バイオレット・ボアが言った。「情けない話ばかりだ。一俊と二朗の話だって、知らないなら知らない方がいいだろ。警察がもう一俊の身柄を押さえているんだ。俺たちがどうしようと、知ったことじゃないさ」

警察に連絡すれば、坂田も現場を荒らしたカドでまずいことになるだろう。シェンロンマスクの秘密に大打撃を受けている坂田をこれ以上追い込むことは、バイオレットたちには出来そうもなかった。

「じゃあ、議事録は闇に葬《ほうむ》るか」

「異議なし」

「異議なし」

「異議なし」

「異議なし」

「お前も、ホークアイの代理として答えてくれ」

偽者はそう言われ、「えっ、あっ」と動揺しながら、「いえ、鷹城先輩も異議はないはずです」と言った。

重苦しいムードの中、第五十回総会が閉会した。

「それでは」マランプが言った。「このご時世、気軽に飲みに流れるわけにもいきませんし、ここで解散にしましょう。ここの締め作業は俺が――」

「あ、いいよいいよ」と俺は言った。「鍵借りたの俺だし、俺が閉めて帰るよ」

「そうですか？　俺が当番なのに、悪いですが、じゃあ……」

五人が部屋を出てから、フーッと俺は長い息を吐いた。

異議なし、か。

つまり、俺たちは、すべての真実を突き止めたうえで、その真実を放棄することを選んだことになる。

しかし、俺は……そうするわけにはいかない。

「考え事ですか？」

扉の方を振り向くと、ウルフ山岡が――灰色の服を着た男が立っていた。

「……ウルフ、もう帰っていいって言ったじゃ――」

「どうしてお前、まだマスクを着けているんだ？」

俺は動きを止めた。

確かに俺はまだ、ファントム・ザ・グレートの覆面を外さずにいた。

「ホークアイの偽者に気付いた時も驚いたが、まさか、もう一人紛《まぎ》れ込んでいるなんてね。思いもよらなかったよ」

ウルフは俺のマスクの頭頂部に手をかけ、バッと剝ぎ取った。ぶかぶかなので、あっさりマスクは外れた。

「あっ――」

顔を押さえる暇もなかった。

「ねえ、『週刊学生プロレス』の記者さん」

8

「あなた、ホークアイの偽者の件で、『週刊学生プロレス』の記事が出てきたとき、一人だけ反応が変だった。バイオレット・ボアが気付くよりも先に、小さく首を捻った。あの時、あなたはバイオレットよりも先に、ホークアイの偽者の発言が記事の内容であることを見抜いたんだ。さっきは記者さんと言いましたが、更に踏み込んで言いましょうか？　ねえ？　編集部Iさん」

「ちょ、ちょっと待っ――」

正確には、俺はあの時、ちっとも分かっていなかった。ただ、どっかで聞いたことがあるなあ、と思っただけなのだ。まさか、自分が活字に起こしたものが使われているとは思ってもみなかった。

「あなたは手紙で送られてくる総会への出席表、日程案内を、何らかの手段でT大学のプロレスサークルから横取りしたんでしょう。最近、学生のサークル棟が開放された、各部室のポストは溢れ返るほどだった、と言っていましたね。そうすると、コロナを警戒して、まだまだサークル棟に人はいないでしょうし、それを狙って盗んだんでしょうかね？　日程案内を盗んでおけば、後から本物のファントムが来て、大慌てする心配もなくなる、というわけです」

ウルフの語った推測は、完全に図星だった。

「思い起こすと」

ズルムケ・マランプ――赤い服の男が入って来た。

「あなた、バイオレット・ボアが、『「週刊学生プロレス」も全号持っているほどのファンだ』と言った時も、『それはそれは……』と言いかけましたよね。あれは『ありがとうございます』とでも、反射的に口にしかけたんじゃないですか？」

「う……」

「そういえばよお」

バイオレット・ボア――紫色の服の男が会議室に入って来た。

「俺が電子データベースを見せた時、お前、『凄い』とか言って、生唾飲み込んでたよなあ？　あれは俺のコレクションが羨《うらや》ましいのかと思ってたが、実は職業人としての興味だったんだな？」

「ち、ちが……」

「考えてみれば」

今度はホークアイの偽者も入ってくる。

「この部屋に集まる時、バイオレットやマランプは素顔でやって来て、席に着いてから覆面を被ったが、俺は偽者とバレないように最初から覆面を被って部屋に入った。今部屋を出た時、マランプから聞いたんだが、お前も最初から覆面を被っていたらしいじゃないか。偽者の俺と同じ行動を取るなんて、あまりにもお粗末な潜入捜査だなあ、スパイさんよ」

その瞬間、ウルフが俺のジャケットのジッパーを引きずり下ろした。問答無用の早業だった。

「あっ」

俺のジャケットは裏起毛になっていて、大量の詰め物もしてあった。それがボトボトと床に落ち、俺の貧相な体型が露《あらわ》になってしまう。

「へっ、こんなの着てたら、暑くてしょうがなかったはずだぜ。覆面の下は汗だくだったんじゃねえか？」

「そういえば、俺たちが入ってきた時、冷房ついてたよな。あれは設定の替え忘れじゃなくて、こいつが意図的に冷房にしていたんだな」

「あ、あの」

「問題は」

坂田がシェンロンマスク四十九世のマスクを握りしめながら入ってくる。

「こいつの処遇をどうするか――ってことですぜ」

五人は俺を見つめ、やがて顔を見合わせ、全員覆面を被り始めた。

「ま、待ってくれ。話を、話をしよう。俺も坂田さんの意見に同意している。坂田さんが破れたマスクを奪い去った理由に、俺も共鳴しているんだ。守るべき名誉がここにはある。俺は今日の話を一文字たりとも、記事に起こす気はない」

「本当か？」

「本当だ！」

「信じていいんだな？」

「もちろん！」

マランプが背後から俺を羽交《はが》い締《じ》めにする。

「なっ、何をする！」

その間に、バイオレットが俺のポケットを探り、ＩＣレコーダーを取り出した。

「じゃあこれは？」

「す、スイッチを切り忘れていただけだ」

バイオレットはＩＣレコーダーを投げ捨てると、屈伸運動を始めた。

五人の激昂《げきこう》するマスクマンが、指を鳴らしたり、握り固めた拳を自分の手のひらに打ち付けたり、それぞれの威嚇《いかく》行動をしている。彼らが襲い掛かってくれば、格闘経験のない俺など、ひとたまりもない。

「や、やめっ、やめてくれ。記事は書かないから！　記事は書かないからァ！」

「うるせえ！　前にマザコンだなんだってあることないこと書き立てられてから、俺はお前を一発殴ってやらねえと気が済まないんだよ！」

「一俊と二朗のことはどうした⁉」

「それも理由だが二の次じゃあーッ！」

こうして俺はありとあらゆる未成熟なプロレス技をかけられ、リングアナウンサーの坂田がそれを盛り上げた。

その時、ドンドンドン！　と激しくドアが叩かれた。

誰かが俺を助けに来たのだ！　ヒーロー現る！　俺は希望に打ち震えた。

この乱痴《らんち》気騒ぎに終わりを告げる一つのノック。

「た、たすけ――」

そのノックに誰も答えないでいると、出し抜けに扉が開いた。

不織布マスクをした、公民館の職員が現れる。

俺を取り囲む、六人目の男。

彼もまた、息を荒くして、まさに激昂《げっこう》していた。

「――お前らッ！　もう今日から出禁だからな！」

こうして２０２２年の第五十回総会は、一切の公式記録が残っていない、伝説の総会となった。

人はこれを、学プロ連合、暗黒の２０２２年と呼ぶ。

【参考作品・文献】
・林育徳《リンユウダー》著、三浦裕子《みうらゆうこ》訳『リングサイド』（小学館）
・夢枕獏《ゆめまくらばく》編・解説『闘人烈伝――格闘小説・漫画アンソロジー』（双葉新書）
・柳澤健『２０１１年の棚橋弘至と中邑真輔』（文春文庫）
・柳澤健『完本　１９７６年のアントニオ猪木』（文春文庫）
・田崎健太《たざきけんた》『真説・佐山サトル　タイガーマスクと呼ばれた男』（集英社文庫）
・小島和宏《こじまかずひろ》『ぼくの週プロ青春記　90年代プロレス全盛期と、その真実』（朝日文庫）
・ジョシュ・グロス著、棚橋志行《たなはししこう》訳、柳澤健監訳『アリ対猪木　アメリカから見た世界格闘史の特異点』（亜紀書房）
・別冊宝島編集部編『新日本プロレス　封印された10大事件』（宝島ＳＵＧＯＩ文庫）
・タイガー服部《はっとり》『新日本プロレスの名レフェリーが明かす　古今東西プロレスラー伝説』（ベースボール・マガジン社）
・新日本プロレスリング監修『新日本プロレスV字回復の秘密』（ＫＡＤＯＫＡＷＡ）

単行本版あとがき

初めまして、もしくはお久しぶりです。阿津川辰海です。

第二短編集を完成させることが出来ました。

第一短編集『透明人間は密室に潜む』が好評をもって迎えられたので、光文社の「ジャーロ」誌上にて、引き続き、ノンシリーズ短編を発表することが出来ました。基本的な方針は、第一短編集の頃と変わっていません。ここで再掲しておきますと、
・ノンシリーズ作品集を目指して、いろんな形式でやってみること。
・どんな形式であっても、心は本格ミステリーであること。
・一作で完結させるつもりで、その舞台・キャラクターの魅力を最大限に引き出すこと。
これに加えて、本作では、
・全四編を通じて、私たちがいま生きている世界のありさまを刻印しつつ、といって、堅苦しくはしないこと。

という、共通の趣向を加えてみました。私自身、今般の新型コロナウイルスを巡る情勢ではかなり苦しめられ、個人的に辛い時期もあったので、今の状況を一度作品に昇華しないではいられませんでした。個々の作品にはコメディー色の強いものもありますが、決して茶化すつもりはありません。

それでは、各編について、関連する作品や舞台裏なんかを少しだけ書かせていただければと思います。もうしばらく、お付き合いください。

「危険な賭け　〜私立探偵・若槻晴海〜」（ジャーロ№73、２０２０年９月）

ハードボイルドに憧れがあります。良いハードボイルドを書くにはもっと私自身が人間として成熟しないとダメだと思っているのですが、ここでは一度、ギミックとしてハードボイルドを書いてみようと挑戦した作品になります。

私が好きなのはマイクル・Z・リューインのアルバート・サムスンや、ロス・マクドナルドのリュウ・アーチャー、更に若竹七海《わかたけななみ》の葉村晶《はむらあきら》、宮部《みやべ》みゆきの杉村三郎《すぎむらさぶろう》……あたりなのですが、最近、ジョセフ・ノックスやエイドリアン・マッキンティなど、ハードボイルドとして面白い海外作家がどんどん出てきて嬉しい次第。ここまで挙げたのは謎解き作家としての色が濃い面々ですが、他にも、馳星周《はせせいしゅう》、生島治郎《いくしまじろう》、河野典生《こうのてんせい》などが大好きです。創元推理文庫の『日本ハードボイルド全集』は素晴らしい。

作中のハードボイルド作家、夕神弓弦《ゆうがみゆづる》という作家と、その作品〈真宮《まみや》シリーズ〉のイメージは、昭和ミステリーの作家・結城昌治《ゆうきしょうじ》の〈真木《まき》シリーズ〉から。結城作品は同期の友人の熱烈な勧めで読み始めたのですが、お気に入りは犯罪小説の『白昼堂々』や、短編集の『死んだ夜明けに』『犯罪墓地』など。最近の復刊だと、光文社文庫の『通り魔』などは、結城短編の中でも指折りの作品が集まっていてオススメです。

また、若竹七海の葉村晶へのオマージュを込めて、ビブリオ・ミステリー、古書店ミステリーとしての要素も掛け合わせてみました。自分が好きな古本屋の特徴をミックスアップして作った三店舗の古本屋の描写なんかも、楽しんでいただけると幸いです。作中に出てくる作品は、いずれも私のオススメなのですが、特に『病める巨犬たちの夜』は一読忘れ難い怪作と言えます。

本作は、「ジャーロ」掲載時と単行本版で内容が一番変わっている作品。というのも、この短編集に収録するにあたって、コロナ禍を舞台にした話に調整し直したからです。マスクや、人と人の間の空席があった方が、プロット上も生きると気付いたのも理由の一つ。

それだけでなく、オチの部分は、今回悩んで修正した部分です。それは掲載時の短編の結末を受けて、編集さんから「阿津川にしては綺麗《きれい》すぎる」という指摘を受け、「私はどんな作家だと思われているんだ……？」と思ったのですが、確かに単行本作業の際に読み返してみると、オチがしっくりきませんでした。こうして書き換えてみると……なるほど、確かに私らしい探偵像になったかもしれません。気になる方は、「ジャーロ」掲載版の「阿津川にしては綺麗」なところも見てやってください。

「二〇二一年度入試という題の推理小説」（ジャーロ№74、２０２１年1月）

発想の元となったのは、冒頭にもエピグラフとして引用している、清水《しみず》義範《よしのり》の「国語入試問題必勝法」という短編からです（ちょうどこの短編を書き上げたばかりの２０２０年12月に、『国語入試問題必勝法』が新装版として復刊したので驚きました）。国語入試には、選択肢を選ぶための必勝法があって、それを守れば合格できるとうそぶく家庭教師が登場する、今で言うと、「うさんくさい『ドラゴン桜』」みたいな小説なのですが、これがとても笑えるのです。

同じようなことを、本格ミステリーとしてやれないかな、と思った時に出てきたのが、「犯人当て入試」というシチュエーション。これ自体は、進学塾でアルバイトをしていた大学生の時に発想の種が出来たもので、いずれ形にしようと、光文社の担当編集に話していました。ただ、「犯人当て入試」なんていうけったいなファンタジーを書くためには、それに翻弄される受験生の視点だけじゃなく、もっと大学全体を巻き込んだファルスに仕立てないといけないのではないか——そう思っていた矢先に、新型コロナウイルスへの対応に追われ四苦八苦する各大学のありさまが目に飛び込んできて、「現実に追いつかれた」と焦り、急いで形にしたのでした。

題名は都筑道夫《つづきみちお》『怪奇小説という題名の怪奇小説』のもじり。レーモン・クノーの『文体練習』や、法月綸太郎《のりづきりんたろう》の『挑戦者たち』に倣《なら》って、「誰かが書いた文章のブリコラージュのみで全体を構成する」という趣向は前から温めていたので、あの時期、週刊誌や大学入試の情報誌を相当買って読み込みました。同じように文書のみで構成されながら、壮大な構想を解き明かすSFミステリーとして、フランスミステリーの傑作ジャン＝ミッシェル・トリュオン『禁断のクローン人間』があり、これもかなり参考にしました。ミステリー小説を紹介するブログは、敬愛する先輩が運営しているものを参考にしました。先輩、ありがとうございます。

犯人当て、というテーマ自体は、第一短編集『透明人間は密室に潜む』の中の「盗聴された殺人」でも挑んだものですが、今回は「犯人当て」というもののパロディーに仕立ててみた、というところでしょうか。くれぐれも、真面目に解こうとなさらないでください。

ちなみに、「受験直前で、不安でいっぱい、コロナのことも先行きが読めない。そんな状況だからかもしれないけど、全てがスッパリ割り切れて、解決されるミステリーの世界が、心地よくて仕方がない」と本文中に記したのは、受験当時の自分の心情と重なる部分だと思います。私は受験直前、ミステリーを読みまくりたいのを我慢するために、「勉強したら寝る前に、G・K・チェスタトンの〈ブラウン神父シリーズ〉か都筑道夫の〈砂絵《すなえ》シリーズ〉を、一編だけ読んでいい」と決めていました。おかげ様で見事完走。好きな作家の新刊が出た時などは、我慢できずに読んでしまっていましたが……。

「入れ子細工の夜」（ジャーロNo.79、2021年11月）

演劇ミステリーを題材にしてみた作品。もともとクリスティーの戯曲が好きというのもあり（『ねずみとり』や『検察側の証人』といった有名どころはもちろん、『蜘蛛の巣』や『海浜の午後』とかもオススメ）、漫画『【推しの子】』の「2・5次元舞台編」が刺さってしまったのもあり……こうした興味に、かねて形にしたかった、ある作品へのオマージュが結びついたものです。

文中でも言及している、『探偵〈スルース〉』という映画がそれです。ミステリー作家のワイクが、美容師にして妻の不倫相手であるティンドルを自宅に呼び出すところから始まる物語で、不倫をなじられるのかと思いきや、保険金詐取を目的とした宝石泥棒の共犯になるよう持ち掛けられるという、奇妙な心理戦の綾《あや》がキモ。映画はここから二転三転、次々に局面を変えて魅せてくれるわけで――誰が言い出したか、こういう構造の作品を、〈玉ねぎ型〉と呼んでいるわけです。剝《む》いても剝いても中身がある、という意味で。有名どころでは、『死の接吻』のアイラ・レヴィンの戯曲を原作にした『デストラップ　死の罠』や、三谷幸喜《みたにこうき》が『探偵〈スルース〉』へのオマージュを捧げた演劇『マトリョーシカ』などがあります（松本幸四郎《まつもとこうしろう》と市川染五郎《いちかわそめごろう》が最高なので観てください。二人ともそれぞれ、ドラマ「古畑任三郎《ふるはたにんざぶろう》」の「すべて閣下の仕業」、「若旦那の犯罪」で犯人を演じているのも素晴らしいのだ！）。

こうした作品の特徴を挙げれば、「二人＋アルファという限定された人数で描かれる心理戦」「次々に攻守のフェーズが代わるゲーム性」「いずれの作品でも現れる『演じる』というモチーフ」などになるでしょう。もっと言えば、「部ごとのチェンジ・オブ・ペースが見事なサスペンス」という言い方も出来るかもしれません。これは、アイラ・レヴィンの『死の接吻』などがまさにそうですし、『マトリョーシカ』の部の切り替わりのチェンジ・オブ・ペースなどは実に見事です。

この短編「入れ子細工の夜」では、こうした特徴を盛り込みつつ、多重どんでん返しを小説として成し遂げるための工夫を随所でこらした形になります。特に、なぜそう装う必要があるのか、という必然性の部分にはかなり気を遣いました。映画だと、演者の魅力でたっぷりと持たせられるところを、早回しのように同じ手掛かりを使って、慌ただしく盤面をひっくり返しているのは、そうした悩みの表れだったりします。

こうした「スルース型」にオマージュを捧げた本格ミステリーの傑作として、既に霞《かすみ》流一《りゅういち》が『探偵〈スルース〉』と『熱海殺人事件』にオマージュを捧げた『フライプレイ！

監棺館殺人事件』をものしているわけですが、短編サイズだけでも複雑な構成に頭がどうかしそうになってしまったのに、長編で――となったら、考えただけで、頭が沸騰しそうです。

『探偵〈スルース〉』を初めて見たのは大学二年の時で、当時の私が映画を見られたのは、その昔、渋谷のTSUTAYAで、VHS機の貸し出しと、名作VHSのレンタルをやっていたおかげ（今もやっているんでしょうか？）。ビデオとVHS機を抱えて、東大の駒《こま》場《ば》キャンパスの中にあるサークル「新月お茶の会」の部室に現れ、テレビに繋いで見始めた、という。その時の集まりは、必然的に『探偵〈スルース〉』の鑑賞会のようになりました。各々、カードゲームをしたり麻雀牌《マージャンパイ》をつまんでいたりしたのが、いつの間にかみんなして画面にツッコミを入れたり、どんでん返しに「おお！」と声を上げたり、普段ミステリーに興味がないメンバーも一緒になって見ていたのが印象に残っています。良い思い出になりました。

なお、『探偵〈スルース〉』はリメイク版もあるのですが、道具立てやセット、俳優の魅力などの点で、やはりオリジナル版をオススメしたいところです。とはいえ、オリジナル版は日本語吹き替えがあるのはVHS版のみで、それも高騰しているという次第。私が所有しているのも北米版のDVDなので、この文章を目にしたどこかの偉い人が、日本版ブルーレイを出してくれないだろうか……（文庫版あとがき後述）。

ちなみに、タイトルのイメージは黒田研二《くろだけんじ》『硝子《ガラス》細工のマトリョーシカ』からきています。これもどんでん返しが気持ちいい講談社ノベルスの良作なので、併せてオススメ。

「六人の激昂するマスクマン」（ジャーロNo.80、2022年1月）

今回の二編目「二〇二一年度入試という題の推理小説」が、ミステリーに関係のない題材（大学入試）を引っ張ってきて、手応えを持って書けたので、四編目も同じように、ミステリーに本来関係ない題材を引いてみようと探していたのです。何より、愛を持って書ける題材を。

そんな時、担当編集者との打ち合わせの中で出てきたのが、『証言モーヲタ　～彼らが熱く狂っていた時代～』という本で、あの頃モーニング娘。に出会って人生が変わった十五人に吉田豪《よしだごう》がインタビューしていくという本なのですが、これを読んで、プロレスオタクとアイドルオタクの距離の近さに気付き、自作である「六人の熱狂する日本人」に繋がり――というのが経緯。

とはいえ、プロレス小説を書くのは怖く、さすがにチャレンジングなので、担当編集者にも相談し、思い悩んでいた時に『2011年の棚橋弘至と中邑真輔』を読みました。年代的に、どうしても、プロレスと言えば棚橋弘至《たなはしひろし》であり、仮面ライダーの記憶とも結びついていて……。最後に勇気づけられたのは、同書の西加奈子《にしかなこ》解説でした。最高の名文なので、ぜひ読んで欲しいです。

以上のような経緯で執筆は決意したものの、何かのギミックを積載しないと書き進められないと思ったため、より近しい題材として、学生プロレスとインカレサークルを想定して設定を整理、加えて、「六人の熱狂する日本人」のセルフパロディーとして構成することに決めました。二つの作品を読み比べてみると、手掛かり一つ一つまで寄せて、違う使い方をしている苦心の跡が分かっていただけると思います。

作品を書く中で大いに参考になり、しかも最高に面白かったのが、夢枕獏《ゆめまくらばく》編・解説による『闘人烈伝――格闘小説・漫画アンソロジー』。船戸与一《ふなどよいち》、中島《なかじま》らも、今野敏《こんのびん》といった作家の名作から、板垣恵介《いたがきけいすけ》の「蹴人シュート」、ちばてつやの「テンカウント」といった漫画の名作まで。非常に贅沢な作品集です。また、プロレス小説の最近の名作として、林育徳《リンユウダー》『リングサイド』の名前は挙げておきたいところ。台湾のケーブルテレビで、古い試合を何度も放映していて、それを見てプロレスにハマった人々――具体的に言うと三沢《みさわ》光晴《みつはる》にハマった人々を描く連作短編集で、プロレスを愛する人々とその人生を活写《かっしゃ》するノスタルジックな傑作に仕上がっているのです。今回、知識として足りない部分を補完するために多くの資料を読み込み、映像を見ましたが、「情」の部分を補完してくれたのは『リングサイド』だったと思います。

ところで本作、編集者には「六人シリーズ」と呼ばれています。「六人の熱狂する日本人」は前短編集の中でも、アンソロジーに二回も採られるほど好評を博したのもあって、登場人物は一切共通していないとはいえ「六人シリーズ」が生み出されることになりました。いずれ、また二、三作こういうのを書いてまとめる肚《はら》なのでしょうか……？　考えるだけで大変ですが、これも反響次第です。

以上四編、またしても、妙な趣向の代物《しろもの》が揃《そろ》ったノンシリーズ短編集をお届けしました。最後になりますが、デビューから一貫して私の作品を鍛え続けてくれる光文社の鈴木一人さん、「阿津川辰海・読書日記」なる激ヘビー連載のチェックをしながらジャーロ掲載短編に伴走してくれる光文社の堀内健史さん、新担当一発目から脂っこい短編集をお任せしてしまった光文社の永島大さん、『透明人間は密室に潜む』『星詠師《せいえいし》の記憶』文庫版に引き続き、シビれるようなカバーイラストをくださった青依青さん、いつも支えてくれる友人たちに、この場を借りて感謝を申し上げます。そして、ここまで読んでくださった読者の皆様に、最大限の感謝を。

それでは、またいずれどこかでお会いしましょう。

二〇二二年二月

阿津川辰海

文庫版あとがき

初めまして、もしくはお久しぶりです。阿津川辰海です。

第一短編集『透明人間は密室に潜む』のときは単行本版あとがきのみとしたのですが、こちらの方は、今読み返すと色々と事情が違うので、念のため補足説明を。

『入れ子細工の夜』は裏コンセプトとして、コロナ禍を背景に書く、という縛りを加えていました。作中の年代は発表時期――単行本版あとがきの初出を参考にしてください――に合わせてあり、わずか三年でもはや隔世の感がなきにしもあらず。例えば、「六人の激昂するマスクマン」において、某アメリカ大統領をモチーフにした学生レスラーが登場する際、「いつのまにか当の大統領は任期を終えた」が「マスクを手製で作ってもらったから名前を変えることも出来ず」そのまま使っている、という設定にしています。予算が限られた学生団体らしい設定を試みたつもりでしたが、なんと当の大統領が再選。作中年代を「202X年」と濁していたのが仇《あだ》となりました。作中年代が確定しているのは、そのためです。

新型コロナ自体は未《いま》だ予断を許さない状況で、つい先日、私も楽しみにしていたイベントが延期になりました。単行本版を刊行した二〇二二年に、私ではなく別の作品について「コロナを扱うのはもう古い」という感想が書かれているのを見かけて、SNS時代の消費速度が恐ろしくなったのを覚えています。一方で、歴史上の事件や大きな災害は、繰返し小説の題材となるのも事実ですから、本作にも何かの意義はあると思うことにします。

さて、暗い話題だけだと申し訳ないので、明るい話題も一つ。「入れ子細工の夜」のモデルとなった映画『探偵〈スルース〉』について、単行本版あとがきでは二〇二二年当時の状況で「オリジナル版は日本語吹き替えがあるのはVHS版のみ」と書いていますが、なんと二〇二四年十二月四日に、『吹替シネマCLASSICS 探偵〈スルース〉―TV吹替音声収録版―』というブルーレイが出ました。超めでたい。ぜひとも観てください。

最後になりますが、単行本版の謝辞に加え、文庫版の編集担当である池田真依子さん、文庫版の装画を担当していただいたともわかさん（帯を使った仕掛けが良いので、帯を外してみてくださいね）、解説を書いてくださった法月綸太郎さん（法月さんの評論を読んで育った身として、これ以上の喜びはありません）に感謝申し上げます。ここまで読んでくださった読者の皆様にも、改めて感謝を。

それでは、またいずれどこかでお会いしましょう。

二〇二五年一月

阿津川辰海

解説

法月綸太郎《のりづきりんたろう》（作家・評論家）

『入れ子細工の夜』は二〇二二年五月に刊行された阿津川辰海の第二短編集である。

本文庫既刊の第一短編集『透明人間は密室に潜む』の解説（千街晶之《せんがいあきゆき》）と重複するが、著者のプロフィールをあらためて記しておく。一九九四年生まれの阿津川は、東京大学在学中は文芸サークル「新月お茶の会」に所属していた。二〇一七年、光文社の新人発掘プロジェクト「カッパ・ツー」第一期に選ばれた『名探偵は嘘をつかない』でデビュー。以来、〈館四重奏〉シリーズの葛城輝義《かつらぎてるよし》と田所信哉《たどころしんや》のコンビを筆頭に、個性的な名探偵とその相棒キャラを次々と創出してミステリーランキングの常連となる一方、ミステリー評論・解説の分野でも精力的に活動し、令和の本格シーンを牽引する新世代の実力派として注目を浴び続けている。

デビューから五年（刊行時）、六冊目の著作となった本書は『２０２１本格ミステリ・ベスト10』で国内一位に輝いた『透明人間は密室に潜む』に続くノンシリーズ作品集。『２０２３本格ミステリ・ベスト10』では国内七位に甘んじたものの、順位が下がったのは同年八月に刊行された書き下ろし長編『録音された誘拐』（国内三位）と票が割れたせいで、二番煎じどころか、収録作品の充実度は第一集にまったく引けを取らない。

前集の解説者である千街氏も『2023本格ミステリ・ベスト10』の国内レビューで、「マニアックな趣味性と遊び心において山口雅也《やまぐちまさや》の『ミステリーズ』を、やりすぎを恐れない尖った実験性において綾辻行人《あやつじゆきと》の『どんどん橋、落ちた』を連想させる、著者ならではの気合の入った一冊だ」と本書に賛辞を送り、別項では「阿津川辰海は本格ミステリ界においてもはや押しも押されもせぬ領域に入った」と述べている。その評を裏付けるように、同じ八月に刊行された『阿津川辰海　読書日記　かくしてミステリー作家は語る〈新鋭奮闘編〉』が第23回本格ミステリ大賞【評論・研究部門】を受賞、阿津川はこの三冊で長編・短編集・評論のハットトリックを達成したことになる。さらに同じ二二年の九月には、斜線堂有紀《しゃせんどうゆうき》との共著『あなたへの挑戦状』も出ているが、この本と本書の興味深い照応についてはまた後で触れよう。

『入れ子細工の夜』に収録された四編は、すべて光文社のミステリー専門誌「ジャーロ」に発表された作品で、第一集の四編もそうである。「カッパ・ツー」でデビューした阿津川にとって同誌はホームグラウンド、ないし母校のサークル部室のような場所なのだろう。本書の親本の帯に「阿津川辰海。いいぞ。もっとやれ。」と書かれていたのも出身作家を鼓舞する古巣ならではの言い回しで、思いきった設定とマニアックな蘊蓄《うんちく》、野心的な実験等を惜しげもなく詰め込んだトリッキーな勝負作が目白押しとなっている。

『透明人間は密室に潜む』に続いて本書の巻末にも各編の舞台裏を明かした「あとがき」が付いているのだが、それぞれの着想源となった先行作品については、今回も作者のコメント（と参考文献）でほぼ言い尽くされている。何を書いても屋上屋を架すことにしかならないので、本稿でもオマージュ対象作品のデータベース的な考察は必要最低限にとどめ、もう少し引いた地点から総論的なトピックを綴《つづ》っていこうと思う。

さて、今回の「あとがき」で真っ先に目を引くのは、阿津川がノンシリーズ作品集を編むための基本的な方針として、前集と同じ三つの準則（1．多彩な形式、2．心は本格、3．一作ごとに完全燃焼）を掲げた後、本集ならではの共通の趣向として「全四編を通じて、私たちがいま生きている世界のありさまを刻印しつつ、といって、堅苦しくはしないこと」を加えていることだろう。具体的に言えば、どの収録作にもコロナ禍の日本の世相が色濃く影を落としているということである。

新型コロナウイルス感染症の流行によって世界のありようが一変し、瞬く間に当たり前の日常が失われてしまったのは、つい数年前のできごとだ。世界保健機関（ＷＨＯ）が「国際的に懸念される公衆衛生上の緊急事態」を宣言したのは二〇二〇年一月三十日、同宣言が解除されたのは二三年五月五日のこと。本書に収められた四編は、その間の二〇二〇年九月から二二年一月にかけて発表されたもので、国内の感染・流行状況に当てはめると「第2波」から「第6波」までの期間に相当する。コロナ禍のリアルな世相を描いているということは、見方を変えれば、第二長編『星詠師《せいえいし》の記憶』の予知能力や『透明人間は密室に潜む』の表題作の透明人間病など、デビュー以来、阿津川が自家薬籠中の物（テクニック）として用いてきた「特殊設定ミステリ」の手法を封印したということでもある。

とはいえ、話はそう単純ではないだろう。パンデミックの時代は例外的な「特殊状況」下だったわけで、たとえば「『犯人当て入試』なんていうけったいなファンタジー」をもくろんだ「二〇二一年度入試という題の推理小説」の実験的・社会風刺的なスタイルは、「特殊設定」に片足を突っ込んでいるという見方もできるからだ。それでもこうしたアプローチは「非日常」が「日常」と化した「現実」に由来するもので、初手からバーチャルな「非現実」を志向するのとは一線を画している。同作にまつわる「あとがき」には「誰かが書いた文章のブリコラージュのみで全体を構成する」という興味深い記述があるけれど、「ブリコラージュ」というのはフランス語の「bricoler」（素人仕事をする、日曜大工をする）から来た用語で、ありあわせの手段・道具でやりくりすることを意味する。要は断片化した「日常」と「現実」を継ぎ合わせたパッチワークであって、絵空事のパズルとは程遠い。思いがけない形でその執筆環境に「世界のありさまを刻印」されてしまった作者は、恣意《しい》的な「ルール」をこしらえる権限を手放すしかなかったのではないか。

コロナ禍を反映した社会風刺的な視点の導入と並んで目に付くのは、「作家小説」の側面が強く出ていることだろう。阿津川自身の説明によれば、「作家小説」とは「作家が作中に作家（自分の分身であったり、あるいは自分自身であったり）を登場させるメタフィクショナルな小説」を指すという。これは『阿津川辰海　読書日記　ぼくのミステリー紀行〈七転八倒編〉』の第64回、ジョセフ・ノックス『トゥルー・クライム・ストーリー』を紹介した「全員信用ならないなあ……　〜作家小説大豊作〜」（二〇二三年九月八日）に出てくる説明だが、ノックスの本が犯罪ノンフィクションの「体《てい》」を取った創作、流行《はや》り文句でいうと「モキュメンタリー」形式の異色作だったことにも注意を喚起しておきたい。両者の狙いは異なるものの、ノックスの原書と同年に発表された「二〇二一年度入試という題の推理小説」のブリコラージュ方式は、国や言語の差を越えて、現代のミステリー作家が抱える問題意識を共有しているように見えるからだ。

ミステリーマニアらしい趣向を満載した作風は『透明人間は密室に潜む』を引き継いでいるが、本書に収録された四編は、第一短編集以上に「作家小説」＝自己言及的なメタフィクションの要素が増している。一番わかりやすいのは、アンソニー・シェイファー脚本、ジョセフ・L・マンキーウィッツ監督のミステリー劇『探偵〈スルース〉』にあやかった表題作だろう。（広義の）作者と読者が直接対峙《たいじ》し、お互いにマウントを取り合うさまを

「入れ子細工」＝マトリョーシカ人形に見立てた多重どんでん返しの趣向に目が眩みそうになる。それ以外の作品でも、前集の「盗聴された殺人」と対をなす私立探偵物の「危険な賭け～私立探偵・若槻晴海～」が「作家小説」であることは読めばわかるはずだし、「二〇二一年度入試という題の推理小説」には「犯人当て入試」の出題者（＝作者の分身）が出てくる。前集「六人の熱狂する日本人」の続編（？）で、一見「作家」的要素と無縁のような「六人の激昂するマスクマン」でさえ、「学生プロレスとインカレサークル」という設定には、阿津川が学生時代に「新月お茶の会」に所属していたことが反映されているようだ。

「WEB本の雑誌」に掲載された阿津川へのインタビュー（二〇二一年四月二十三日更新）によれば、「あとは、新月お茶の会が参加していた全日本大学ミステリー連合の活動も大きかったです。昔は関西と統合していたらしいんですけれど、私の頃は関東の慶應大学とか早稲田大学とか成城大学とか、そのあたりのミステリ研究会が集まって月に1回飲み会をしながらいろいろ話す場があったんです。［……］3年になった時に私が幹事になって、1年間運営に関わったんです」（「作家の読書道」第228回：その9「在学中にデビュー」より）という。そこまでうがった見方をしなくても、覆面レスラーというギミックは、エラリー・クイーンとバーナビー・ロスが講演会の席上で覆面作家バトルを繰り広げたという伝説的エピソードを想起させるではないか。

ここからは筆者の想像だが、こうした「作家小説」化の傾向に拍車がかかったのは、作者の評論活動の影響もありそうだ。本書に収録された四編の発表期間は、「阿津川辰海読書日記」の第一弾『かくしてミステリー作家は語る〈新鋭奮闘編〉』の掲載時期（二〇二〇年十月から二〇二二年三月まで）と重なっている。この『読書日記』は「ジャーロ」のホームページで連載されており、ウェブ版のタイトルは「ミステリ作家は死ぬ日まで、黄色い部屋の夢を見るか？～阿津川辰海・読書日記～」というものだ。つまり『入れ子細工の夜』と『読書日記』は電子雑誌「ジャーロ」の表と裏で同時進行しながら、メビウスの帯のような相互作用ループを構成していたわけである。

本書の「あとがき」に記された創作の舞台裏と『読書日記』を読みくらべると、両者の間には明らかな照応関係がある。一例を挙げると、二〇二一年一月八日付の第6回は「形式の冒険 ～驚きの復刊～」と題して、清水義範『国語入試問題必勝法 新装版』を取り上げているのだが、その内容は「あとがき」の「二〇二一年度入試という題の推理小説」の項のオリジナル・ロングバーションになっている。他の三編にもこうした照応が見られるので、本書をもっと愉《たの》しみたい読者には『読書日記〈新鋭奮闘編〉』『読書日記〈七転八倒編〉』との併読を推奨する（ディープな考察を求める人には〈七転八倒編〉の第68回「書きたい人にも、読みたい人にも ～都筑流小説メソッド、再受講～」の終盤で、都筑《つづき》道夫《みちお》『十七人目の死神』に触れた箇所が参考になるだろう）。なお、ウェブ版「読書日記」はまだ書籍化されていない回も含めて、すべて「ジャーロ」のホームページで読める（https://giallo-web.jp/diary/）。

創作と日記といえば、前出の『あなたへの挑戦状』も忘れることができない。共に読書家として定評のある作家どうしが、「あなたへの挑戦状」というテーマの中編小説を書いて競い合う――この企画自体が『探偵〈スルース〉』や「入れ子細工の夜」の設定とシンクロしているだけでなく、同書の巻末には二人の競作過程を同時進行で綴った書き下ろしの「競作執筆日記」が収録されている（ページの上段には斜線堂の、下段には阿津川の日記を掲載）。本書の四編と『読書日記』の関係性は、二人の作家が競作という形で行ったことを、阿津川自身が一人二役で演じているようなものだろう。

ちなみに「危険な賭け」の裏話には、「編集さんから『阿津川にしては綺麗すぎる』という指摘を受け」、オチの部分を修正したという記述がある。「入れ子細工の夜」にもこれとそっくりな一節があって、どちらが先行するか判断がつかないけれど、収録作品どうしも水面下でモチーフを反響・増幅しあっていることが見て取れる。

と同時に、阿津川特有の他者からのツッコミへの対応は、従兄弟《いとこ》どうしのコンビ作家だったエラリー・クイーン（フレデリック・ダネイとマンフレッド・リー）の合作スタイルを連想させる。いや、むしろこういう掛け合いの呼吸は、名探偵とワトスン役（とその様々なバリエーション）の役割分担に近いのだろうか。いずれにせよ、こうした対話的なストーリー展開のスタッキング（積み上げ）手法こそ、阿津川辰海という作家のコア（『読書日記〈七転八倒編〉』所収の激アツ論文「ジェフリー・ディーヴァー試論 ～その『どんでん返し』の正体とは～」も参照のこと）を形成しているのかもしれない。

二〇二二年五月　光文社刊

＊この作品はフィクションであり、実在の人物・団体・事件とはいっさい関係ありません。

光文社文庫

入《い》れ子細工《こざいく》の夜《よる》

著　者　阿《あ》津《つ》川《かわ》辰《たつ》海《み》

2025年3月20日　初版1刷発行

発行者　三　宅　貴　久
印　刷　萩　原　印　刷
製　本　ナショナル製本

発行所　株式会社　光　文　社
〒112-8011　東京都文京区音羽1-16-6
電話（03）5395-8147　編　集　部
8116　書籍販売部
8125　制　作　部

ISBN978-4-334-10576-1　Printed in Japan

組版　萩原印刷